Hannah Kaiser

Pfefferminzeis

Liebesroman

1. Auflage März 2015

Covergestaltung: Catrin Sommer www.rausch-gold.com
Fotos: Hannah Kaiser
Lektorat: Alexandra Balzer
Korrektorat: Kirsten Wendt

hannah.kaiser79@gmx.de

Inhalt

Kapitel 1

Ich könnte heulen. Wenn nicht immer noch die ganzen Feuerwehrmänner um mich herumspringen und die Polizisten mir besorgte Blicke zuwerfen würden – ich würde es auch tun. Aber vor anderen Schwäche zu zeigen gehört sich einfach nicht, das behauptet zumindest meine Mutter. Und manche Dinge verinnerlicht man so sehr, dass man sich auch noch daran hält, wenn man erwachsen ist.

Also schlucke ich die Tränen tapfer herunter und sehe mich noch einmal ungläubig blinzelnd in meinem kleinen Laden um. Oder vielmehr in dem, was davon übrig ist.

Meine wunderschönen weißen Landhausregale, die noch vor ein paar Stunden voller Kerzen standen, sind jetzt schwarz. Zwischendrin kommt etwas Buntes durch geschmolzenes Wachs hervor. Alles, aber wirklich alles ist mit einer Rußschicht überzogen und dort, wo Ruß, Feuer und Qualm nicht gewütet haben, hat die Sprinkleranlage den Rest erledigt.

All die Dinge, die ich mühsam bei Haushaltsauflösungen, Trödelmärkten und in Antiquitätenläden erstanden habe, um meinen Laden gemütlicher zu machen und ihm eine individuelle Note zu geben, sind verdreckt, zerstört oder verbrannt.

Völlig fassungslos gehe ich über den nassen Teppich zu dem nächstgelegenen Regal hinüber, bei jedem Schritt gibt es ein schmatzendes Geräusch. Die Mischung aus Rauch und dem Geruch von zig eingeschmolzenen Duftkerzen ist sehr seltsam. Wenn meine Kerzen ebenfalls so riechen würden –

ich hätte nicht eine einzige davon jemals verkauft. Zumindest die Kerzen in den wunderschönen Apothekergläsern scheinen überlebt zu haben. Wie auch alles andere sind sie zwar mit einer schmierigen, schwarzen Schicht überzogen und die Etikettierungen sind nicht mehr zu erkennen, doch die Gläser sind noch heil. Mit ein bisschen Wasser und Seife könnte man sie vielleicht wieder hinbekommen. Mein Finger hinterlässt eine helle Spur auf dem dunkel gewordenen Glas.

„Ms. Bennett?" Einer der Feuerwehrleute kommt aus dem Keller gestapft und ich schaue verzweifelt auf seine nassen Stiefel. Das Wasser hat vermutlich ebenso viel Schaden angerichtet wie das Feuer.

„Ja?" Meine Stimme klingt seltsam belegt, vermutlich, weil ich immer noch versuche, die Tränen zu unterdrücken. Oder vielmehr einen hysterischen Anfall.

Mit der letzten mir zur Verfügung stehenden Selbstbeherrschung strecke ich meinen Rücken durch und komme auf ihn zu. Dabei umrunde ich die verschmorten Stellen auf dem schönen Dielenboden, den ich so mühsam abgeschliffen und neu lackiert habe, als ich den kleinen Laden gekauft habe.

„So wie es aussieht, haben irgendwelche Nagetiere die Leitungen im Keller angefressen. Wir vermuten, es waren Mäuse. Im Prinzip müsste bei so etwas die Sicherung herausspringen; leider war die so alt, dass sie wohl geklemmt hat." Er zuckt mit den Schultern, für ihn ist das natürlich bloße Routine. „Das kommt bei so alten Gebäuden wie diesem manchmal vor. An Stromleitungen und Sicherungskasten ist bestimmt schon fünfzig Jahre nichts mehr erneuert worden. Wir schicken noch einen Spezialisten wegen der Brandursache, aber wir sind uns ziemlich sicher.

Und Brandstiftung kann auch ausgeschlossen werden. Der Brand ist höchstwahrscheinlich von den Kabeln ausgegangen." Er knipst die Taschenlampe aus, die er immer noch in den Händen hält, draußen ist es mittlerweilc hell geworden. Zumindest kann man nun auch ohne künstliches Licht das gesamte Ausmaß der Katastrophe erkennen. Ob man will oder nicht. Ich würde eindeutig lieber nicht wollen. „Bis der Sachverständige hier war, möchten wir Sie bitten, nichts weiter anzurühren, das kann sonst Ärger mit der Versicherung geben. Wir sagen Ihnen Bescheid, sobald wir fertig sind."

„In Ordnung", antworte ich tonlos, wobei ich mich so fühle, als wäre rein gar nichts in Ordnung. Nun werde ich auch noch aus meinem eigenen Laden geschmissen …

Wie ferngesteuert steige ich in mein kleines Auto, das ich wie immer am Straßenrand geparkt habe. Die helle Wintersonne steht nun hoch am Himmel und taucht die Umgebung in ein fröhlich-glitzerndes Licht, das so gar nicht zu meiner Stimmung passen will. Ohnehin fühlt sich das alles merkwürdig surreal an.

Erst zu Hause stelle ich fest, dass ich noch meinen Schlafanzug trage. Rosa mit weißen Punkten. Als ich den Anruf von der Polizei bekam, habe ich mir bloß Schuhe und eine warme Jacke übergezogen und bin sofort losgefahren. Jetzt sehe ich aus wie eine Irre: Schlafanzug, zerzauste Haare und diverse Rußspuren in meinem Gesicht. Doch noch viel beängstigender ist mein wirrer Blick, gegen den selbst die halbstündige Dusche nichts ausrichten kann.

Meine Gedanken drehen sich nur noch um den Brand und meinen geliebten Laden. Selbst der frisch aufgebrühte

Kaffee erinnert mich in seiner Farbe an den verdammten Ruß, der sich dort überall verbreitet hat.

Meine kleine Wohnung, die ich sonst so sehr liebe, weil sie eine der wenigen wunderhübschen Altbauwohnungen in dieser Stadt ist, kann mich heute nicht trösten. Wahrscheinlich werde ich hier bald ohnehin ausziehen müssen.

Dieser Laden war mein Ein und Alles. Und noch viel schlimmer: Er war meine Existenz. Wenn die Versicherung nicht schnell bezahlt, habe ich ein wirklich ernsthaftes Problem. Ich habe keine Ahnung, wie ich ab nächstem Monat meine Rechnungen, meine Miete oder auch nur mein Essen bezahlen soll.

Seufzend stelle ich meinen dampfenden Kaffee auf dem kleinen Couchtisch mit den bunten Blechschildern ab und lasse mich mit geschlossenen Augen aufs Sofa fallen. Sehr zur Empörung meiner Katze Sparkle, die protestierend miaut, weil ich mich fast auf sie draufgelegt hätte und nun mit eingezogenem Schwanz wegläuft, um sich anschließend panisch zu übergeben. Ich möchte wetten, dass sie das auf meinen neuen Teppich auf dem Flur tut, aber ich fühle mich gerade nicht in der Lage aufzustehen und nachzusehen.

Und als wäre dieser Tag nicht schon schlimm genug, klingelt in eben diesem Moment mein Telefon.

„Bennett?" Ich nehme den Anruf entgegen, ohne darüber nachzudenken und ohne vorher zu schauen, wer da eigentlich anruft.

„Tessie, Liebes!" Ich hasse es, wenn meine Mutter mich so nennt. Ich meine, warum nennt man sein Kind Theresa, um es dann mit einem Namen zu rufen, der sich anhört wie der eines debilen Schoßhündchens?

„Mom ..." Ich klinge mindestens genauso erschöpft wie ich mich fühle. Am liebsten würde ich gleich wieder auflegen, aber ich weiß, dass sie mir das übelnehmen würde.

„Wie ist das Wetter bei euch in Midway?", flötet sie am anderen Ende der Leitung. Ich verdrehe die Augen, denn normalerweise ist das der Einstieg zu einem Überredungsversuch, in dem sie mir nahelegt, doch zu meinem Dad und ihr nach Kalifornien zu ziehen.

„Es ist kalt und sonnig." Ich antworte mechanisch, während ich mir verzweifelt den Kopf darüber zerbreche, ob ich ihr von dem Brand in meinem Laden erzählen soll oder lieber nicht. Da meine Mutter jedoch über irgendwelche geheimen Informanten zu verfügen scheint, die sie auch in tausenden Kilometern Entfernung noch mit Berichten versorgen, hole ich tief Luft, bevor sie mit ihren Ausführungen über das Wetter loslegen kann. „Mom, ich kann jetzt nicht reden." Das ist die Wahrheit. „Mein Laden ist vergangene Nacht abgebrannt." Auch das stimmt. „Und ich muss mich um alle möglichen Dinge kümmern. Gerade klingelt mein Handy auf dem Flur – vielleicht die Polizei." Eine faustdicke Lüge. „Ich melde mich später." Na ja, die Möglichkeit besteht zumindest.

Als ich auflege, regt sich kurz das schlechte Gewissen in mir. Ich hätte ihr wirklich ein paar Auskünfte mehr geben können. Aber ich weiß, was dann passiert: Sie hält mir Vorträge. Darüber, dass ich viel mehr aus meinem Leben hätte machen können, darüber, dass ich zu ihr nach Kalifornien ziehen soll, weil dort ohnehin alles besser ist und darüber, dass sie es ja immer schon geahnt hat. Was genau auch immer sie damit meinen mag. Und das ist gerade eindeutig mehr, als ich ertragen kann.

Eine Weile starre ich noch die weiße Zimmerdecke meines kleinen Appartements an, dann stehe ich auf, um Sparkles Erbrochenes wegzuwischen.

Kapitel 2

Wenn ich gewusst hätte, dass meine Mutter recht behalten würde und der blöde Kerzenladen tatsächlich eines verdammten Tages mal meinen Ruin darstellen wird …

Hinterher ist man immer schlauer und wahrscheinlich muss man manche Fehler in seinem Leben einfach machen.

Okay, normalerweise gilt das vor allem, wenn man jünger ist und nicht, wenn man bereits über dreißig ist und mit seiner Katze zusammenlebt. Immerhin bin ich nur ganz knapp über dreißig.

Kopfschüttelnd verberge ich mein Gesicht in den Händen, meine beste Freundin Lilly legt mir ihre Hand auf die Schulter. Im Gegensatz zu mir, muss sie sich keine Sorgen um ihren Job machen, weil sie keinen Job hat. Stattdessen hat sie einen sehr gut verdienenden Mann, eine zweieinhalbjährige Tochter und ein Leben wie aus dem Bilderbuch. Zumindest kommt mir das in diesem Moment so vor. Wenn ich die kleine Michelle beim nächsten Schreianfall erlebe, ändere ich meine Meinung vermutlich schnell wieder.

„So schlimm?" Ihre Stimme ist etwas zu laut, um wirklich sanft zu klingen, weil sie gegen das Stimmengewirr und die Musik in der Bar ankommen muss, in der wir gerade sitzen.

„Noch viel schlimmer!", antworte ich. „Die Versicherung weigert sich zu zahlen, weil die der Meinung ist, es sei meine Schuld. Ich hätte die Sicherungen regelmäßig kontrollieren müssen, damit so etwas nicht passiert. Ich kann vor Gericht gehen. Die Frage ist bloß, ob das etwas bringen wird. Gestern war ich bei einem Anwalt. Er meinte, ich hätte durchaus Chancen. Im Vertrag steht zwar, dass ich verpflichtet bin, die Sicherungen regelmäßig kontrollieren zu lassen, allerdings ist kein genauer Zeitraum dafür festgelegt. Im letzten Jahr war ein Elektriker da, der hat sich alles angesehen. Da war noch alles in Ordnung." Ich nippe an dem süßen Cocktail, den ich bestellt habe, obwohl ich ihn mir eigentlich gar nicht leisten kann. Zumindest beruhigt er meine aufgewühlten Nerven, auch wenn das auf die Dauer bestimmt keine gute Therapie ist. „Aber bis die Versicherung zahlt, werden Monate vergehen. Und meine laufenden Kosten gibt es weiterhin. Der Kredit, die unbezahlten Lieferanten, die ihr Geld haben wollen – die haben alle keine Lust zu warten, bis ich endlich Geld von der Versicherung bekomme."

Ich reibe mir meine Augen, immer in der Hoffnung, dass ich vielleicht aufwache und alles nur ein böser Traum war. Doch als ich mit dem Augenreiben aufhöre, sehe ich immer noch dunkle Holzvertäfelungen, altmodische Schilder mit Getränkewerbung, jede Menge Flaschen und Gläser sowie einen aufmunternd lächelnden Barbesitzer hinter dem Tresen. Das wäre auch zu nett gewesen.

„Schöne Sch…ande!" Lilly versucht sich wegen ihrer kleinen Tochter gerade das Fluchen abzugewöhnen und ich muss lachen.

„Aber echt! Ich habe offene Rechnungen in Höhe von mehreren tausend Dollar und nicht einmal die Möglichkeit, die Ware zurückzugeben. Es ist ja alles verbrannt oder hat einen Wasserschaden. Oder auch beides. Mein Erspartes reicht noch für einen Monat Miete und Essen, danach ist auch das aufgebraucht. Ich habe alles in meinen Laden gesteckt …“ Nachdenklich rühre ich mit dem knallpinken Strohhalm durch meinen giftgrünen Cocktail. „Meine Mom liegt mir seit dem Brand verschärft in den Ohren und bedrängt mich, dass ich endlich zu ihr ziehen soll.“

Lilly zieht angewidert die Nase kraus. Sie kennt meine Mutter fast so lange wie ich. Meine Mutter ist wirklich liebenswert, auf ihre ganz eigene, verrückte Art. Doch am allerliebsten habe ich sie, wenn sie möglichst weit weg ist.

Lillys Nase glättet sich wieder, während sich stattdessen ihre Stirn in Falten legt und sie sich kerzengerade aufsetzt.

„Aber du denkst doch hoffentlich nicht wirklich darüber nach, wieder zu deinen Eltern zu ziehen. Oder?“ Jetzt klingt sie ernsthaft bestürzt und ich schüttle schnell den Kopf.

„Bist du des Wahnsinns? Lieber wohne ich mit Sparkle unter eine Brücke!“ Voller Entschlossenheit streiche ich mein dunkelblaues Trenchcoatkleid glatt, für das ich letzten Monat ein kleines Vermögen bezahlt habe, obwohl ich es Second Hand gekauft habe. Hätte ich da schon gewusst, was mich erwartet, hätte ich das Geld lieber gespart, um meiner Katze und mir noch eine weitere Woche ein Dach über dem Kopf ermöglichen zu können. Dass man hinterher immer schlauer ist, ist ja heute keine neue Erkenntnis.

Grinsend knabbert meine beste Freundin an der Scheibe Ananas, die als Deko an ihrer Pina Colada gesteckt hat. Keine Ahnung, wie sie es schafft, dabei noch elegant auszusehen, jeder andere würde dabei wirken wie ein zu groß geratenes Nagetier. Sie trägt ebenfalls ein Kleid, ein knielanges, graues Strickkleid, das sie mit passenden hochhackigen Stiefeln kombiniert hat. Für diese eher rustikale Bar, die den meisten Umsatz mit Sportlern und Männern, die gerne Sport anschauen, macht, ist sie eigentlich eine Spur zu elegant gekleidet. Vielleicht liegt es auch bloß daran, dass bei ihr immer alles perfekt zusammenpasst und sie wie aus dem Ei gepellt wirkt, während unsere Umgebung ihre besten Jahre eindeutig hinter sich hat, dafür jedoch einen unvergleichlichen, leicht morbiden Charme ausstrahlt. Ich passe eindeutig besser in diesen Laden als meine beste Freundin, zumal ich eine ausgeprägte Schwäche für alte Dinge habe. Ich mag die Geschichten, die sie zu erzählen haben, die Seele, die Dingen innezuwohnen scheint, wenn sie schon durch viele Hände gegangen und mehrere Jahrzehnte oder sogar Jahrhunderte gesehen haben. So etwas fasziniert mich.

„Und du meinst, Sparkle würde das auch nur eine halbe Stunde überleben?“ Schmunzelnd zupft Lilly an ihrem Pony herum und bringt anschließend ihren blonden Pferdeschwanz in Form.

Ich zucke mit den Schultern, während ich ernsthaft darüber nachdenke. Vermutlich würde sie das nicht. Wenn Sparkle ein Mensch wäre, würde ich sie vermutlich als hochgradig neurotisch bezeichnen, wenn nicht sogar als zwangsgestört. Allerdings weiß ich nicht, ob es bei Katzen eine solche Diagnose überhaupt gibt. Und sie ist … na ja, sie ist vielleicht ein klitzekleines bisschen zu dick. Aber wenn sie nicht pünktlich ihr richtiges Futter bekommt, regt sie sich so sehr auf, dass sie zu kotzen beginnt. Außerdem hat sie Angst vor so ziemlich allem. Sogar vor Mäusen. Und manchmal auch vor Fliegen oder Käfern, zumindest dann, wenn sich diese schnell auf sie zubewegen. Obwohl ich wirklich zu den Menschen gehöre, die auf Sauberkeit und ein sicheres, bequemes Umfeld großen Wert legen – niemals würde ich zum Beispiel campen gehen – glaube ich, dass für meine Katze ein Leben unter der Brücke deutlich schlimmer wäre als für mich.

„Ich werde mir wohl einen neuen Job suchen müssen. Vielleicht sollte ich irgendwo putzen gehen oder so." Seufzend schiebe ich eine Haarsträhne, die mir ständig in die Augen fällt, zurück hinter mein Ohr. Erneut tauchen die Bilder meines kleinen Ladens in meinem Kopf auf und wieder schüttle ich den Kopf.

„Ach Theresa!" Lilly beugt sich zu mir herüber und gibt mir einen Kuss auf die Wange. „Manchmal ist das Leben einfach doof." Das ist, soweit ich zurückdenken kann, ihr Lieblingsspruch für alle Ungerechtigkeiten, die das Leben manchmal so zu bieten hat. Und natürlich hat sie völlig recht. „Zur Not musst du eben bei uns im Keller wohnen – das ist immer noch besser als bei deiner durchgeknallten Mutter oder unter der Brücke." Aufmunternd drückt sie meine Hand und ich muss lächeln.

„Du bist eben die Beste, Lilly. Die Allerbeste! Aber ich hoffe trotzdem, dass es gar nicht erst soweit kommen wird." Der letzte Rest meines Cocktails verschwindet mit einem schlürfenden Geräusch in meinem Strohhalm. Mein Blick ist auf einmal leicht verschwommen und ich muss mehrfach blinzeln, bis er sich wieder geklärt hat.

„Und weil ich die Beste bin, musst du unbedingt mal mit mir auf eine dieser Karaoke-Partys gehen!"

Ich hasse Karaoke, aber ich bin gerade viel zu gerührt, um nein zu sagen.

Wie meistens, muss Lilly früh weg, da ihr kleiner Wirbelwind von Tochter eine ziemliche Frühaufsteherin ist. Ich mache mich ebenfalls auf den Heimweg. Wir wohnen beide nicht weit weg und können zu Fuß nach Hause gehen, was sich schon das ein oder andere Mal, wenn wir hier waren, als sehr praktisch erwiesen hat. Allerdings wohnt Lilly deutlich schöner als ich, das muss ich neidlos zugeben.

Nachdem ihre Tochter Michelle vor zweieinhalb Jahren geboren wurde, ist sie mit ihrer kleinen Familie in ein süßes, funkelnagelneues Häuschen umgezogen. Adrett, sauber, praktisch und eine Spur zu perfekt, wie eben alles an Lilly. Abgesehen von ihrer immer noch ausgeprägten Leidenschaft zum Feiern natürlich, die ihr ihr Mann ab und an mal zum Vorwurf macht.

Und meine Wohnung … so sehr ich sie auch mag, praktisch ist sie eigentlich nicht. Die alten, hübsch anzusehenden Fenster sind undicht, die Heizung gibt Geräusche von sich, die mich an den lungenkranken, kettenrauchenden Großvater einer Kindergartenfreundin von mir erinnern und ich dusche jeden Morgen wechselwarm, was zwar gesund sein mag, jedoch nicht auf freiwilliger Basis geschieht.

Trotzdem fühle ich mich wohl dort, vielleicht, weil es ein bisschen ist wie mit dieser Bar. Jeder kleine Fehler hat irgendwie etwas Liebenswertes und Einzigartiges an sich.

Vorsichtig öffne ich die Tür. Manchmal lauert Sparkle einem auf und zwickt einem in die Waden, wenn man ihrer Meinung nach zu lange weg gewesen ist. Aber heute scheint sie mit meinem Verhalten einverstanden gewesen zu sein und liegt stattdessen schlafend auf dem Sofa.

Lächelnd nehme ich sie auf den Arm und lege sie am Fußende auf mein Bett, damit ich nicht ganz alleine schlafen muss.

Wie in jeder Nacht kommen auch heute die Alpträume …

+++

Als Devon Frenley die wenigen grau gepflasterten Treppenstufen zu seinem Haus hochstolpert, wird es draußen schon fast wieder hell.

Müde schließt er die schwere Eichentür auf und schaltet den Alarm aus, schlüpft aus den schwarzen Boots, stellt sie neben die Garderobe und schmeißt seine ebenfalls schwarze Lederjacke gleich hinterher. Einen Moment lang betrachtet er das Ganze mit zusammengekniffenen Augen, dann bückt er sich doch, um die Jacke aufzuheben und anschließend ordentlich auf einen Bügel zu hängen. Die Jacke war teuer, und der Fußboden wird ihr nicht gut bekommen. Es ist zwar nicht so, als wäre er geizig oder penibel auf sein Eigentum bedacht, aber irgendwie empfindet er es als respektlos, wenn man seine Sachen nicht mit Sorgfalt behandelt. Schließlich gibt es genug Menschen, die sich solche Dinge nicht leisten können, die in Hunger und Armut leben müssen – da sollte man, wenn man selbst schon im Luxus lebt, wenigstens erkennen, was das für ein Geschenk ist und es nicht noch mit Füßen treten.

Er fühlt sich ein bisschen, als wäre er betrunken. Leider ist er das nicht. Stattdessen dröhnt ihm der Kopf von einem ganz anderen Gift. Das ist brünett und heißt Yvette Tailor.

Leider ist sein Zustand nicht darauf zurückzuführen, dass sie so berauschend ist. Zumindest nicht für ihn. Oder, um noch genauer zu sein: Nicht mehr für ihn.

Es gab Zeiten, da hat sie ihn durchaus gereizt. Die endlos langen Beine, die großen Brüste und dieser Mund, bei dem ein Mann immer gleich daran denken muss, wie es wohl aussehen würde, wenn sich diese Lippen um sein bestes Stück …

Allerdings hat er selten etwas so sehr bereut wie die Tatsache, dass er diese Vorstellung hat zur Realität werden lassen. Und auch noch ein paar andere Vorstellungen Yvette betreffend. Nicht, dass der Sex an sich schlecht gewesen wäre, das war er definitiv nicht. Aber Yvette selbst, na ja, sie gehört zu den Frauen, die einfach nicht einsehen wollen, wenn ein Mann nicht mehr von ihnen will, als eben ein paar Vorstellungen in die Realität umzusetzen.

Und obwohl sich Devon nicht entsinnen kann, ihr je irgendwelche Hoffnungen gemacht zu haben – ganz im Gegenteil – wird er sie nun nicht mehr los.

Sie bildet sich ein, dass die beiden eine Beziehung hätten, was abstruse Ausmaße annimmt.

Sie lauert ihm auf, wo sie nur kann. Sie gibt Interviews, in denen sie von Hochzeitsplänen berichtet, die es nicht gibt. Nachdem Devon alle seine Telefonnummern hat ändern lassen, hat sie es neulich irgendwie geschafft, die Privatnummer seiner Mutter herauszubekommen und dort angerufen. Zum Glück ist seine Mutter clever genug, um sich von so etwas nicht sonderlich beeindrucken zu lassen. Devon hat fünf ältere Geschwister und sie alle waren nicht gerade unauffällige und stille Kinder; wahrscheinlich kann seine Mutter so schnell nichts mehr aus der Ruhe bringen.

Trotzdem hat ihn dieser Anruf wütend gemacht. Wenn er belästigt wird, ist es das eine und unangenehm genug, doch wenn man einen gewissen Bekanntheitsstatus erreicht hat, lernt man damit umzugehen. Mit einem stolzen Lächeln denkt Devon an die vielen Eishockey-Pokale, die oben in seinem Arbeitszimmer stehen, weil er es irgendwie prollig findet sie ins Wohnzimmer zu stellen, genau wie einen eigenen Trophäenraum dafür einzurichten. Wenn man in der Profi-Liga spielt, steht man zwangsläufig irgendwann mehr oder weniger im Rampenlicht, auch außerhalb der Spiele an sich. Ist man zusätzlich noch relativ erfolgreich und lebt in einem kleinen Ort wie Midway, dann bekommt man schon beinahe einen Superstar-Status.

Dass man kaum noch irgendwo hingehen kann, ohne um ein Autogramm gebeten zu werden und ohne dass irgendwer Fotos von einem schießt, ist ein Umstand, an den man sich früher oder später gewöhnen muss. Daran, dass sich einem hübsche und auch weniger hübsche Frauen an den Hals werfen, gewöhnt man sich erschreckend schnell.

Devons Lebensplanung war seit Beginn seiner Sportlerkarriere sehr eindeutig:

Erst die Karriere, mit aller Kraft und Energie, dann eine Familie. Beides unter einen Hut zu bringen, ist völlig unmöglich. Ein Tag hat nun mal nur vierundzwanzig Stunden und es ist weder für eine Karriere noch für eine Familie förderlich, wenn man sich nicht voll und ganz auf sie konzentrieren kann. Diese Erfahrung hat er bereits gemacht. Wie ein stummer Vorwurf tauchen die Bilder von Samantha in seinem Kopf auf, von ihren traurigen, einsamen Augen und von all dem, was hätte sein können. Einen kurzen Moment lang ergreift ihn eine beinahe lähmende Traurigkeit.

Mit einem energischen Kopfschütteln versucht er die ungebetenen Erinnerungen zu vertreiben.

Sie waren so jung! Und sie hatten so unterschiedliche Vorstellungen vom Leben und ihrer Beziehung. Devon war ständig unterwegs, Training, Auswärtsspiele, in manchen Monaten hat er mehr Zeit in Hotelbetten als in seinem eigenen verbracht. Sam hat darunter immer gelitten, sie gehörte zu den Menschen, die einfach nicht gut alleine sein können. Dann ist sie durch ein paar Prüfungen gefallen und irgendwie abgestürzt. Jedes Mal, wenn Devon nach Hause kam, war sie ein bisschen dünner und seltsamer als noch ein paar Tage zuvor. Er hat eine Weile gebraucht, bis er herausgefunden hat, dass sie ein Drogenproblem hatte und so richtig klar geworden ist es ihm eigentlich erst, als er sie einmal völlig zugedröhnt auf dem Sofa gefunden hatte. So vollgepumpt mit irgendwelchem Mist, dass sie erst im Krankenhaus wieder richtig zu sich kam und lange Zeit nicht feststand, ob sie das Ganze ohne Folgeschäden übersteht.

Devon hat sich deswegen ewig Vorwürfe gemacht, auch wenn er eigentlich gar keine Chance hatte, mehr für sie da zu sein und selbst erst Anfang zwanzig war – im Nachhinein betrachtet noch ein halbes Kind.

Er hat diesen Fehler nie wieder gemacht, nie wieder hat er sich nach Samantha auf eine wirkliche Beziehung eingelassen und er hat es auch nicht vor, solange seine Karriere noch nicht beendet ist. Er kann halbe Sachen nicht leiden. Entweder man macht Dinge ganz oder gar nicht, und manche Chancen kommen niemals zurück.

Das hält ihn zwar nicht davon ab, ein ausgefülltes Sexleben zu führen, aber er lässt die Frauen nie im Unklaren darüber, dass sie bei ihm nichts anderes bekommen als eine unverfängliche und rein körperliche, zeitlich begrenzte Affäre. Bisher hat das auch nie Probleme gegeben, bis Yvette aufgekreuzt ist. Leider hält sie ihn momentan mindestens genauso erfolgreich davon ab, sich auf seine Karriere zu konzentrieren, wie es eine Familie tun würde.

Wütend stellt Devon die Stereoanlage an, und die lauten Klänge von AC/DC *Highway to hell* schallen durch seine Küche.

Er ist müde, jedoch viel zu unruhig, um schlafen zu können. Unglaublich, wie sehr so eine kleine Person einem das Leben schwermachen kann, wenn sie nur will.

Mit einem Glas Whisky in der Hand setzt er sich an den großen Holztisch, den er von seiner Großmutter geerbt hat und der schon seit mehreren Generationen in Familienbesitz ist.

Gestern hat er sich mit seinem Anwalt getroffen, um eine einstweilige Verfügung gegen Yvette zu erwirken, denn so kann es einfach nicht weitergehen. Der Anruf bei seiner Mutter hat das Fass eindeutig zum Überlaufen gebracht!

Himmel, alleine der Gedanken daran, was sie wohl getan haben muss, um überhaupt an die Telefonnummer zu kommen, lässt ihn erschaudern.

Erst hat er sich gegen die einstweilige Verfügung gewehrt, er wollte ursprünglich keine rechtlichen Schritte gegen sie einleiten, denn irgendwo tut sie ihm auch leid. Wie einsam muss ein Mensch wohl sein, um sich so zu verhalten? Und wenn sie hinterher ihren Job als Zahnarzthelferin verliert, weil sie Ärger mit der Polizei bekommt, wäre damit ja auch niemandem geholfen. Wahrscheinlich wäre dann alles bloß noch schlimmer, weil sie auf einmal den ganzen Tag Zeit hätte, um ihm nachzustellen, ihn und seine Familie zu belästigen.

Kurzum: Yvette ist besessen von ihm. Und durch ihre ständige Anwesenheit, immer und überall, ist Devon auch irgendwie besessen von ihr. Allerdings nicht so, wie sie es wohl gerne hätte.

Das Schlimme ist: Mittlerweile bildet er sich überall ein, sie zu sehen. Manchmal kommt sie auch zu ihm, wenn er am wenigsten mit ihr rechnet oder sie steht stundenlang vor seiner Tür, schickt ihm Blumen … dabei ist es ja nun wirklich eine eher merkwürdige Idee, einem Mann Blumen zu schicken.

Heute ist er zwei Stunden gefahren, um irgendwo mal einen Abend ohne sie und in Ruhe verbringen zu können. Und es war so schön!

Entspanntes Flirten mit anderen Frauen, ohne zu befürchten, dass sie irgendwann vorbeikommt, um ihm eine Szene zu machen. Nette Unterhaltungen führen, ohne sich Sorgen zu machen, sie könne irgendwann auftauchen und sich an seinen Arm hängen. Der Abend hat sich so gut angefühlt! Befreit, entspannt und sogar das Essen hat viel besser geschmeckt als sonst.

Devon ist sich ganz sicher: Er will mehr davon. Mehr von solchen Abenden und zwar ohne dafür erst mehrere Stunden fahren zu müssen. Die Frage ist nur wie …

+++

Kapitel 3

Ich sehe sie wie durch eine dicke Schicht aus Milchglas. Aber es ist kalt, so kalt! Ihre Augen sind aufgerissen, als wäre sie erstaunt. Nicht so, als hätte sie Panik. Alles, was ich erkenne, ist pures Erstaunen. Trotzdem habe ich Panik, schlimmer als je zuvor in meinem Leben.

Ich muss sie erreichen, muss sie da herausholen, ich muss sie retten.

Doch ich kann nicht. Ich kann nur hilflos dastehen und in ihr erstauntes Gesicht starren.

Wie so oft werde ich von meinem eigenen Schrei geweckt und blicke in die grünen Augen von Sparkle, die sich nun neben meinem Kopfkissen niederlässt und zu schnurren beginnt, als würde sie wissen, dass ich ihren Trost gebrauchen kann. Allerdings weiß sie auch genau, dass ich sie jetzt auf meinem Kopfkissen schlafen lasse, was sie sonst eigentlich nicht darf.

Müde reibe ich mir den Schlaf aus den Augen, der schlechte Traum lässt sich leider nicht ganz so leicht vertreiben. Ebenso wenig wie meine sonstigen Probleme.

Zumindest kann ich heute zum ersten Mal wieder in meinen Laden. Von dem kurzen Mal gleich am Morgen danach abgesehen, war das bisher nicht möglich. Die Experten, die für die Aufklärung von Bränden zuständig sind, scheinen schwer begehrt zu sein und kaum Zeit zu haben. Ich weiß ohnehin nicht, was sie so lange dort getrieben haben, denn die Ursache stand schon eine Weile fest. Aber anscheinend gab es auch noch andere Dinge zu klären; etwa, ob das Gebäude nun einsturzgefährdet sein könnte und was weiß ich nicht noch alles. Warum sie mich gleich, nachdem der Brand gelöscht war, reingelassen haben, verstehe ich nicht. Doch das muss ich ja auch nicht. Es reicht in solchen Fällen, wenn man brav alle Anweisungen befolgt.

Irgendwie bin ich ganz froh, dass ich mich in den letzten drei Wochen um nichts kümmern durfte. Verdrängung funktioniert nämlich eindeutig besser, wenn man das Unglück nicht immer direkt vor Augen hat, und so ist es mir letztendlich gelungen, bloß dreiundzwanzigeinhalb Stunden am Tag an die Katastrophe mit meinem Laden zu denken.

Auf manche Dinge kann man sich innerlich so gut vorbereiten wie man will; wenn man direkt damit konfrontiert ist, trifft einen trotzdem der Schlag.

Genauso geht es mir jetzt.

Alles, aber wirklich alles in meinem Kerzenladen ist ruiniert. Von der ehemals weiß getünchten Decke über die hellrosa Wände bis hin zu den grau lackierten Bodendielen mit den bunt gemusterten Teppichen.

Es ist ja nicht so, als hätte ich das nicht bereits vor drei Wochen gesehen.

Im Prinzip war es mir bewusst …

Aber eine Mischung aus Verdrängung und Hoffnung kann sich manchmal nahezu verheerend auf das Bewusstsein auswirken.

„Scheiße! Elende, mistverdammte Scheiße!" Wütend trete ich gegen eines der verkohlten Regale, das unter lautem Tumult in sich zusammenbricht – allerdings war ohnehin nichts mehr darin, das man noch für irgendetwas hätte nutzen können.

Trotzdem gehe ich zu meinem Kofferraum und hole die leeren Kartons heraus, die ich mitgenommen habe, auch wenn ich nur einen Bruchteil davon gebrauchen kann.

Schließlich gelingt es mir, vier Kartons voll Kerzen im Glas zu retten. Die sind zwar total dreckig und die Etiketten sind ruiniert, aber wenn man sie reinigt, selbst beschriftet und anschließend im Internet versteigert … Dann reicht es zumindest, um Sparkle die nächsten Wochen das schweineteure Katzenfutter zu kaufen, das sie so sehr mag.

Seufzend werfe ich einen Blick in mein Portemonnaie. Vielleicht reicht es sogar noch für ein paar Donuts, um damit bei meiner Schwester und meiner Nichte vorbeizuschauen.

Eine Viertelstunde später stehe ich bei den beiden vor der Tür. Wenige Sekunden nachdem ich geklingelt habe, öffnet mir meine Nichte Emma. Als sie mich sieht, beginnt sie wie immer zu strahlen und ihr Lächeln macht mich glücklich und traurig zugleich.

„Thelesa! Mommy, Thelesa ist da!“, ruft sie, weil sie meinen Namen nicht richtig aussprechen kann. Im selben Moment erscheint Deborah hinter ihr; sie ist ein kleines bisschen atemlos. Sie schiebt sich eine mausbraune Strähne zurück in ihre etwas altmodische Hochsteckfrisur und glättet ihren knielangen Rock.

„Emma, verdammt noch mal! Du sollst die Tür nicht alleine aufmachen! Du weißt doch gar nicht, wer da klingelt.“

„Du hast verdammt noch mal gesagt! Man soll nicht fluchen. Das weißt du doch.“ Sie klingt vorwurfsvoll, altklug und ein wenig beleidigt, bevor sie ihre Mutter einfach ignoriert. „Hast du Donuts mitgebracht? Mit rosa Zucker?"

Natürlich habe ich das und sobald ich die Schachtel aufgemacht habe, ist Emma auch schon wieder mit ihrer Beute verschwunden. Ich höre nur noch ihre Zimmertür zufallen, wie meistens zu laut.

„Sie macht mich fertig, wirklich." Lachend schüttelt meine Schwester den Kopf, bevor sie vor mir her in die gemütliche kleine Küche geht. „Möchtest du einen Kaffee? Und ich hoffe, du hast auch Donuts mit weißer Schokolade und Krokant mitgebracht …"

Ich kenne die beiden lange genug, um zu wissen, wer welche Vorlieben hat und zaubere die entsprechenden Kalorienbomben hervor. Während ich selbst in meinen Donut mit Puderzucker und Vanillecremefüllung beiße, unterhalten Deborah und ich uns über alles Mögliche, den Stand der Brandschäden, das Wetter, ihre Zahnbehandlung. Wir sprechen über alles, nur nicht über Emma, weil wir dieses Thema vermeiden, da es für uns beide aus Schuldzuweisungen und Trauer besteht.

Als ich wegfahre, bin ich traurig.

Dennoch werde ich nächste Woche wiederkommen und jeden zweiten Tag anrufen. So wie immer. Auch wenn es nie wieder so unbeschwert sein wird, wie es früher einmal war.

Zu Hause schlage ich die Zeitung auf und bewerbe mich auf alle inserierten Stellen, die auch nur halbwegs für mich infrage kommen könnten.

Ich vermisse meinen Laden.

Die duftenden Kerzen und die vielen kleinen Dinge, die ich sonst noch so verkauft habe, wie etwa besonders hübsche Muffinförmchen, handgewebte Tischtücher oder Servietten.

Anschließend rufe ich Lilly an, stelle auf Freisprechen und wasche mein Frühstücksgeschirr ab, das ich heute Morgen habe stehen lassen. Schon als sie abnimmt, höre ich Michelle im Hintergrund herumkrakeelen und muss trotz meiner Sorgen schmunzeln.

„Spielt Michelle wieder mit ihrer Stoff-Sparkle?" Die kleine Plüschkatze, die ebenso weiß mit schwarzem Kopf ist wie ihr reales Vorbild, habe ich ihr zu ihrem Geburtstag geschenkt. Sehr zum Leidwesen ihrer Mutter liebt sie sie und will sie nie hergeben, auch nicht zum Waschen.

„Das hässliche Vieh sieht bald genauso abgeranzt aus wie die echte Sparkle!", beklagt Lilly sich am anderen Ende der Leitung und ich muss lachen.

„Ich muss doch sehr bitten!" Ich versuche empört zu klingen, aber es gelingt mir eher schlecht als recht. „Sparkle ist die schönste Katze der Welt. Deshalb heißt sie auch Sparkle." Mit einem Schwamm wasche ich meine Kaffeetasse aus und stelle sie in das Abtropfgestell auf der Spüle.

Nun ist es an Lilly zu lachen.

„Sparkle ist die räudigste und hässlichste Katze, die ich je gesehen habe! Und einen schlechten Charakter hat sie obendrein."

Sparkle selbst, die bis zu diesem Moment schlafend auf dem einzigen Küchenstuhl gelegen hat, der über ein Kissen verfügt, schaut in genau diesem Moment vorwurfsvoll zu mir herüber. Dann springt sie vom Stuhl auf, maunzt empört und läuft auf den Flur, um sich dort zu übergeben.

„Jetzt ist sie beleidigt!" Nachdenklich schaue ich meiner Katze hinterher, manchmal ist sie mir wirklich ein bisschen unheimlich. Außerdem hat sie eigentlich gar keinen Grund beleidigt zu sein, denn Lilly hat bloß die Wahrheit gesagt und obendrein noch verschwiegen, dass das Tier viel zu dick ist.

Schließlich beende ich meinen Abwasch und erzähle Lilly von meinem furchtbaren Tag, während sie mir von Michelles Krabbelgruppe berichtet, über die sie sich schon seit Wochen aufregt. Dort scheint es momentan nur darum zu gehen, welches Kind was kann.

„Wir sollten mal wieder ausgehen, um auf andere Gedanken zu kommen! Was meinst du?" Michelles Krakeelen ist nun in zufriedenes Schmatzen übergegangen. Vermutlich hat Lilly sie mit einem Keks bestochen, um in Ruhe telefonieren zu können.

„Klingt gut!" Nebenher werfe ich noch einen Blick in die Tagezeitung, um sicherzugehen, dass ich keine Stellenanzeige übersehen habe. Erst, nachdem ich schon zugesagt habe, fällt mir wieder ein, dass ich ihr eine Karaoke-Party versprochen habe.

Mist.

Und ziemlich dumm gelaufen.

Ich hole mir eine Portion Pfefferminzeis aus meinem Gefrierschrank, das ich genüsslich langsam auf dem Sofa esse. Es ist süß und herb zugleich und macht mich wenigstens für einen kurzen Moment ein wenig glücklicher.

Kapitel 4

„So willst du weggehen? Das kann doch nicht dein Ernst sein!" Lilly klingt aufrichtig entsetzt, als sie mich am Wochenende abholen kommt, eine halbe Stunde vor der vereinbarten Zeit. Wahrscheinlich hat sie schon geahnt, dass ich mich nicht so kleide, wie sie das gerne hätte. Aber ich hasse Karaoke und will auf keinen Fall so wirken, als wäre ich freiwillig da.

„Was hast du denn gegen mein Outfit?" So schlimm sind mein altes, kariertes Hemd und die Jeans ja nun auch nicht. Letztere ist sogar eng anliegend, außerdem trage ich dazu schwarze High Heels.

„Hemden im Holzfäller-Look sind schon seit den Neunzigern out, meine Liebe." Kritisch mustert sie mich von Kopf bis Fuß. „Mal abgesehen davon bist du dreckig. Du siehst aus, als hättest du ein heißes Techtelmechtel mit einem Schornsteinfeger gehabt. Ich weiß ja, dass du mich nur widerwillig begleitest, aber musst du es mir gleich so deutlich zeigen?" Sie verpasst mir einen Klaps auf den Po, bevor sie mich in Richtung meines Kleiderschranks schiebt. „Ich gehe jetzt ins Wohnzimmer und schaue mir an, ob Sparkle schon wieder dicker geworden ist. Und wenn du in zehn Minuten kein anständiges Outfit angezogen hast, erzähle ich ihr, dass sie eine fette, hässliche Katze ist …"

Manche Drohungen sind so gemein, dass man umgehend macht, was der entsprechende Erpresser von einem will.

Exakt zehn Minuten später kehre ich zurück ins Wohnzimmer. Ich trage immer noch Jeans und High Heels, doch ich habe das Karohemd gegen eine pfirsichfarbene Carmenbluse ersetzt, meine Haare zu einem Pferdeschwanz gebunden und noch ein bisschen Lippenstift aufgelegt. Außerdem habe ich die Rußreste aus meinem Gesicht entfernt. Auch wenn ich finde, dass Lilly sich ein bisschen angestellt hat. Ich habe die schwarze Stelle über meinem Ohr nämlich erst auf den zweiten Blick entdecken können.

Anscheinend gefällt Lilly das nun deutlich besser, denn sie sieht wesentlich zufriedener aus.

+++

Das Training war mehr als anstrengend und obwohl Devon mit dem Trainer eigentlich befreundet ist, hätte er ihn heute permanent erwürgen können. Seit Eric mit der Tochter vom Chef zusammen ist, hat er ständig gute Laune und gleichzeitig ist das Training noch anstrengender als vorher. Nicht, dass Devon etwas dagegen hätte hart für sein Geld zu arbeiten, schließlich bekommt er reichlich davon. Aber man kann auch alles übertreiben.

Jetzt hat er Muskelkater und zu allem Überfluss ist er heute Abend noch mit den Jungs verabredet. Im Prinzip würde er am liebsten zu Hause bleiben, allerdings mag er die Verabredung auch nicht mehr absagen.

Müde quält er sich vom Sofa, wirft eines der dunkelgrauen Kissen, das dabei herunterfällt, zurück, und macht sich auf den Weg in Richtung Bad. Er hat zwar gleich nach dem Training geduscht, aber manchmal belebt so eine heiße Dusche seine müden Muskeln und seinen ebenfalls müden Geist.

Tatsächlich hilft das heiße Wasser zumindest ein bisschen und seine Laune ist ebenfalls deutlich besser, als er nach ein paar Minuten wieder aus der Dusche steigt. Ein Handtuch schlingt er sich um seine Hüften, mit einem weiteren wischt er den beschlagenen Spiegel trocken.

Normalerweise gehört er nicht zu den Männern, die viel Zeit vor dem Spiegel verbringen. Zähneputzen, Rasieren, After-Shave-Balsam, ein bisschen Styling für die Haare … und natürlich etwas Deo. Das braucht zusammen keine zehn Minuten. Doch heute fällt ihm auf, dass er alt geworden ist. Letzten Monat ist er fünfunddreißig geworden. Ein Alter, in dem Mann langsam darüber nachdenken muss, was man machen möchte, wenn man mit dem Profisport aufhören muss.

Doch da er im Tor steht, hat er noch ein paar Jahre Zeit; die Goalies hören meistens später auf als die Feldspieler, da auf dieser Position die Erfahrung irgendwann die abnehmende Fitness wettmacht. Ein letzter Vertrag noch, der schon unterschrieben ist und vielleicht noch zwei oder drei gute Saisons, in denen er noch mal alles geben kann.

Er will gerade das Haus verlassen, als sein Telefon klingelt.

+++

In der Bar ist es laut und voll. Das schummrige Licht wird heute durchzuckt vom Glitzern einer altmodischen Discokugel sowie dem Scheinwerfer mit Farbspiel, der die kleine Bühne beleuchtet, auf der mehr oder weniger betrunkene Menschen mehr oder weniger gekonnte Interpretationen bekannter Lieder zum Besten geben.

Lilly flirtet wie eine Weltmeisterin mit irgendeinem grobschlächtigen Typen, dessen Hemd so ähnlich aussieht wie meins vorhin. Bloß ohne die Flecken. Dabei würde sie ihren Mann niemals betrügen, aber sie legt es heute auf Gratisdrinks an. Früher haben wir uns einen Spaß daraus gemacht, wer mehr Drinks ausgegeben bekommt – meistens hat Lilly gewonnen. Sie ist allerdings wirklich ein Hingucker mit ihren strohblonden Haaren und ihren babyblauen Kulleraugen, daran können auch die Jahre, Kind und Mann nichts ändern.

Ich bin heute fürs Flirten nicht in Stimmung, aber Lilly dafür anscheinend für uns beide. So versorgt sie mich ebenfalls mit Bier und Schnaps und es dauert nicht lange, bis wir albern herumkichern. Fast so wie in alten Zeiten. Der Typ im Karohemd scheint nach und nach das Interesse zu verlieren, wahrscheinlich, weil Lilly jegliche körperliche Annäherung gekonnt abwimmelt. Stattdessen hat er sich jetzt der hübschen Brünetten neben uns zugewendet, um sie mit seiner Aufmerksamkeit zu beglücken.

Mir soll es recht sein.

„Einen Schnaps noch – geht auf meine Kosten." Lilly drängelt sich zur Bar durch und als sie mit dem Gewünschten zurückkommt, strahlt sie. Dabei sieht sie auf den ersten Blick gar nicht aus wie ein Mädchen, das gerne Schnaps trinkt, sondern eher wie eine Weißwein-Frau. Trotz der Jeans, die sie heute trägt, wirkt sie so elegant wie eine Lady. Nur wenn man ganz genau hinsieht, erkennt man, dass ihre Augen immer etwas zu übermutig funkeln und ihr Lachen eine Spur zu laut ist, um wirklich damenhaft zu sein. Ich mag es, wenn ihr altes Ich zum Vorschein kommt, das fröhliche, unbeschwerte, das sie im Laufe der Jahre hinter einer perfekten Maske versteckt hat. „Der übernächste Song ist übrigens unserer! Ich dachte, ein Duett wäre dir lieber als ein Solo." Sie zwinkert mir fröhlich zu, bevor sie mit mir anstößt, um den Alkohol dann auf ex herunterzukippen, und ich tue es ihr gleich. Duett oder Solo – das ist in diesem Fall ein bisschen wie die Wahl zwischen Pest und Cholera.

+++

„Hey, sorry, dass ich so spät dran bin. Ich hatte noch einen ziemlich unangenehmen Anruf."

Devon öffnet die Autotür seines Trainers, der heute Abend den Fahrer spielen wird.

„Wieder eine Frau, die behauptet, mindestens drei ihrer vier Babys wären von dir und jetzt Unterhalt haben will?" Mit einem schiefen Grinsen klopft Eric Devon auf die Schulter. „Vielleicht solltest du langsam aber sicher einfach mal deinen Freund in der Hose lassen, wo er hingehört. Oder ihn nur noch mit Exklusivrechten vergeben. Das würde dir eine Menge Stress ersparen, Kumpel."

Normalerweise hat Devon nichts gegen solche gutmütigen Hänseleien, normalerweise würde er einfach darüber lachen. Doch der Anruf vorhin war alles andere als normal.

„Wenn es das mal wäre …" Das Geräusch seiner knirschenden Zähne kommt ohne Probleme gegen das leiser gestellte Radio an.

„Lass mich raten: Yvette hat wieder irgendwas gemacht." Diesmal ist der Blick, den Eric ihm zuwirft, nicht mehr spöttisch-amüsiert, sondern fast schon mitleidig.

„Sie hat wohl in Boston angerufen und irgendwelchen Mist von unserer angeblichen Verlobung gefaselt und dass ich nicht halten würde, was ich verspreche. Sie hat die Nummer vom Teambesitzer herausgefunden, Eric, das musst du dir mal vorstellen! Sie hat bei meinem zukünftigen Chef angerufen und sich über mich beschwert, weil ich mich nicht genug um sie kümmern würde. Diese Frau ist einfach völlig krank im Kopf! Und du kannst dir sicher vorstellen, dass mein neuer Chef alles andere als begeistert über diesen Anruf gewesen ist. Er hat mir nahegelegt, das möglichst schnell in den Griff zu bekommen – dabei war er nicht gerade freundlich."

„Ach du Scheiße. Wie kommt sie ständig an die ganzen Nummern?"

„Ich habe keine Ahnung, echt nicht. Dieses Miststück. Langsam habe ich wirklich die Schnauze voll. Nächste Woche habe ich einen Termin bei Gericht wegen einer einstweiligen Verfügung gegen sie, das geht so nicht weiter. Stell dir das mal vor … beim Teambesitzer!"

„In meinem Fall wäre das besonders heikel, immerhin ist der Teambesitzer mein Schwiegervater in spe. Vermutlich würde er mich versuchen zu kastrieren, wenn ich nicht genau das mache, was Sarah von mir will …" Eric schüttelt sich kurz bei dem Gedanken. „Ich hoffe für dich, dass der Gerichtstermin nächste Woche Klärung bringen wird. Ich an deiner Stelle hätte sie schon längst verklagt, auf alles, was ihr lieb und teuer ist."

Devon seufzt tief.

„Danke. Aber ich will ihr nicht schaden, ich will einfach nur meine Ruhe haben. Irgendwie tut sie mir fast ein bisschen leid." Unruhig trommelt er mit seinen Fingern auf der Armlehne des Beifahrersitzes. „Sie soll sich lieber jemanden suchen, der ihre Aufmerksamkeiten zu schätzen weiß und mich mein Leben leben lassen. Mehr will ich doch gar nicht."

Das anschließende Schweigen im Wagen macht deutlich, dass weder Eric noch Devon selbst so wirklich daran glauben, dass das tatsächlich einfach werden wird.

Wachsam lässt Devon seine Augen durch das Lokal streifen, zum Glück kann er den dunklen Schopf von Yvette nirgendwo entdecken. Mal einen Abend Ruhe vor ihr zu haben, wäre fast zu schön, um wahr zu sein. Noch einmal blickt er aufmerksam um sich, aber tatsächlich scheint von seiner durchgeknallten Stalkerin heute Abend jede Spur zu fehlen. Es wäre für sie schwieriger, wenn er einfach jeden Abend woanders hingehen würde, aber dies ist nun mal die Stammkneipe von ihm und den anderen Jungs.

Deutlich entspannter macht er es sich auf einem Stuhl bequem, streckt die langen Beine in den Gang aus und überkreuzt sie lässig an den Fußknöcheln.

Auf der schlecht beleuchteten Bühne in *„Steven's Bar"* geben gerade zwei offenkundig leicht angetrunkene Blondinen eine Country-Nummer aus den Neunzigern zum Besten, in der es um den Sommer und um wahre Freundschaft geht, wie in den meisten solcher Songs. Leider sind sie zu betrunken sowie zu untalentiert, um gut zu sein, und nicht hübsch genug, dass es trotzdem egal wäre. Natürlich sind sie auch nicht hässlich … Allerdings müssten sie schon überirdisch toll aussehen, damit es trotzdem noch in irgendeiner Form vergnüglich wäre, die beiden auf der Bühne zu erleben.

Er hasst die dämlichen Karaoke-Abende! Ohnehin geht ihm im Moment beinahe alles auf die Nerven, zusätzlich entwickelt er einen immer schlimmer werdenden Verfolgungswahn. Für einen Moment glaubt er, Yvette doch entdeckt zu haben und zuckt zusammen. Dann erkennt er, dass die Haare der brünetten Frau, die vorne am Tresen steht, viel heller und länger sind als Yvettes, außerdem ist sie deutlich kräftiger.

Seufzend wendet Devon seinen Blick ab und widmet sich stattdessen lieber wieder seinem Bier, während er sich eine widerspenstige Strähne seines dunkelbraunen Haares aus der Stirn streicht. Zumindest das Bier schmeckt heute ganz hervorragend und Devon nimmt genüsslich noch einen weiteren tiefen Schluck davon.

Zu seinem Leidwesen taucht in genau diesem Moment Justin Shepard auf der Bildfläche auf.

Normalerweise versteht sich Devon mit den anderen Jungs aus seiner Mannschaft ausgesprochen gut. Das ist auch wichtig, denn wie bei jeder Teamsportart geht es auch beim Eishockey nicht ohne Zusammenhalt, was sich einfach besser realisieren lässt, wenn man sich zumindest nicht total unsympathisch ist.

Aber Shepard ist ein dummer Aufschneider. Leider sieht er ziemlich gut aus, das muss selbst Devon zugeben, der sich nicht nur nichts, sondern gar nichts in sexueller Hinsicht aus Männern macht. Und Shepard nervt gewaltig. Ohne zwischendrin Luft zu holen, erzählt er von dem Sexleben mit seiner neuesten Eroberung und lässt dabei nicht ein intimes Detail aus. Ob das nun jemand hören möchte oder auch nicht.

Gerade holt er grinsend sein Smartphone aus seiner Hosentasche, offenkundig hat er eine Nachricht bekommen. Es ist erstaunlich, wie sehr man am Gesicht dieses Mannes ablesen kann, was er gerade denkt. Erst lächelt er freudig erregt, anschließend runzelt er die Stirn, entscheidet sich dann aber doch wieder für das dümmliche Strahlen. Devon erspart es sich nachzufragen, wer Shepard da was geschrieben hat. Zum einen interessiert es ihn nicht, zum anderen ist er sich sicher, dass er es gleich ohnehin erzählen wird. Leider.

Und tatsächlich: Nachdem er das Telefon weggepackt hat, beginnt er zu strahlen.

„Cindy, also meine neue Freundin, ne? Sie hat mir vorhin geschrieben. Sie ist einverstanden mit Analsex.“ Beifallheischend blickt er in die kleine Runde, aber Devon scheint nicht der Einzige zu sein, der zu genervt ist, um noch zu reagieren. Shepard kann oder will das nicht bemerken und holt sein Telefon erneut heraus, um die gelesene Nachricht noch einmal zu lesen. „Aber sie sagt, ich soll einen Strap-on besorgen. Weiß jemand von euch zufällig, was das ist?“

Vor lauter unterdrücktem Lachen verschluckt Devon sich so heftig, dass er schließlich aufsteht, um sich an der frischen Luft wieder zu beruhigen.

Es sollen lieber andere übernehmen, Justin Shepard darüber aufzuklären, dass der Sex eventuell nicht ganz so laufen könnte, wie er sich das vorgestellt hat.

+++

Ich muss ja zugeben, dass es doch ziemlich lustig war. Klar, gesungen haben wir laut und schief, dafür aber mit Leidenschaft und Inbrunst und zum Glück haben wir uns selbst ja nicht zuhören müssen.

Kichernd verlassen wir Arm in Arm die Bühne und für ein paar Minuten habe ich die Misere bezüglich meines Ladens und meiner Finanzen tatsächlich völlig vergessen.

Ich bin Lilly dankbar dafür, dass sie eine so gute Freundin ist. Sie ist wirklich immer für mich da. Selbst dann, wenn sie mich zwingt, mit ihr blöde Lieder zu singen.

Ihr blonder Zopf hüpft auf und ab, als wir die letzten Stufen hinabsteigen. Sie ist so sehr mit Lachen beschäftigt, dass sie ein Kabel übersieht und stolpert.

In letzter Sekunde, bevor sie schmerzhafte Bekanntschaft mit dem Fußboden machen kann, fängt sie ein Mann auf, der gerade vorbeigeht. Er gehört zu der Horde von Eishockeyspielern, die sich regelmäßig hier treffen. Nicht, dass ich mich sonderlich für diesen Sport interessieren würde oder überhaupt für Sportveranstaltungen jeglicher Art. Ich bin da ein typisches Mädchen, mich langweilen solche Dinge und ich schaue mir stattdessen lieber einen kitschigen Liebesfilm an. Aber wenn man in Midway aufwächst, kommt man nicht umhin, die Gesichter der Icefoxes wiederholt in der Zeitung oder in den lokalen Nachrichten zu sehen. Obendrein ist der Typ beeindruckend muskulös. Muskulöser als man es hinbekommen würde, wenn man hauptberuflich etwas anderes als Trainieren macht. Und zu teuer angezogen, um keinen Job zu haben.

Während er meiner nun knallrot angelaufenen Freundin zurück auf die Beine hilft und sie ein paar Dankesworte haucht, habe ich noch einen Moment Zeit, um ihn ausgiebiger zu mustern. Ich muss gestehen, ich bin gerade ein bisschen eifersüchtig auf Lilly; der Kerl ist wirklich attraktiv. Er hat etwas von einem verwegenen Cowboy, lässig, selbstsicher, männlich und irgendwie eine Spur gefährlich. Dunkles Haar, das ihm in die Stirn fällt, als hätte es ein Eigenleben, moosgrüne Augen, die in ihrer Farbe so intensiv wirken, als wäre ihnen mit einem Bildbearbeitungsprogramm nachgeholfen worden. Seine langen Beine stecken in dunkelblauen Jeans, die durch den Verlauf ihrer Nähte etwas von Arbeitshosen haben – ja, ich sehe ganz genau hin. Dazu trägt er eine dunkelbraune Lederjacke und ein legeres weißes Hemd, dessen Bund locker aus der Hose hängt.

Sehr nett!

Gerade streicht er sich eine Strähne dieses etwas zu langen Haares aus der Stirn, um sich anschließend mit einem umwerfenden Lächeln von Lilly zu verabschieden und mir im Weggehen zuzuzwinkern. Wenn ich noch ein alberner Teenager wäre, würde ich an dieser Stelle vermutlich kichernd weiche Knie bekommen. Zum Glück bin ich eine erwachsene Frau. Also lächle ich so charmant ich kann zurück und tue ansonsten so, als würden mir Kerle wie er jeden Tag begegnen.

Und dann ist er auch schon weg.

„Wow", flüstert Lilly andächtig, als ich neben ihr stehe und schaut dem Kerl für meinen Geschmack deutlich zu auffällig hinterher. „Wäre der nicht was für dich, Theresa?"

Ich lache rau auf.

„Na klar. Bei allen Sorgen, die ich im Moment habe, sollte ich mir dringend auch noch einen Mann zulegen." Gebannt beobachte ich die verdammt hübsche Brünette, die sich gerade an seinen Hals hängt, um ihn auf den Mund zu küssen. „Und seine Freundin wäre bestimmt auch begeistert."

Ich verschränke kopfschüttelnd meine Arme vor der Brust, während Lilly wieder zu lachen beginnt.

„Man wird ja wohl noch träumen dürfen!", sagt sie und knufft mir spielerisch ihren Ellenbogen in die Seite. Dann schaut sie mit einem Seufzer auf ihre Armbanduhr. „Apropos: Es wird Zeit für mich. Du weißt ja, wie früh Michelle morgens immer wach ist. Sechs Stunden Schlaf brauche ich mindestens, um den Tag mit Mann und Kind zu überstehen."

„Ich sollte auch gehen." Ich klinge dabei allerdings weitaus weniger begeistert als Lilly. Denn auf mich warten zu Hause weniger nette Dinge als ein liebevoller Ehemann und eine entzückende Tochter. „Ich habe morgen ein Date mit unbrauchbaren Kerzen und einem großen Internetauktionshaus …“

„Klingt nach jeder Menge Spaß“, erwidert Lilly sarkastisch, bevor sie mir einen Kuss auf die Wange gibt und zur Garderobe geht, um nach ihrem Mantel zu suchen. Meinen hat sie zuerst in der Hand und reicht ihn mir herüber.

Zwei Minuten später stehen wir beide vor der Bar. Nach der Wärme, der lauten Hektik und den Menschenmassen drinnen, fühlt es sich hier draußen beinahe besinnlich ruhig an. Frische Luft füllt meine Lungen, in solchen Momenten fällt mir manchmal auf, wie angenehm Ruhe sein kann. Sofern man direkt vor einer vollen Bar überhaupt von so etwas wie Ruhe sprechen kann.

„Wenn du Lust hast, komm doch morgen zum Kaffee vorbei. Michelle freut sich, wenn du vorbeikommst. Vielleicht könntest du auch da bleiben und babysitten? Dann könnten Michael und ich mal wieder etwas alleine machen. In den letzten Wochen hatten wir kaum noch Zeit für uns selbst …“

„Lilly …“ Auf einmal ist all meine gute Laune verflogen. „Ich glaube, ich schaffe es morgen nicht. Ich muss noch ein paar Dinge regeln, das wird bestimmt den halben Tag brauchen.“

„Schon okay.“ Lillys Lächeln ist traurig, bevor sie mich kurz umarmt. „Melde dich einfach, wenn dir nach Gesellschaft ist, okay?“

„Versprochen." Ich drücke sie kurz an mich und schaue ihr solange nach, bis sie um die Ecke gegangen und verschwunden ist.

Erst dann entdecke ich das Schild im Fenster.

+++

Yvette ist eine absolute Plage. Seit sie ihn entdeckt hat, hängt sie an ihm und lässt sich nicht abwimmeln. Und Gewalt gegen Frauen ist auch keine Alternative, die für Devon infrage käme.

„Hör zu, Yvette!" Er versucht es zum gefühlten tausendsten Mal mit Geduld. „Das mit uns war nicht mehr als eine Bettgeschichte. Ich will nichts mehr von dir. Ich mag dich nicht einmal sonderlich. Um ganz ehrlich zu sein, mag ich dich mittlerweile sogar gar nicht mehr. Du gehst echt zu weit. Tu uns beiden einen Gefallen und lass mich in Ruhe."

Okay, das könnte ihr vielleicht auch wehtun, aber es muss doch etwas geben ...

„Ach Darling ..." Yvette setzt ein nachsichtiges Lächeln auf, so wie man es bei einem Kind tun würde, dem man zum wiederholten Male erklärt hat, dass es unter dem Bett wirklich keine Monster gibt. „Darling, was erzählst du denn? Natürlich magst du mich. Du liebst mich sogar! Du hast einfach Angst, dich auf eine Beziehung einzulassen. Männer wie du denken, dass es gut ist, Junggeselle zu sein, bis sie erkennen, dass es sich mit einer Frau an ihrer Seite viel besser lebt!"

„Yvette! Ich rufe dich niemals an und ich versuche dir, wo ich eben kann, aus dem Weg zu gehen! Glaubst du, das macht ein Mann, der eine Frau liebt?" Mit beiden Händen löst Devon Yvettes Finger von seiner Jacke, die sich dort krallenartig festklammern. Diese Frau raubt ihm den letzten Nerv! Aber wirklich den allerletzten.

Jetzt zieht sie eine Schnute. Dabei sieht sie aus wie ein schizophrener, schmollender Welpe.

„Du weißt es eben nicht besser, Liebling!“ Zumindest nimmt sie nun eine Hand von seiner Lederjacke, während sie mit der anderen beginnt, an ihrer eigenen herumzunesteln.

+++

Kapitel 5

Als ich die Bar für den heutigen Abend endgültig verlasse, kann ich mein Glück kaum fassen. Morgen habe ich einen Termin zum Probearbeiten. Da ich Steven, den Besitzer der Bar, schon seit Ewigkeiten kenne und während meiner gesamten Collegezeit hier gekellnert habe, hoffe ich mal, dass es nur eine Formsache ist.

Der Lohn ist niedrig, die Arbeitszeiten sind furchtbar und Jobs in der Gastronomie sind generell ziemlich hart – aber es ist ein Job!

Ein Blick auf meine Uhr sagt mir, dass ich mich beeilen muss. Sparkle hat bestimmt Hunger und wenn sie Hunger hat, ist sie unberechenbar. Ich sollte mir vielleicht angewöhnen, ihr einfach mehr Futter hinzustellen, damit ich nicht jedes Mal in Panik geraten muss, wenn es bei mir ein bisschen später wird. Hektisch krame ich in meiner Handtasche nach meinem Schlüssel. Wenn ich im Dunkeln nach Hause gehe, halte ich ihn gerne in meiner Manteltasche in der Hand. Ich bilde mir ein, dass man ihn zur Not auch als Waffe einsetzen und irgendwem ins Auge rammen könnte. Keine Ahnung, ob das wirklich funktionieren würde und ob ich tatsächlich dazu in der Lage wäre. Doch es führt immerhin dazu, dass ich mich sicherer fühle.

Nachdem ich meinen Schlüssel endlich gefunden habe, fällt mein Blick in eine kleine, unbeleuchtete Seitengasse gleich neben der Bar. Dort ist die Silhouette eines Paares zu erkennen, das nach ziemlich eindeutigen Tätigkeiten aussieht und ich frage mich, ob die beiden wohl kein Zuhause haben. Die könnten wenigstens etwas tiefer im Schutz der Dunkelheit verschwinden. Ich meine, ich bin echt nicht sonderlich prüde. Dennoch möchte ich gerne selbst darüber bestimmen, wem ich beim Fummeln zusehe und wem nicht – und normalerweise möchte ich es eindeutig nicht sehen. Ärgerlicherweise muss ich auch noch direkt an ihnen vorbei. Also räuspere ich mich laut; die beiden sollen zumindest wissen, dass sie hier alles andere als unbeobachtet sind. Der Mann dreht seinen Kopf in meine Richtung und ich erkenne ihn, er ist schließlich auffällig genug. Verwegener Cowboy, attraktiv und groß.

Na schau mal einer an, Lillys Eishockeyspieler!

Ich riskiere einen weiteren Blick, keine Ahnung warum eigentlich. Schließlich interessiert es mich nicht, was die beiden da treiben. Aber das Phänomen, dass man bei manchen Dingen einfach nicht wegsehen kann, ist ja leider weit verbreitet. Erst jetzt erkenne ich, dass die Frau unter ihrem hellen Trenchcoat nackt ist. Zumindest oben herum, genauer betrachte ich sie nicht. Wie gesagt – eigentlich will ich das lieber nicht sehen.

Mit einer hochgezogenen Augenbraue wandert mein Blick zurück zu dem Mann. Er schaut mich fortwährend an und ich bilde mir ein, dass er gerade irgendwie erleichtert wirkt. Ich bin so verwundert, dass ich im Gehen innehalte und auf Höhe der beiden stehen bleibe.

„Darling!“ Der tiefe, sonore Bass ist mir vorhin in der Bar gar nicht aufgefallen. Aber warum um alles in der Welt schaut er *mich* an, während er das sagt? „Da bist du ja endlich. Ich habe schon auf dich gewartet!“ Immer noch sieht er mich an, ganz eindeutig, und ich merke, wie meine Kinnlade nach unten klappt.

„Ähm …“ Das ist keine sehr intelligente Aussage, zugegeben, allerdings bin ich mit der Situation gerade völlig überfordert.

„Es ist nicht so, wie es vielleicht scheinen mag, wirklich nicht.“ Er macht einen Schritt zurück und die Brünette scheint ähnlich perplex zu sein wie ich, denn auch ihr Mund steht offen. „Yvette hier wollte mir nur etwas zeigen …“

Etwas? Für mich wirkt es so, als hätte sie ihm ihre Titten zeigen wollen. Aber was weiß ich schon.

Dann kommt er aus der Gasse hervor, geht auf mich zu und legt seinen Arm um mich. Ich kann das schwere, süße Parfüm der anderen Frau an ihm riechen und habe keine Ahnung, wie ich mich verhalten soll. In einer von außen wahrscheinlich zärtlich-vertraut wirkenden Geste beugt er sich zu mir herunter.

„Bitte spiel mit. Du hast etwas bei mir gut“, flüstert er mir beinahe flehentlich ins Ohr, während er mich gleichzeitig vorwärts schiebt. Um nicht mitzuspielen bin ich ohnehin viel zu überrumpelt, mal abgesehen davon gibt es Schlechteres, als mit einem attraktiven Mann Arm in Arm ein Stück zu gehen.

Wir sind schon fast die um die Ecke gebogen, als die Frau, mit der er gerade noch in der dunklen Ecke stand, uns hinterherruft. Oder vielmehr ihm.

„Devon!“ Sie klingt völlig fassungslos. „Devon! Was willst du denn mit der?“ Jetzt klingt sie noch fassungsloser und ich bin eine Spur beleidigt. Klar sehe ich nicht gerade aus wie ein Model. Aber es ist nun auch nicht so, als würden die Kerle Reißaus nehmen, wenn sie mich sehen.

„Einfach weitergehen, nicht beachten …“ Besagter Devon scheint es wirklich eilig zu haben wegzukommen, denn er beschleunigt seine Schritte vernehmlich und ich muss mich beeilen, um mithalten zu können. „Falls du bisher davon ausgegangen bist, dass es vor allem Männer sind, die ein Nein nicht akzeptieren können: Lass dir gesagt sein, diese Frau belehrt dich des Gegenteils."

Er wirft einen prüfenden Blick über seine Schulter. Nachdem er feststellt, dass sie uns anscheinend nicht folgt, wird er etwas langsamer. Als ich schließlich ganz stehen bleibe, sieht er mich irritiert an.

„Ich wohne hier!", sage ich und deute auf das vierstöckige Gebäude, vor dem wir stehen geblieben sind.

„Oh!" Devon hört sich nicht unbedingt begeistert an, offenkundig befürchtet er, dass unsere Flucht nicht lang genug gedauert hat. „Ich bringe dich noch nach oben!" Er klingt sehr bestimmt. Ich will ihm dennoch gerade widersprechen, als ich das Klappern hoher Absätze hinter uns in der Straße höre und irgendwie Mitleid mit ihm bekomme.

„Bis zur Wohnungstür, aber keinen Schritt weiter!" Ich habe zwar Mitleid mit ihm, doch es widerstrebt mir, einen fremden Mann in meine Wohnung zu lassen.

Devon scheint das zu genügen und er folgt mir in den dunklen Hausflur. Nachdem ich endlich den Lichtschalter gefunden habe, muss ich aufgrund der plötzlichen Helligkeit blinzeln. Und dann aufgrund des Mannes, der mit mir im Hausflur steht. Klar, vorhin in der Bar habe ich ihn auch schon einer kurzen Bestandsaufnahme unterzogen. Doch wie attraktiv er eigentlich wirklich ist, wird mir erst jetzt so richtig bewusst.

Er scheint mir anzusehen, was in mir vorgeht, denn als er auf den Fahrstuhl zugeht, zwinkert er mir zu und sein Grinsen ist so breit, dass sich zwei entzückende tiefe Grübchen in seinen Wangen zeigen.

„Ähm … der Fahrstuhl funktioniert nicht. Wir müssen die Treppe nehmen. Vierter Stock …“ Den meisten Menschen vergeht an dieser Stelle das Grinsen wieder, aber Devon lächelt unbekümmert weiter. Na ja, er ist ja auch Sportler, da sollten ihn so ein paar Stufen wirklich nicht interessieren.

Ich lasse ihn vorgehen, was mich in das Vergnügen bringt, sein durchaus sehenswertes Hinterteil ausgiebig betrachten zu können. Mir ist der Aufstieg zu meiner Wohnung noch nie so kurz vorgekommen wie heute Abend.

Ich bin wie immer ein bisschen außer Atem, als wir oben ankommen, Devon hingegen zeigt keinerlei Schwäche. Kurz bevor ich die Wohnungstür aufschließen kann, geht das Licht aus. Die dämliche Zeitschaltuhr ist einfach zu kurz eingestellt. Manchmal kommt es mir so vor, als wolle sie mich verhöhnen, indem sie genau dann ausgeht, wenn ich gerade meinen Schlüssel ins Schloss stecken will. Da ich das im Dunkeln leider nicht hinbekomme, strecke ich meine Hand zum Lichtschalter aus, der netterweise mit einem rot glimmenden Punkt seinen Standort preisgibt.

„Wenn du Licht anmachen willst, warte bitte noch kurz.“ Devon ist an das schmale Flurfenster getreten, um herauszuschauen und ich stelle mich hinter ihn, um ebenfalls zu sehen, was auch immer er dort gerade betrachtet.

„Scheiße!“, flucht er unterdrückt und im selben Moment entdecke ich sie auch. Sie steht direkt unter einer Straßenlaterne und das kalt-weiße Licht in Kombination mit der neblig-milchigen Luft lässt sie aussehen wie eine Gestalt aus einem Film. Einem Horror-Film, um genau zu sein. Sie wirkt wie eine blutrünstige Vampirkönigin.

Bei dem Gedanken, ihr da draußen entgegentreten zu müssen, läuft mir ein kalter Schauer den Rücken herunter. Sie hat wirklich etwas Unheimliches an sich.

„Möchtest du vielleicht doch noch einen Moment hereinkommen?“, frage ich Devon, bevor ich mir darüber klar werde, dass ich genau das eigentlich vermeiden wollte.

+++

Devon atmet dankbar auf. Yvette ist zu einer echten Plage geworden und er hat auf gar keinen Fall Lust, ihr heute Abend noch einmal zu begegnen.

Hätte ihm vor einem halben Jahr jemand gesagt, dass er mal vor einer hübschen, willigen Frau flüchten würde, die gerade dabei ist, sich für ihn auszuziehen … Er hätte denjenigen mit Sicherheit für verrückt erklärt. Aber der Preis für ein kleines bisschen Spaß ist einfach zu hoch. Viel zu hoch!

Dankbar folgt er seiner Retterin nun in ihre Wohnung, als auf einmal die Hölle losbricht. Er hört ein kurzes Fauchen, gefolgt von einem schrillen Kreischen, in etwa so, als hätte man ein Schwein geschlachtet und dann spürt er einen stechenden Schmerz in seiner rechten Wade. Einen beißenden, um genau zu sein. Als er sich völlig irritiert nach der Ursache umdreht, sieht er eine fette schwarz-weiße Katze, die gerade einen auf Pitbull macht und sich mit aller Kraft sowie ihrem ganzen Gebiss in seiner Wade verbeißt.

„Scheiße, was ist das denn?“ Er fängt an, sein Bein zu schütteln, um diese Ausgeburt der Hölle wieder loszuwerden, als er auch schon aufgehalten wird.

„Nicht schütteln, du tust Sparkle noch weh!“ Das klingt flehentlich, beinahe ein bisschen hysterisch und er hält in seiner Bewegung inne.

„Du bist dir aber darüber im Klaren, dass das verdammte Vieh gerade *mir* weh tut?“, presst er zwischen zusammengebissenen Zähnen hervor.

„Nenn sie nicht so … ansonsten …“ In genau diesem Moment lässt die Katze ihn los und schaut anklagend zu ihm auf, bevor sie unter lautem Gemaunze verschwindet. Während er ihr noch fassungslos nachstarrt, verschwindet sie unterm Sofa, wo man kurz darauf Würgegeräusche hört.

„Die Katze ist doch gestört!“

Der Blick, den er in diesem Moment von der Besitzerin eben jener gestörten Katze erntet, lässt ihn zusammenzucken. Wenn Blicke wirklich töten könnten, wäre ihm das gerade nicht gut bekommen. So viel ist mal sicher.

+++

Nachdem ich Sparkles Erbrochenes unter dem Sofa weggeputzt habe, schaue ich meinen Besucher prüfend an.

„Kannst du das Hosenbein hochziehen oder willst du die Hose lieber ausziehen?“

Einen Moment sieht er mich völlig verwirrt an, dann breitet sich ein spitzbübisches Lächeln auf seinem Gesicht aus.

„Du gehst aber ran, Baby.“ Gespielt anzüglich wackelt er mit seinen Augenbrauen und ich muss lachen.

„Ich bin bekannt für meine Zurückhaltung. Aber meine Katze – die geht wirklich ran. Und ich meine ja nur … Sie hat zwar soweit ich weiß keine ansteckenden Krankheiten, allerdings neigt sie zu Zahnstein. Ich bin keine Ärztin, doch ich würde mal behaupten, es wäre nicht schlecht, deine Wade vorsichtshalber mit ein bisschen Jod zu versorgen." Ich mustere ihn noch einmal, dann drehe ich mich um. „Ich gehe jetzt ins Bad und hole den Verbandskasten. Du kannst dir ja in der Zwischenzeit überlegen, wie wir das mit deiner Hose regeln."

Als ich zurück ins Wohnzimmer komme, hat Devon das Hosenbein bis zum Knie hochgezogen und ich bin mir nicht sicher, ob ich deswegen nun Erleichterung oder Enttäuschung empfinden soll.

Die Wunde, die Sparkles nadelspitze Zähne an seiner Wade verursacht haben, ist nicht sehr tief. Ich reinige sie mit etwas warmem Wasser, verteile ein wenig Jodsalbe darauf und klebe ein Pflaster darüber.

„Du solltest dich vielleicht noch gegen Tollwut impfen lassen", sage ich, nur um ihn zu ärgern, aber es gelingt mir nicht richtig.

„Deine Katze ist zu fett, um regelmäßig nach draußen zu gehen. Da würde ich mir mehr Sorgen machen, wenn du mich beißen würdest." Lächelnd krempelt er seine Hose runter, während ich die Pflaster wegräume.

„Das hättest du wohl gerne!" Energisch klappe ich die kleine Verbandskiste zu und bringe sie zurück ins Bad.

„Wer weiß ...", höre ich Devon aus dem Nebenraum lachen, während ich mein Spiegelbild bei einem viel zu zufriedenen Lächeln ertappe.

Kapitel 6

Da die Königin der Verdammten immer noch unter der Straßenlaterne ihren Posten bezogen hat, erlaube ich Devon letztendlich, auf meinem Sofa zu bleiben, bis sie weg ist.

Ich muss wahnsinnig sein, dass ich ihn überhaupt hereingebeten habe, einen völlig Fremden. Allerdings ist es jetzt auch egal, denn wenn er ein durchgeknallter Triebtäter wäre, würde er sich mit Sicherheit nicht mehr davon beeindrucken lassen, dass ich ihn nun vor die Tür setzen will. Außerdem habe ich wirklich ein schlechtes Gewissen, weil Sparkle ihn gebissen hat. Also koche ich uns einen Tee, und wir stehen schweigend nebeneinander am Fenster und warten darauf, dass die Herrin der Vampire endlich verschwindet. Dabei trauen wir uns kaum ein Wort zu sagen, so als hätte jemand geklingelt und man würde so tun, als wäre man nicht zu Hause. Wer weiß, auf was für Ideen diese Irre noch kommt, wenn sie merkt, dass wir sie beobachten.

Allzulange hält sie nicht mehr durch. Als Devon schließlich geht, stelle ich fest, dass ich mittlerweile wirklich hundemüde bin. Ich lasse mich ins Bett fallen und bedauere einen Moment lang, dass ich ihm nicht angeboten habe, auf dem Sofa zu übernachten, vielleicht hätte das meine schlechten Träume ferngehalten. Doch dann springt Sparkle auf mein Bett, fängt rhythmisch zu treten und zu schnurren an und wenig später bin ich eingeschlafen.

Ich bin eingeschlossen in Kälte. Ich kann mich nicht rühren, kann nichts machen, nichts außer zuzusehen, wie sie mir entgleitet. Ich rufe nach Hilfe, schreie, bis ich keine Stimme mehr habe. Unglaube und kalte, reine Angst machen sich in mir breit, ich schreie und schreie, bis es nicht mehr geht.

Ich weiß nicht, wie viel Zeit vergangen ist, mir kommt es vor wie ein halbes Leben, vielleicht sogar ein ganzes. Irgendwann höre ich endlich schwere Schritte hinter mir, Schritte in Stiefeln und ich bin so erleichtert, dass endlich jemand da ist. Bis ich in eine Decke gehüllt und mit Gewalt zur Seite gezogen werde.

Völlig verschwitzt wache ich auf. Sparkle miaut neben meinem Ohr; vermutlich habe ich im Schlaf geschrien. Draußen ist es mittlerweile hell, also ist es wohl ohnehin Zeit aufzustehen.

Nach dem Duschen und Anziehen telefoniere ich kurz mit meiner Schwester und anschließend mit meiner Mutter. Danach fühle ich mich, als könnte ich mich eigentlich sofort wieder ins Bett legen. Telefonate mit meiner Mutter sind immer kräftezehrend, während ich es nicht ertragen kann, wenn meine Schwester sich Sorgen um mich macht. Sie hat auch so schon Probleme genug in ihrem Leben.

Statt mich hinzulegen, räume ich meine Wohnung auf und putze, damit ich die Zeit bis zum späten Nachmittag herumbekomme, anschließend beginnt meine Probearbeit in der Bar.

Wie erwartet läuft es recht gut und als ich spätnachts nach Hause komme, habe ich einen neuen Job. Und fühle mich gleich ein bisschen besser.

+++

Yvette ist seit achtundvierzig Stunden nicht aufgetaucht, weder bei ihm, noch wäre es Devon bekannt, dass sie Freunde oder Verwandte belästigt hätte. Ihm sind auch keine obskuren Pressemeldungen zu Ohren gekommen. Dass er das letzte Mal zwei entspannte Tage verbracht hat, ist eine Weile her.

Letztendlich macht Yvette ja nichts real Bedrohliches, trotzdem ist es einfach extrem anstrengend. Manchmal hat er fast den Eindruck, als sei er von ihr schon genauso schlimm besessen, wie sie es offenkundig von ihm ist. Das ist nervenzehrend und anstrengend. Manchmal bildet er sich ein, sie hinter jeder Ecke lauern zu sehen, fühlt sich ständig beobachtet, unter dauernder Überwachung.

Wahrscheinlich sollte er tatsächlich jedes Mal die Bullen rufen, wenn sie ihm zu nah kommt. Gelegenheit hätte er genug. Das Problem ist allerdings, dass er Mitleid mit ihr hat. Wie einsam muss ein Mensch wohl sein, der so verzweifelt nach der Aufmerksamkeit von anderen bettelt? Es muss schließlich schlimm sein, wenn man sich so sehr danach sehnt, geliebt zu werden, dass man sich deswegen völlig erniedrigt, in einer Scheinwelt lebt und sogar gegen Gesetze verstößt!

Egal, wie er es dreht und wendet, er will sie loswerden, dabei ihr Leben jedoch nicht noch kaputter machen, als es ohnehin schon ist und sie hinterher vielleicht noch in den Knast schicken.

Anscheinend hat die Vorstellung, dass er eine andere hat, ja ausgereicht, um sie loszuwerden.

Heute Abend wird er es einfach riskieren, in Midway auszugehen.

Und wenn Yvette doch da sein sollte ... Na ja, dann muss er sich eben etwas anderes einfallen lassen.

Mit einem Lächeln auf den Lippen steht er von seinem Sofa auf und schaut durch das große Panaromafenster auf die nun völlig entlaubten Wälder. Er liebt dieses Haus und die Aussicht aus seinem Wohnzimmer. Der Wald ist wunderschön. Im Frühjahr, wenn er erst zartgrün und dann immer kräftiger in der Färbung wird, um in unterschiedlichste Schattierungen von Grün überzugehen. Im Sommer, wenn der Farbton satt und kräftig ist und sich im Herbst schließlich in eine wahre Pracht aus Gold, Orange, Rot und Braun verfärbt. Und selbst jetzt im Winter ist die Aussicht einfach hinreißend. Vor allem, wenn irgendwann Schnee fällt, der in diesem Winter aber sehr zu wünschen übrig gelassen hat.

Das Klingeln seines Telefons reißt Devon aus seinen Gedanken über die schöne Aussicht und lässt ihn kurz zusammenzucken. Erst jetzt fällt ihm ein, dass Yvette seine neue Nummer gar nicht haben kann, aber er atmet dennoch erleichtert auf, als er die Nummer seiner Mutter auf dem blau beleuchteten Display erkennt.

„Hallo, Mom!" Mit dem Telefon in der Hand lässt sich Devon wieder auf das Sofa fallen.

„Hallo, mein Schatz!" Die Stimme seiner Mutter ist warm und freundlich und er kann ihr Lächeln beinahe durchs Telefon hindurch sehen. „Ich wollte mal nachfragen, wie es meinem jüngsten Sohn so geht. Und außerdem wollte ich dich an unsere kleine Familienfeier nächsten Monat erinnern. Du denkst doch daran, Devon?"

Devon lacht leise auf.

„Wie könnte ich das vergessen, Mom, wo du mich mindestens zweimal wöchentlich daran erinnerst?

Außerdem würde ich mir Unmengen von Chili, Pekannusskuchen und dem dummen Gequatsche deiner restlichen Kinder niemals entgehen lassen."

Seine Mutter lacht auch.

„Na, dann ist ja gut. Und ich bin mir sicher, dass sich deine Brüder ebenfalls auf dich freuen."

Wahrscheinlich tun sie das tatsächlich und Devon freut sich auch auf sie. Aber als jüngstes von sechs Geschwistern aufzuwachsen, ist nicht immer einfach. Und dass er bereits sehr lange erwachsen und beruflich überaus erfolgreich ist, hält sie dennoch nicht davon ab, ihm kluge Ratschläge zu erteilen, wann immer sie ihm begegnen. Wahrscheinlich ist das eine Art jahrelanger Gewohnheit, die sie wohl niemals werden abstellen können.

„Ganz bestimmt ..." In Gedanken sieht Devon sie schon vor sich und kann förmlich spüren, wie sie ihm die Frisur zerstrubbeln und ihm gute Tipps geben, wie er endlich eine vernünftige Frau für sich finden soll.

„Was macht eigentlich deine komische Stalkerin? Diese ... Yvonne?" Im Hintergrund kann Devon das Geklapper von Töpfen hören, anscheinend ist seine Mutter gerade in der Küche.

„Yvette, Mom. Die Irre heißt Yvette. Im Moment herrscht Ruhe, aber ich traue dem Frieden noch nicht."

„Das freut mich zu hören. Vielleicht hat sie ja wirklich aufgegeben. Falls nicht, sag ihr, ich habe eine Schrotflinte und ich weiß davon Gebrauch zu machen!" Erneutes Klappern folgt und Devon muss lachen.

„Das wird sie bestimmt schwer beeindrucken, Mom!" Seine Mutter ist die schlechteste Schützin, die man sich nur vorstellen kann und hat außerdem ein so großes Herz, dass sie kaum einer Fliege etwas zuleide tun würde.

„Ich hoffe, dass du gut auf dich aufpasst, mein Junge." Sie klingt, als würde ihr die ganze Sache mehr Sorgen bereiten, als sie zugibt.

„Das mache ich, Mom. Fest versprochen."

Nachdem er aufgelegt hat, stellt er fest, dass er Yvette auf einmal noch viel weniger leiden kann. Schlimm genug, dass sie Devon selbst tyrannisiert, aber das sie nun auch noch in den Gedanken seiner Mutter herumspukt – das geht einfach gar nicht.

+++

Kapitel 7

Die Arbeit in der Bar macht tatsächlich Spaß. Ich fühle mich, als wäre ich zehn Jahre jünger und wieder in meine Collegezeiten zurückversetzt. Der Geruch nach Bier, das Stimmengewirr der vielen Menschen, die bunte Leuchtreklame über dem Tresen und das leise Klirren von Eis in Gläsern, das man nur hören kann, wenn zwischen zwei Songs aus dem Lautsprecher eine kurze Pause entsteht … Alles ist noch genauso wie früher. Nicht, dass ich nicht auch ab und an mal als Gast hier gewesen wäre. Aber wenn man auf der anderen Seite des Tresens steht, so wie heute, nimmt man all diese Dinge noch einmal anders und intensiver wahr.

Wenn die Bezahlung nicht so miserabel wäre, dass es eigentlich zum Sterben zu viel und zum Leben zu wenig ist, würde ich mich wirklich darüber freuen. In meiner jetzigen Situation ist es kaum mehr als ein Tropfen auf dem heißen Stein. Dennoch ist es eindeutig besser als nichts, und mit ein bisschen Glück kommen vielleicht ein paar ordentliche Trinkgelder hinzu.

Lilly zumindest steckt mir gerade mit einem fetten Zwinkern eine Dollarnote in den Ausschnitt meines dunkelroten Shirts. Es ist mein Glücks-Shirt, das Kleidungsstück, das ich am längsten von allen besitze und ich trage es immer, wenn etwas Besonderes ansteht – so wie ein neuer Job.

„Gib nicht alles auf einmal aus, Schätzchen!" Dann lacht sie, und weil ihr Lachen so ansteckend ist, muss ich ebenfalls lachen. „Ich muss jetzt leider nach Hause, ich habe Michael versprochen, dass ich heute nicht so spät zurückkomme. Aber deinen ersten Arbeitstag hier konnte ich mir auf keinen Fall entgehen lassen." Sie korrigiert noch einmal den Sitz des Geldscheines, den ich noch nicht wieder herausgezogen habe und wendet sich schon zum Gehen, als eine große Gestalt hinter ihr auftaucht.

„Belästigt dich diese Frau, Darling?" Devon Frenleys Grinsen ist so breit, dass es beinahe von einem Ohr bis zum anderen zu reichen scheint. „Soll ich dich vielleicht vor ihr beschützen?"

„Vorgestern war das Beschützen vor Frauen noch meine Aufgabe!" Lächelnd entferne ich den Dollar aus meinem Shirt und lasse ihn in meiner Hosentasche verschwinden, während Lillys Blick verständnislos zwischen Devon und mir hin- und herfliegt. Allerdings klingelt just in diesem Moment ihr Telefon und am Klingelton erkenne selbst ich, dass es Michael sein muss. Für einen kurzen Moment sehe ich den furchtbaren Interessenskonflikt, der sich auf ihrem Gesicht nur allzu deutlich widerspiegelt. Nimmt sie nun den Anruf entgegen, oder geht sie der für sie seltsamen Unterhaltung von Devon und mir auf den Grund? Ein paar Sekunden ringt sie mit sich, schließlich siegt die gute Mutter und ebenso gute Ehefrau in ihr über die neugierige Freundin und sie beginnt zu telefonieren, während sie sich gleichzeitig ihre Jacke anzieht.

„Ich rufe dich später an!", signalisiert sie mir lautlos mit Lippen und Gesten, dann ist sie auch schon verschwunden.

„Darf dir eigentlich jeder das Trinkgeld in den Ausschnitt stecken, Theresa?" Devon betrachtet mit einigem Interesse mein Dekolleté und mein Namensschild scheint er bei dieser Gelegenheit auch gelesen zu haben. In den Wirren unseres ersten und letzten Treffens haben wir uns einander zuerst nicht vorgestellt und hinterher war der Zeitpunkt dafür irgendwie verpasst.

„Nur, wenn er gerne eine Anzeige wegen sexueller Belästigung haben möchte … oder sich die Beträge im fünfstelligen Bereich befinden." Ab einer bestimmten Summe ist schließlich jeder Mensch käuflich. „Aber bevor du dich entscheidest: Möchtest du vielleicht etwas trinken?"

Devon lacht laut auf, bevor er sich ein Bier bestellt.

+++

Theresa!

Ein schöner Name. Er passt gut zu ihr.

Eigentlich ist sie ohnehin ganz niedlich, das ist ihm vorgestern gar nicht so bewusst aufgefallen. Wahrscheinlich war er zu sehr mit der durchgeknallten Yvette und mit Theresas mindestens genauso durchgeknallter Katze beschäftigt.

Blondes Haar, erstaunlich braune Augen dazu und cremeweiße, beinahe makellose Haut. Und eine durchaus sehenswerte Oberweite, die sie in dem roten Shirt besonders vorteilhaft zur Geltung gebracht hat. Wenn sie damit auf höhere Trinkgelder abgezielt hat, dürfte sie ihr Ziel durchaus erreichen.

Er mag sie, ihre natürliche Art und das warmherzige Lächeln, das sie allen schenkt. Wahrscheinlich merkt sie nicht einmal, dass es ein bisschen ist, als würde die Sonne aufgehen, wenn sie jemanden so anlächelt. Jeder, ob der Barbesitzer Steven, der offenkundig stockschwule Kerl, der gerade zwei Bier bei ihr bestellt, ihre beste Freundin, die junge Studentin, die eine Cola von ihr entgegennimmt oder auch er selbst, erwidert ihr Lächeln strahlend. Außerdem gefällt ihm der leichte Hauch von Melancholie unter ihrer Fassade, der einem erst auf den zweiten Blick auffällt.

Zufrieden setzt sich Devon auf einen Barhocker und betrachtet Theresa etwas eingehender. Ihre Kleidung ist nicht sonderlich ausgefallen, sie wirkt eben wie das nette Mädchen von nebenan, für den Job hier genau angemessen.

Devon könnte stundenlang hier sitzen und ihr einfach nur bei der Arbeit zuschauen.

Aber dann tauchen in rascher Abfolge erst Shepard auf, der ihm wegen irgendwelcher Weibergeschichten ein Ohr abkaut, und als er zur Toilette gehen will, lauert Yvette ihm auf.

Und dabei hatte der Abend so schön begonnen …

+++

„Wenn du möchtest, kannst du Feierabend machen. Während der Woche wird es nach 22:00 Uhr meistens ziemlich ruhig und wir schließen ohnehin um elf. Den Rest schaffe ich also allein." Stevens große Hand landet schwer auf meiner Schulter und um seine Augen herum bildet sich eine ganze Reihe tiefer Falten, als er mich freundlich anlächelt.

„Das ist wunderbar. Um ehrlich zu sein, tun mir nämlich die Füße weh. Ich bin das viele Stehen wohl nicht mehr gewohnt."

Steven lacht leise.

„Ist ja auch schon eine paar Jahre her, dass du hier gearbeitet hast. Es ist wirklich Übungssache. Musstest du in deinem Laden nicht so viel stehen?"

Ich bin gerade dabei, mir meine schwarze Schürze abzubinden und verharre nun kurz in meiner Bewegung.

Der Gedanken an meinen Laden versetzt mir jedes Mal einen Stich.

„Wenn Kunden da waren natürlich, aber zwischendrin gab es immer mal die Möglichkeit, sich zu setzen. Wenn es ruhiger war, habe ich zum Beispiel die Buchhaltung gemacht. Es gab einen kleinen Tresen, auf dem auch die Kasse platziert war und dahinter gab es einen Stuhl." Seufzend spiele ich mit den Bändern der Schürze, bevor ich sie zusammenfalte.

„Ich hoffe für dich, dass die Versicherung bald bezahlt. Meine Frau hat deine Duftkerzen geliebt." Mit einem sauberen Trockentuch poliert er ein paar Gläser, bevor er sie in das Regal hinter der Bar räumt.

„Du bist lieb, Steven. Danke. Das würde ich mir auch wünschen."

Verdammt, gleich fange ich an zu heulen.

Entschlossen greife ich nach der Schürze, um sie in den kleinen Personalraum zu bringen, in dem ich mich immer umziehe und während meiner Arbeit meine privaten Sachen lagern kann. Als ich den dunkel getäfelten Flur betrete, erkenne ich eine Gestalt vor den Toiletten, deren dunkler Schopf mir irgendwie bekannt vorkommt.

Na schau mal einer an, die Königin der Verdammten ist da!

+++

„Theresa, Liebling! Da bist du ja, mein Augenstern." Devon nutzt Yvettes Augenblick der Verwirrung, um sie zur Seite zu schieben und sich selbst auf Theresa zu stürzen. Diese sieht nicht minder verwirrt aus, aber darauf kann er momentan keine Rücksicht nehmen. „Hast du endlich

Feierabend? Ich kann es gar nicht erwarten, endlich mit dir nach Hause zu gehen …"

Ohne lange zu überlegen, zieht er Theresa an sich und vergräbt die Finger in ihrem Haar, das sie gerade erst geöffnet hat. Kurz bemerkt er, wie seidig es sich anfühlt. Dann dreht er sie so, dass sein Rücken Yvette die Sicht versperrt und sie nicht sieht, dass er Theresa nicht auf den Mund, sondern knapp daneben küsst.

Dennoch fällt ihm dabei auf, wie weich ihre Haut ist und wie toll sie riecht.

„Die Liste mit Dingen, die ich bei dir gut habe, wird immer länger", flüstert Theresa in sein Ohr, während sie sich wie ein kleines Kätzchen näher an ihn schmiegt. Ein harmloses, niedliches, verschmustes Kätzchen, nicht so ein Ungetüm von feistem Katzenvieh, wie sie es ihr Eigen nennt. Sehr unangenehm scheint ihr die Situation offenkundig nicht zu sein.

Dafür hört er Yvette deutlich nach Luft schnappen.

„Ich glaube dir das nicht, Devon Frenley. Ich glaube dir nicht, dass du ernsthaft in diese Person verliebt bist. Was hat die schon, was ich nicht habe?" Für einen Moment befürchtet Devon, dass sich Yvette gleich zähnefletschend auf Theresa stürzen wird und im Geiste geht er bereits die Möglichkeiten durch, damit beide Frauen unverletzt aus diesem Schlamassel hervorgehen. Zu seinem Glück stampft Yvette bloß mit dem Absatz ihres hochhackigen Stiefels auf, wie ein kleines Kind, das seinen Willen nicht bekommen hat, um anschließend zu verschwinden.

„So ein bisschen durchgeknallt ist die aber schon, oder?" Theresa schiebt eine blonde Strähne zurück hinter ihr Ohr und sieht Yvette nach, die wütend davoneilt.

„Leider nicht nur ein bisschen.“ Kopfschüttelnd vertreibt Devon die Bilder von Yvette aus seinem Kopf, dann wendet er sich seiner Retterin zu. „Hast du Feierabend? Ich bin mit dem Wagen da. Wenn du möchtest, fahre ich dich schnell heim.“

Mit hochgezogenen Augenbrauen schaut sie ihn an.

„Das lohnt nicht, ich wohne doch gleich um die Ecke.“ Eine Sekunde später breitet sich ein erkennendes Lächeln auf ihrem Gesicht aus. „Aber wenn du möchtest, dass uns Yvette noch ein bisschen zusammen sieht, darfst du mich gerne nach Hause bringen. Hast du dir eigentlich überlegt, wie du das alles je wieder gut machen willst?“ Sie dreht ihm den Rücken zu, um eine Tür aufzuschließen, auf der „Nur für Personal“ steht. Devon sieht ihr nach, als sie den kleinen Raum dahinter betritt, auf den er bloß einen kurzen Blick erhaschen kann, bevor sich die Tür hinter Theresa schließt. Dafür hat er einen etwas ausgiebigeren Blick auf ihren Hintern erhaschen können, der in den engen Jeans durchaus als sehenswert zu bezeichnen ist.

Seine Augenbrauen wandern in die Höhe und auf seinem Gesicht macht sich ein Grinsen breit, während er sich lässig an die Wand hinter sich lehnt.

Einen kurzen Moment später ist Theresa mitsamt Jacke und Handtasche wieder zurück.

+++

Devon wartet auf mich, die Daumen in die Taschen seiner Hose gehakt, und grinst. Ein paar dunkle Haarsträhnen fallen in seine Stirn und im schummrigen Licht des Flures wirken seine Augen beinahe so dunkel wie ein Himmel voller Schneewolken. Er hat etwas von einem alten Filmstar, wenn er so dasteht. Eine Art heterosexueller

Super-James-Dean, in einer seltsamen Kreuzung mit Jesse James und einem modernen Rockstar, der jeden Moment dazu bereit wäre, die Welt zu retten oder zumindest die nächste Frau zu beglücken, die ihm über den Weg läuft.

Wobei seine Superheldenkräfte diesbezüglich vielleicht doch nicht ganz so weit reichen. Yvette sah nicht wirklich beglückt aus, als sie gerade verschwunden ist und ich habe auch kein großes Interesse daran. Vielleicht bin ich nicht sonderlich gut im Beglücktwerden ... aber das steht auf einem anderen Blatt.

„Können wir?" Devon stößt sich von der Wand ab und kommt zu mir herüber, um mir den Mantel abzunehmen. Anschließend hilft er mir sehr galant hinein und späht dann zurück in Richtung der Bar, vermutlich um zu schauen, ob die Fürstin der Finsternis uns noch auflauert.

„Wenn du willst, können wir auch den Hinterausgang nehmen." Ich lasse die Schlüssel in meiner Hand klappern, die Steven mir heute gegeben hat, falls ich in den nächsten Tagen mal aufschließen muss.

„Du bist meine absolute Heldin!" Lächelnd hält er mir seinen Arm hin und ich hake mich unter. Ich muss gestehen, dass ich mich daran gewöhnen könnte, mich von ihm begleiten zu lassen.

Er riecht gut. Er ist witzig und charmant ... und er sieht verdammt gut aus.

Zum Glück ist alles bloß ein Spiel und ich nur seine Alibi-Freundschaft. Denn eine Beziehung ist einfach das Letzte, an dem ich interessiert bin.

Kapitel 8

Der Mitarbeiter meiner Bank ist freundlich, allerdings gerade nur so freundlich, wie er es eben sein muss.

„Es tut mir sehr leid, Ms. Bennett.“ Er spielt mit seinem goldenen Kugelschreiber herum und ich bin mir sicher, dass es ihm überhaupt nicht leid tut, und schon gar nicht sehr leid. „Wir können Ihnen keinen weiteren Kredit mehr gewähren. Da die Immobilie selbst durch den Brand mehr oder weniger unbrauchbar geworden ist, und es auch nicht abzusehen ist, ob Sie den Verkauf je wieder aufnehmen werden, bieten Sie einfach nicht mehr die Sicherheiten, die wir benötigen.“ Entschuldigend zuckt er mit den Schultern und will sich erheben, um mich zu verabschieden. Doch so leicht lasse ich nicht locker.

„Sie wissen aber schon, dass ich bereits einen Kredit über Ihre Bank laufen lasse? Den ich wohlgemerkt immer pünktlich abbezahlt habe.“

„Ihre Daten liegen mir vor, Ms. Bennett, in der Tat.“ Er macht eine Geste in Richtung des Bildschirms vor ihm, der für mich nicht einsehbar ist. Dennoch nicke ich.

„Ihnen ist bewusst, dass das nun in Zukunft nicht mehr der Fall sein wird?“

Irritiert runzelt mein Gegenüber die Stirn.

„Das wäre sehr bedauerlich, Ms. Bennett, weil wir in diesem Fall gezwungen wären, gerichtliche Schritte gegen Sie vorzunehmen.“

Gerichtliche Schritte – allein bei dem Gedanken daran bricht mir der Angstschweiß aus und ich verschränke meine

Hände ineinander, die ich auf einmal nicht mehr stillhalten kann.

„Sie zwingen mich ja letztendlich genau dazu! Bitte erklären Sie mir, wie ich weiterhin meine Rechnungen bezahlen soll – und den Kredit bei Ihnen – wenn ich kein Geld bekomme, um meinen Laden wieder in Betrieb zu nehmen?“ Leider klinge ich viel weniger selbstbewusst, als ich es mir gewünscht hätte. Ohnehin ist so ein forsches Auftreten eher nicht meine Art, aber ich sehe gerade alle meine Felle davonschwimmen.

Der Bankmitarbeiter bleibt ungerührt, ganz im Gegenteil, er wirkt sogar leicht gelangweilt.

„Suchen Sie sich einen Job, Ms. Bennett. Oder einen reichen Ehemann. Manchen Menschen hilft es auch, im Lotto zu spielen. Ich kann Ihnen jedenfalls keinen weiteren Kredit mehr gewähren. Denn wie Sie selbst eingestanden haben, wissen Sie ja schon nicht mehr, wie Sie den bereits bestehenden abbezahlen sollen.“ Jetzt steht er wirklich auf und ich bin mit meinem Latein völlig am Ende. „Einen angenehmen Tag noch, Ms. Bennett.“

Der wird garantiert alles andere als angenehm werden, Arschloch!

„Du weißt, dass ich von deiner Bank nicht viel halte, Theresa. In meinen Augen ist es der inkompetenteste Haufen, der mir jemals untergekommen ist.“ Meine Schwester hat selbst jahrelang bei einer Bank gearbeitet, bevor Emma auf die Welt kam, und mir damals tatsächlich davon abgeraten, ausgerechnet bei dieser Bank einen Kredit aufzunehmen. Leider war das Angebot seinerzeit sehr günstig und ich habe nicht auf sie gehört. „Doch in diesem Fall muss ich dir sagen, dass sie recht haben. Kein seriöses

Kreditinstitut würde dir in deiner momentanen Lage Geld leihen." Sie seufzt, greift nach meinen Händen und fügt dann, deutlich sanfter, hinzu: „Auch wenn das furchtbar ungerecht ist und dich in eine ziemlich schlimme Situation bringt. Ach Mensch, Theresa." Zart drückt sie meine Hände und ich muss gegen meine Tränen anblinzeln. „Ich würde dir so gerne helfen."

„Als ob du nicht schon genug eigene Probleme hättest, Deborah." Ich entziehe mich ihrem Griff und atme ein paar Mal tief durch. „Es tut mir leid, dass ich dich damit überhaupt belastet habe."

Auf dem schönen, ebenmäßigen Gesicht meiner Schwester macht sich ein wehmütiges Lächeln breit. Sie hat etwas zugenommen in den letzten Jahren, aber ich finde, es steht ihr gut. Es mildert die ein wenig zu scharf geschnittene Nase und verleiht ihr etwas Weiches, beinahe Mütterliches. Mit einer langsamen Bewegung streicht sie sich das Haar aus der Stirn, das sie mit einer großen Spange hochgesteckt hat.

„Weißt du noch, wie wir uns früher nächtelang unsere Sorgen erzählt haben? Oder alberne Geschichten aus der Schule? Mom hat immer geschimpft, wenn sie uns erwischt hat, im Prinzip hatte sie ja auch recht. Wir hatten schließlich auch tagsüber genug Zeit zum Reden. Uns kam das nur nicht so vor. Aber wir haben uns trotzdem wieder heimlich in meinem Zimmer getroffen. Und Schokolade gegessen."

Ich erinnere mich daran, natürlich erinnere ich mich daran. Lange Zeit, auch als wir beide längst erwachsen waren, ist meine Schwester meine größte Vertraute und engste Bezugsperson gewesen. Bis dann die Sache mit Emma passiert ist …

In meinem Hals bildet sich ein dicker Kloß; ich muss dringend hier weg.

„Ich muss los“, murmle ich tonlos. „Ich fahre nachher einkaufen, soll ich dir noch etwas mitbringen?“

„Ach Tessa.“ Meine Schwester kommt auf mich zu und nimmt mich in den Arm. „Vielleicht machst du dir erstmal Gedanken darüber, wie es jetzt mit dir weitergehen soll. Ich komme schon zurecht …“

Ich gebe ihr einen Kuss auf die Wange, bevor ich gehe.

Ich kann mir keine Gedanken über mich selbst machen, wenn ich bei ihr bin. Und außerdem will ich das auch gerade gar nicht.

Als ich nach Hause komme, finde ich einen dicken Stapel mit Mahnungen im Briefkasten.

Normalerweise erledige ich meine finanziellen Angelegenheiten schnell und gewissenhaft, doch diesmal stopfe ich die Briefe einfach in eine Küchenschublade, in der Dinge sind, die ich so gut wie nie benutze. Mein Magen hat sich zu einem unangenehmen Knoten zusammengezogen und ich wandere ruhelos umher, während mein Blick immer wieder auf die verdammte Schublade fällt.

Vom spärlichen Gehalt in der Bar kann ich kaum meine Miete bezahlen, von diesen Rechnungen mal ganz zu schweigen.

+++

Diesmal lässt Yvette ihn in Ruhe, nach über einer Woche hat er sie noch nicht wieder zu Gesicht bekommen. Wenn er vorher gewusst hätte, dass das so simpel ist, hätte er sich schon längst eine Alibi-Freundin gesucht.

Endlich kann er sich wieder aufs Training konzentrieren, ohne sich überlegen zu müssen, was ihm wohl für eine Überraschung bevorsteht, wenn er die Halle verlässt. Und –

noch wichtiger – er kann sich wieder aufs Spiel konzentrieren. Er muss nicht mehr Ausschau halten, ob diese Irre irgendwo im Publikum steht.

An Spieltagen, so wie heute, ist es besonders entscheidend. Bei den letzten beiden Heimspielen ist es Devon tatsächlich passiert, dass er so unkonzentriert war, dass er zwei Pucks hat durchgehen lassen.

Natürlich ist es völlig verrückt, wenn man sich als Profisportler in einem ausverkauften Stadion beobachtet vorkommt und deswegen schlecht spielt. Denn natürlich *wird* man beobachtet, von tausenden von Augenpaaren. Aber sich beobachtet zu fühlen, kann unterschiedliche Ausmaße annehmen. Klar sehen ihm Menschen zu, wenn er spielt. Viele Menschen. Sie jubeln ihm zu oder buhen ihn aus, je nachdem ob er für Erfolg oder Niederlage sorgt. Manche sind loyal, egal was passiert, andere sind Opportunisten. Es gibt Zuschauer, die sind einem wichtig, weil es sich beispielsweise um Menschen handelt, die einem nahestehen; Angehörige oder das Mädchen, in das man verliebt ist und das man unbedingt beeindrucken will. Oder sie haben Auswirkungen auf Zukunft und Karriere, wie beispielsweise bei Talentscouts. Natürlich erhöht es die Anspannung, wenn man weiß, dass solche Personen im Publikum sitzen. Dennoch hatte Devon bisher stets das Gefühl, dass er sich freiwillig hat beobachten lassen. Bis Yvette kam. Bis Yvette kam und peinliche Schilder mit Herzchen und seinem Namen darauf hochgehalten hat, und ständig auf der großen Leinwand zu sehen war. Denn der Frauenanteil auf solchen Sportveranstaltungen ist nach wie vor eher gering und diejenigen, die im Stadion filmen, lieben es, hübsche Frauen in Großaufnahme zu zeigen.

Devon hat sich nie verrückt machen lassen.

Aber Yvette ständig bei seiner Arbeit sehen zu müssen, bei seinen Spielen, die viel mehr für ihn bedeuten als nur einen ganz normalen Job … Das hat sich merkwürdigerweise jedes Mal angefühlt, als wäre sie in seine Intimsphäre eingebrochen. Auf eine viel schlimmere Art, als sie es getan hätte, wenn sie in sein Haus eingebrochen wäre. Außerdem hätte er dann einfach die Polizei rufen können und sie vermutlich endlich am Wickel gehabt. Natürlich finden die Spiele öffentlich statt – sie davon abzuhalten dort hinzugehen, wäre wohl unmöglich geworden.

Devon hasst dieses Wort, jedoch fällt ihm in diesem Zusammenhang auch kein anderes ein: Er hat sich hilflos gefühlt.

Und umso mehr genießt er es jetzt, dass er Yvette anscheinend in die Flucht geschlagen hat. Auf diese Art und Weise kann endlich Friede einkehren. Für ihn und hoffentlich auch für Yvette. Er ist Theresa wirklich dankbar, dass sie ihm dabei, wenn auch nicht hundertprozentig freiwillig, zur Seite gestanden hat. Er muss sich unbedingt etwas einfallen lassen, wie er sich bei ihr revanchieren kann.

Statt ständig auf den Bildschirm starren zu müssen, der dummerweise genau über dem gegnerischen Tor – also mitten in seiner Sicht – angebracht ist, kann er sich nun endlich wieder auf das Spiel konzentrieren. Und das läuft heute ziemlich gut! Am Ende gewinnen die Icefoxes 6:2 und Devon ist mehr als zufrieden mit sich.

+++

Eine Woche lang kann ich mich noch der Illusion hingeben, dass alles irgendwie wieder gut wird. Dass die Versicherung schon bezahlen wird, dass sich irgendeine Lösung finden wird.

Und dann ist, beinahe von einem Moment auf den anderen, alles vorbei.

Ich stehe gerade in der Küche und stelle Sparkle ihr Futter hin, als es an der Tür klingelt.

Irritiert schaue ich auf die Uhr, um diese Uhrzeit bekomme ich eigentlich nie Besuch. Ohne darüber nachzudenken, drücke ich auf den Türöffner und einen Moment später steht ein Kurier vor mir, der wegen der vielen Treppen leicht außer Atem ist.

„Ms. Theresa Bennett?"

„Das bin ich." Meine Hand krallt sich im Türrahmen fest und meine Handflächen beginnen zu schwitzen. Wenn einem der Briefzusteller nach seinem Namen fragt, hat das in der Regel nichts Gutes zu bedeuten. Höchstens vielleicht noch, wenn man im Lotto spielt oder reiche Erbtanten hat, aber auf mich trifft weder das Eine noch das Andere zu.

„Ich habe ein Einschreiben für Sie. Wenn Sie bitte hier und hier unterzeichnen würden ..." Er zeigt auf die entsprechenden Stellen und als ich nach dem Kugelschreiber greife, den er mir hinhält, zittern meine Finger so sehr, dass ich meine eigene Unterschrift nicht mehr erkenne.

Nachdem ich unterschrieben habe, drückt er mir einen Umschlag in die Hand und wünscht mir noch einen schönen Tag, was mich zu der Überlegung führt, ob er wohl vorsätzlich grausam oder nur unsensibel ist. Ich bin mir sicher, dass ich alles andere als einen schönen Tag haben werde, denn ich habe den Briefkopf der Bank bereits erkannt.

Langsam schließe ich meine Wohnungstür wieder und gehe zurück in die Küche, wo mich eine seltsame Gefühllosigkeit überkommt. Ich sollte in Panik geraten, stattdessen ist da bloß eine widerliche Leere in mir. Wie ferngesteuert öffne ich die Küchenschublade, in der auch schon die anderen unangenehmen Briefe lauern, lege das Schreiben meiner Bank hinein und schließe sie langsam wieder. Dann drehe ich ihr den Rücken zu und lasse mich gegen die Arbeitsplatte sinken.

Keine Ahnung, wie lange ich dort stehe und Löcher in die Luft starre; nach einer Weile, die genauso gut einige Sekunden wie mehrere Stunden hätte dauern können, steht Sparkle vor mir und maunzt mich an.

Ihre schielenden grünen Augen mustern mich vorwurfsvoll, und ich schwöre, als sie wieder maunzt, klingt es, als würde sie *Feigling* zu mir sagen. Und natürlich hat sie recht. Es hilft alles nichts – ich muss mich meinen Problemen stellen.

Schließlich nehme ich den Brief wieder heraus und setze mich damit an den Küchentisch. Meine Katze springt auf meinen Schoß, als wolle sie mir beistehen, während ich den Umschlag mit einem Küchenmesser öffne.

„Scheiße, Sparkle …“, murmle ich, nachdem ich den Inhalt gelesen habe. „So eine elende Scheiße …“

Meine Bank teilt mir freundlich mit, dass ich meine letzte Rate nicht bezahlt habe und sie mir unter den gegebenen Umständen noch bis zum Ende des Monats Zeit geben, um das Geld aufzubringen. Ansonsten wird mein kleiner Landen zwangsversteigert werden. Zumindest das, was noch davon übrig ist.

Nachdem ich eine Weile auf dem Sofa gelegen und meine Zimmerdecke angestarrt habe, kratze ich das zusammen, was ich an Trinkgeld bekommen habe und fahre einkaufen. Ich kaufe einen Donut für meine Nichte und einen für meine Schwester, außerdem Katzenfutter für Sparkle. Das preiswerteste, das es gibt. Für alles andere reicht mein Geld nicht mehr.

+++

„Devon Frenley!“ Die Stimme von Jody, seiner Schwägerin, klingt schrill, beinahe hysterisch. Völlig untypisch für Jody, die sonst eher sehr besonnen ist. Aber sie ist hochschwanger und sein Bruder hat bereits des Öfteren davon erzählt, dass ab und an die Hormone mit ihr durchgehen. Das war in der letzten Schwangerschaft auch so. „Du bist das größte Arschloch, das mir jemals begegnet ist. Du bist …“ Ihre Stimme überschlägt sich, bevor sie in ein Schluchzen übergeht, dann folgt eine Weile aufgelöstes Gestammel, von dem Devon nicht wirklich viel verstehen kann.

„Hey, Jody!“, unterbricht er sie nach einer Weile. „Jody, Liebes, mich haben schon viele Frauen als Arschloch beschimpft und meist hatten sie einen Grund. Was du für einen Grund hast, das erschließt sich mir gerade nicht. Und da du meine heimliche Lieblingsschwägerin bist, würdest du mich doch niemals grundlos beschimpfen, oder?“

Die Frau am anderen Ende des Telefons beruhigt sich nun ein wenig und putzt sich geräuschvoll die Nase. Devon atmet erleichtert auf; er hasst es, wenn jemand weint, vor allem, wenn es jemand ist, der ihm am Herzen liegt.

„Die Leiterin des Kindergartens hat mir heute erzählt, dass eine Frau vor der Tür stand, um Simon anzuholen. Sie hat behauptet, sie sei seine Tante und sie wolle mit ihm ein Eis essen gehen. Sie haben sie weggeschickt, sie geben die

Kinder ohne schriftliche Genehmigung nie jemand anderem mit. Erst recht nicht jemandem, den sie nicht kennen. Aber der Beschreibung nach war es deine durchgeknallte Stalkerin. Diese … diese …"

„Yvette", antwortet Devon beinahe tonlos und auf einmal wird ihm erst kalt und dann heiß.

+++

Mit einem mulmigen Gefühl im Bauch betrete ich meinen Laden, um davon Abschied zu nehmen. Das Blechschild über der Tür, das Lilly mir zur Eröffnung geschenkt hat, ist noch beinahe unversehrt. Es wirkt nostalgisch, gelb-rosa Streifen bilden den Hintergrund, in der Mitte steht in einem weißen Oval *„Theresa's"* in einer dunkelroten Schnörkelschrift.

Ach verdammt.

Ich habe diesen Laden geliebt, das habe ich wirklich. Ich wollte immer selbstständig sein, seit ich denken kann, und mit diesem Geschäft hatte ich mir einen Traum erfüllt.

Ich denke daran zurück, wie sehr ich mich jeden Morgen gefreut habe, wenn ich die Tür aufschloss und mich der vertraute Geruch der teuren Duftkerzen umfangen hat, über den ich jeden Tag so entzückt gewesen bin. Jetzt vermischt er sich unangenehm mit dem Gestank von verkohltem Holz, geschmolzenem Plastik und modernder Nässe.

Mir wird schlecht. Meine Augen füllen sich mit Tränen.

Ich weiß, dass Kerzenverkäuferin nicht unbedingt das ist, was man als kleines Mädchen in der Wunschliste der Berufe angibt, die man mal machen will, wenn man groß ist.

Dennoch war es etwas, das mich glücklich gemacht und mir meinem Lebensunterhalt gesichert hat. Ich mochte den Kontakt mit meinen Kunden. Ich mochte die Kinder, die manchmal vorbeigekommen sind, weil ich ein paar altmodische Bonbongläser voller Süßigkeiten hinter dem Tresen stehen hatte, die ich meistens verschenkt habe, statt sie zu verkaufen.

Mist, blöder Mist. Irgendein bekloppptes, verfluchtes Nagetier hat mir einfach so meinen Laden weggenommen. Oder vielleicht war es auch meine eigene Nachlässigkeit, weil ich die Sicherungskästen nicht regelmäßiger habe prüfen lassen. Oder die verdammte Bank und natürlich die dämliche Versicherung …

Ein unwillkommenes Schluchzen taucht auf einmal in meiner Kehle auf und ich kann es nicht mehr unterdrücken. Ich fühle mich in diesem Moment, als wäre ich völlig allein auf der Welt. Es gibt niemanden, der mir aus meiner finanziellen Misere helfen kann. Meine Eltern und Deborah haben selbst nicht viel und auch Lilly hat kaum eigenes Vermögen.

Ein allerletztes Mal schaue ich mich in dem leeren Verkaufsraum um, dessen Schönheit mich ebenso verlassen hat wie meine berufliche und finanzielle Zukunft. Dann gehe ich hinaus und sperre die Tür hinter mir ab. Ich beschließe, hier nicht wieder herzukommen. Soll die Bank doch machen, was sie will, aber ich will mir das alles nicht mehr ansehen müssen.

+++

Devon ist spät dran, es hat viel zu lange gedauert, bis er es geschafft hat, Jody am Telefon halbwegs zu beruhigen. Sicherheitshalber hat er auch noch hinter seinem Bruder her telefoniert, damit dieser nach Hause kommen kann, um seiner hochschwangeren Frau beizustehen.

Jetzt wartet Devons Anwalt schon im Gerichtssaal auf ihn. Er hat sich kaum neben ihn gesetzt, als der Richter hereinkommt. Yvette selbst ist nicht anwesend, was Devon wundert, schließlich nutzt sie sonst jede Gelegenheit, die sich ihr bietet, um sich in seiner Nähe aufzuhalten.

„Sorry, ich hatte noch etwas zu erledigen …“ Flüsternd beugt sich Devon zu seinem Anwalt. „Können wir die einstweilige Verfügung so beantragen, dass sich diese Irre meiner Familie nicht mehr nähern darf?“

In diesem Moment wird er vom Räuspern des Richters unterbrochen, der vorwurfsvoll zu ihm herüberschaut. Wie ein gescholtener Schuljunge richtet sich Devon umgehend gerade auf und lächelt.

+++

„Kommst du morgen mit zum Spiel?“ Lilly faltet eine Serviette zu einem Schiffchen, das ständig auseinanderfällt. Weil ich abends kaum noch Zeit habe, um mich mit ihr zu treffen, besucht sie mich heute bei der Arbeit.

„Spiel?“ Ich runzle die Stirn, während ich die Getränkebestellung für Tisch Sieben auf ein Tablett lade. Um ehrlich zu sein, habe ich im Moment ganz andere Sorgen und bin alles andere als in Stimmung für irgendein Spiel, egal welches.

Einen Moment lang sieht Lilly mich auf eine Art und Weise an, bei der ich mir sicher bin, dass sie innerlich gerade die Augen verdreht. Wahrscheinlich redet sie bereits den halben Abend davon und ich habe nur die Hälfte mitbekommen. Ich muss mich dringend mal wieder außerhalb der Arbeit mit ihr treffen, damit ich ihr auch zuhören kann.

„Na, am Freitag, die Icefoxes spielen gegen die Penguins. Ich hab dir doch erzählt, dass ich mit Sarah Wellington befreundet bin. Du weißt schon … die Tochter des Teambesitzers, die außerdem mit dem Trainer befreundet ist.“

„Ja, klar. Ich kenne Sarah. Wir waren schon ein paar Mal zu dritt aus.“ Jetzt verdrehe ich innerlich die Augen. Lilly hat manchmal ein Gedächtnis wie ein Sieb.

„Na, dann ist ja gut. Jedenfalls hat Sarah uns eingeladen. Superplätze zu einem Superspiel! Und du weißt ja, wie sehr Michael Eishockey hasst …“ Sie nippt an ihrem Cocktail, bevor sie mich mit einem berechnenden Lächeln anschaut. „Außerdem ist das die Gelegenheit, Devon Frenley mal in Aktion erleben … und du hast das Wochenende ohnehin frei, weil Steven Inventur macht.“

Mit einem Stirnrunzeln schnappe ich mir mein Tablett, um erst einmal die Gäste zufriedenzustellen. Anschließend kehre ich zurück hinter die Bar. In der Woche ist es abends meistens eher ruhig. Vielleicht ist es immer noch besser, zu einer Sportveranstaltung zu gehen, für die ich mich gar nicht interessiere, als alleine zu Hause zu sitzen und mich zu bemitleiden. Ich kann an meiner Situation ja ohnehin nichts ändern und mich abzulenken wird wahrscheinlich das Beste sein.

„Hast du Devon in den letzten beiden Wochen eigentlich noch mal zu Gesicht bekommen?“ Lillys Cocktail ist mittlerweile leer und sie sucht in ihrer Handtasche nach ihrem Portemonnaie.

„Lass mal, Lilly, der geht aufs Haus!“, mischt sich jetzt auch noch Steven ein. „Was ist mir dir und Devon Frenley, Theresa? Das würde mich auch interessieren.“

Ich muss lachen, auch wenn mir eigentlich gar nicht danach ist.

„Ihr beide seid die größten Klatschbasen, die ich kenne." Komischerweise zucken beide nur mit den Schultern und scheinen nicht das kleinste bisschen schuldbewusst zu sein. Kopfschüttelnd wende ich mich Steven zu. „Und da ist nichts zwischen Devon und mir. Ich habe ihm zwei Mal aus der Patsche geholfen. Eine seiner Exfreundinnen scheint ihn zu stalken."

Steven nickt wissend, ohnehin ist er stets über alles bestens informiert.

„Ja, Yvette Meyers. Ich kenne sie … sie war bereits als Kind etwas, na ja, seltsam. Ihr Vater ist Richter und ihre Mutter irgendwann abgehauen, als sie noch ein Kleinkind war, einfach mit einem anderen durchgebrannt. Ich kann's ihr nicht verübeln, Richter Meyers ist ziemlich herrschsüchtig und hat gerne die Kontrolle über alles. Yvette hat er allerdings völlig verzogen, sie hat immer alles bekommen, was sie haben wollte. Nur keine wirkliche Liebe und Aufmerksamkeit, wenn ihr mich fragt. Aber sie ist ein hübsches Ding. Ich habe ein paar Mal mitbekommen, dass Devon versucht hat sie loszuwerden. Sie scheint allerdings so schnell nicht aufzugeben." Nachdenklich macht er sich an der Zapfanlage zu schaffen, die seit heute herumspinnt. „Schon traurig, wenn Liebe nicht auf Gegenliebe stößt!" Energisch dreht er an irgendeiner Schraube herum. „Allerdings ist Yvette echt etwas zu aufdringlich für meinen Geschmack. Wenn Devon nicht will, dann will er eben nicht."

Das sehe ich genauso. Es ist mir rätselhaft, wie man so von jemandem besessen sein und sich selbst derartig erniedrigen kann, wie Yvette es tut. Wie verzweifelt und gestört muss man dafür wohl sein?

Da ich auch ein bisschen verzweifelt bin und jede Form der Ablenkung dringend brauche, beschließe ich, am Freitag mit Lilly zu dem Spiel zu gehen.

+++

„Das darf doch einfach nicht wahr sein …“ Verzweifelt rauft sich Devon die Haare, während er mit seinem Anwalt in einem zweitklassigen Diner in der Nähe des Gerichtsgebäudes sitzt und frustriert seine Pommes von einer Seite des Tellers auf die andere schiebt.

Marc Bertines hat sein Sakko ausgezogen und die Ärmel seines Hemdes hochgekrempelt, die Krawatte ist von seinem Hals verschwunden.

„Richter Kinsley ist ein Vollidiot, das war er schon immer. Und nach Yvettes Auftritt in diesem knallengen Kostüm … Hast du mitbekommen, dass dem alten Sack beinahe die Augen aus dem Kopf gefallen sind? Und dabei hasst er Unpünktlichkeit. Der hatte selbst so lange keinen Sex mehr, dass er sich wahrscheinlich gar nicht vorstellen kann, dass man es sich leisten kann, mal zu einer nein zu sagen. Außerdem ist er garantiert mit Yvettes Dad befreundet.“

„Wenn's bloß das wäre …“ Frustriert nippt Devon an seiner Coke. „Heute ist die Irre vor dem Kindergarten meines Neffen aufgekreuzt und hat versucht, ihn zu einem Eis einzuladen. Ich glaube ja, dass sie harmlos ist und wahrscheinlich wirklich nicht mehr wollte als das. Meine hochschwangere Schwägerin war allerdings total fertig mit der Welt. Sie hat mich eine Dreiviertelstunde lang am

Telefon angeschrien und ich kann ihr das nicht einmal übel nehmen."

„Schöne Scheiße ..." Marc beißt in seinen Burger und kaut andächtig. „Vielleicht können wir den Antrag noch mal neu stellen; wenn Kinder belästigt werden, hört der Spaß meistens auf. Aber wir müssen Widerspruch einlegen, das dauert ein paar Wochen. Hättest du mir das nicht noch vor der Verhandlung erzählen können?"

„Wie denn bitte?" Mutlos schiebt Devon seinen noch immer halbvollen Teller von sich, ihm ist der Appetit vergangen. „Ich bin ja kaum noch dazu gekommen, dir bloß Hallo zu sagen, bevor es losging. Und sobald ich nur zu laut geatmet habe, hat mir Richter Kinsley gleich Blicke zugeworfen, als wolle er mich töten. Ich dachte, es wäre vielleicht nicht gerade eine gute Idee, da noch anzufangen, mit dir zu quatschen."

„Da hast du natürlich auch wieder recht. Also: Wir legen Widerspruch ein. Das mache ich morgen gleich als Erstes. Aber wie gesagt, von heute auf morgen geht das jetzt leider nicht mehr."

„Und was mache ich bis dahin?"

„Keine Ahnung, lass dir halt was einfallen! Rede noch mal mit Yvette, vielleicht versteht sie es ja irgendwann."

Devons Lachen klingt unangenehm disharmonisch.

„Als ob ich das nicht schon längst versucht hätte. Mehr als einmal. Und bisher ist es anschließend jedes Mal noch schlimmer geworden."

Als Devon später nach Hause kommt, blinkt sein Anrufbeantworter. Sein völlig aufgelöster Bruder hat angerufen, um ihm mitzuteilen, dass Jody aufgrund der ganzen Aufregung mit vorzeitigen Wehen im Krankenhaus liegt.

Obwohl Devon sonst einen wahrlich gesegneten Schlaf hat, liegt er die halbe Nacht wach. Eine Lösung für das Problem mit Yvette fällt ihm dennoch nicht ein.

+++

Als ich am Freitagmorgen aus dem Bad ins Wohnzimmer komme, blinkt das Lämpchen an meinem Telefon.

„Hey, ich wollte dir bloß schnell erzählen, dass ich heute mit Emma ins Krankenhaus muss. Ich habe völlig vergessen, dir deshalb Bescheid zu sagen." Die vertraute Stimme meiner großen Schwester klingt auch auf dem Anrufbeantworter sanft und verletzlich. *„Wir müssen zur Kontrolle wegen ihrer Krampfanfälle und bleiben bis Montag. Nicht, dass du Samstag umsonst bei uns vorbeikommst. Hab dich lieb! Bye!"*

Seufzend lege ich das Telefon wieder zur Seite. Ich bin mir ziemlich sicher, dass Deborah nicht eine Sekunde vergessen hat, mir Bescheid zu sagen. Sie wollte bloß nicht, dass ich mir Sorgen mache. Und jetzt mache ich mir Sorgen und habe obendrein ein schlechtes Gewissen. Seit Emmas Unfall versuche ich, meiner Schwester eine Hilfe zu sein, doch offenkundig scheine ich selbst das momentan nicht auf die Reihe zu bekommen.

Sparkle maunzt und ich fülle ihren Napf mit dem billigen Futter, das ich ihr gestern gekauft habe. Nachdem sie es eine ganze Weile mehr als kritisch von allen Seiten beäugt und beschnuppert hat, frisst sie drei Bröckchen davon, bevor sie sich beleidigt auf das Sofa zurückzieht.

Keine Ahnung, wann ich mich das letzte Mal in meinem Leben so beschissen gefühlt habe.

Ich war noch nie beim Eishockey, im Gegensatz zu Lilly interessiere ich mich nicht sonderlich für Sport. Als wir ankommen, ist es in der Halle schon proppenvoll. Eigentlich habe ich mit solch großen Menschenmassen ja ein Problem, aber Lilly schiebt mich so gekonnt durch die Menge, dass ich gar nicht dazu komme, in Panik zu verfallen.

„Da vorne ist Sarah!" Wie ein kleiner Gummiball hüpft sie auf und ab, und winkt der üppigen Brünetten zu, die in einem eleganten, grauen Kostüm im Stil der Fünfzigerjahre mitten auf dem Gang vor einer Tür steht und auf jemanden zu warten scheint. Als sie uns sieht, lächelt sie ebenfalls und winkt zurück. Sie ist eine der schönsten Frauen, die mir je begegnet ist. Üppig, mit Kurven an den richtigen Stellen und einem Gesicht, das dem eines Models aus alten Pin-up-Zeiten nahekommt. Zeitlos schön mit einem Hauch von Sexyness.

„Hallo, ihr beiden!" Sie hält eine Chipkarte vor die unauffällige Tür hinter sich, die daraufhin aufgeht. „Kommt doch rein. Die großen Lounges weiter oben sind zwar komfortabler – aber hier ist man viel näher dran am Geschehen. Ich verstehe nicht, warum sich geladene Gäste das Spiel immer so gerne aus den gepolsterten, beheizten Dingern oben ansehen. Meiner Meinung nach kann man dann auch zu Hause bleiben und den Fernseher einschalten." Sarah geht einen Schritt zur Seite, um uns hereinzulassen und schließt anschließend die Tür hinter uns. Tatsächlich hat man von hier aus einen völlig unverstellten Blick auf die Eisfläche. Eigentlich ist mir das viel zu nahe und ich mache einen Schritt zurück, kehre dem Eis den Rücken zu, während meine Hände unangenehm zu schwitzen beginnen. Allerdings einzig meine Hände – der Rest von mir fängt auf einmal fürchterlich an zu frieren.

Lilly wirft mir einen Seitenblick zu und vielleicht ahnt sie, was gerade in mir vorgeht, aber sie kommt nur einen Schritt näher, als wolle sie mir durch ihre Nähe Trost spenden. Wofür ich ihr durchaus dankbar bin.

„Weil wir heute bestimmt gefilmt werden, habe ich euch beiden mal vorsichtshalber einen Fanschal mitgebracht. Ich dachte, das ist euch lieber, als wenn ich euch die Gesichter türkis und weiß bemale …“ Sarah zwinkert uns zu, während sie uns je einen der besagten Schals umhängt. Zumindest dürften die ein bisschen zusätzliche Wärme spenden. „Dort drüben gibt es auch noch Kaffee, heißen Tee und Kakao mit Amaretto, falls euch nach etwas Wärmendem sein sollte.“ Sarah deutet auf einen Korb, der in der Ecke steht. „Es gibt auch Champagner, wenn ihr mögt. Man soll es schließlich nicht übertreiben mit dem Purismus. Ein paar Vorteile muss es auch haben, wenn man die Tochter vom Chef ist. Und wenn ich euch schon dazu zwinge, auf die bequeme und warme Lounge zu verzichten, will ich euch zumindest nicht verdursten lassen.“ Sie zaubert auch noch drei Gläser hervor, die sie uns füllt, um anschließend mit uns anzustoßen. Im Kopf rechne ich aus, was der Champagner wert ist, wie viele Donuts und Katzenfutter er bedeuten würde, wenn ich das Geld dafür hätte, statt ihn zu trinken. Eine Sekunde lang spiele ich mit dem Gedanken, Sarah um einen Kredit zu bitten. Aber dafür kenne ich sie wirklich nicht gut genug und das gehört sich auch einfach nicht. Zumal ich gar nicht sicher weiß, wann ich das Geld je werde zurückzahlen können.

„Ich freue mich jedenfalls, dass ihr mir Gesellschaft leistet. Mein Vater ist heute verhindert und ich muss ihn vertreten. Und meine Schwester hatte keine Lust mitzukommen."

„Sehr gerne. Ich freue mich über die Einladung", schaffe ich es zu murmeln, und drehe mich gleichzeitig wieder in Richtung der Eisfläche. Meine Psychologin hatte mir geraten, mich nach und nach wieder an solche Dinge zu gewöhnen. Und die Eisfläche hier ist schließlich kein zugefrorener See im Winter. Dennoch umklammere ich mein Glas so fest, dass ich Angst bekomme, es könnte gleich kaputt sein.

Lilly legt mir die Hand auf die Schulter.

„Ist dir noch kalt, Theresa?" Ich weiß, dass sie etwas anderes meint. Sie gehört zu den wenigen Menschen, die halbwegs wissen, wie es manchmal in mir aussieht. Zu denen, die über die dunklen Kapitel meiner Vergangenheit Bescheid wissen.

Bevor ich antworten kann, geht das Licht im Zuschauerbereich aus und die Eisfläche wird hell beleuchtet. Die Musik aus den Lautsprechern ist ebenso laut wie das Grölen und der Applaus der Zuschauer. Das Ganze wird bloß noch von der Stimme des Stadionsprechers übertönt, der nach und nach die Spieler sowie ihre Rückennummern nennt, während sie auf dem Eis einlaufen.

Bei der Nummer 33 – Devon Frenley – kann ich es nicht lassen und klatsche laut mit.

Und dann hat das Spiel mich in seinen Bann gezogen, obwohl ich mich sonst so gar nicht für Sport interessiere. Ich vergesse meine Ängste und Traumata, und drei Spielzeiten lang gibt es für mich auf einmal bloß noch einen Puck, ein paar Schläger und eine Menge Adrenalin. Ohne dass ich mitbekomme, wann es passiert ist, schlägt meine Stimmung irgendwann ins Gegenteil um und es ist mir beinahe unheimlich.

Obwohl ich nicht viel getrunken habe, fühle ich mich nach dem Spiel merkwürdig euphorisiert, fast so, als hätte mich jemand unter Drogen gesetzt. Auch wenn ich nicht genau weiß, wie sich das anfühlt.

+++

Alles lief wunderbar. Ganz besonders wunderbar. Offenkundig war Theresa da, und weil die Kamera Sarah Wellington so sehr liebt, war auch Theresa ab und an mal im Bild. Da das Publikum bloß dann gezeigt wird, wenn auf dem Eis gerade nichts Spannendes passiert, bekommt auch Devon solche Bilder manchmal mit. Theresa zu sehen, hat ihn wirklich gefreut. Vielleicht, weil er die Hoffnung hat, dass sie ihn dann in einem anderen Licht sieht. Nicht als den Typen, der die durchgeknallte Tussi nicht mehr loswird. Sondern als den erfolgreichen Sportler, der er nun einmal ist.

Das Spiel war sehr gut. Die Icefoxes haben 7:4 gewonnen. Und als Devon am Ende des letzten Drittels seine Arme in die Luft reißt, um sich über den Sieg seiner Mannschaft zu freuen, fällt sein Blick ein letztes Mal auf die verhasste Leinwand. Bloß um Yvette zu sehen. Mit einem Schild in der Hand, auf dem steht: „Heirate mich, Devon Frenley!“

Selten war Devon so froh über seine Torhütermaske, deren Gitter den größten Teil seiner Mimik verbirgt, wie in diesem Moment. Denn er ist sich ziemlich sicher, dass all seine Gesichtszüge für mehrere Sekunden völlig entgleist sind.

Yvette hat ihm den Sieg verdorben und seine gute Laune noch dazu.

+++

Kapitel 9

„Kommt ihr zwei noch mit auf die Party?“ Sarah strahlt über das ganze Gesicht, als hätte sie den Sieg höchstpersönlich vollbracht. Tatsächlich ist sie zumindest nahe dran – immerhin gehört ihrem Vater die Mannschaft und sie ist mit dem Trainer liiert.

„Klar sind wir dabei!“, antwortet Lilly, ehe ich dazu komme, mir selbst eine Meinung zu bilden. Sie genießt ihre kinderfreien Abende meistens in vollen Zügen, was ich ihr nicht verdenken kann. Michelle ist manchmal wirklich sehr, sehr anstrengend und da Michael dienstlich viel unterwegs ist, ist sie oft wochenlang mit ihr alleine.

„Michael hat mir versprochen, dass ich morgen ausschlafen darf! Er ist zwar heute Abend auch unterwegs und dafür ist der Babysitter da – aber er wollte nicht so spät nach Hause kommen“, freut sie sich und hakt sich bei mir unter. „Du kommst doch auch mit, oder?“ Sowohl Lilly als auch Sarah sehen mich voller freudiger Erwartung an, und ich nicke schnell. Ich bin gerade viel zu gut drauf, um schon nach Hause fahren zu wollen, auch wenn Sparkle mir das später bestimmt übel nimmt. Aber ich habe sie bereits gefüttert, bevor ich losgefahren bin und der Napf mit Trockenfutter ist auch voll, sie hält also theoretisch locker zwei Tage ohne mich durch. Da kann ich ruhig mal etwas später nach Hause kommen.

+++

„Da war so eine hübsche Dunkelhaarige … Die, mit der du mal was hattest, Devon. Die hat mich vorhin abgefangen und wollte deine Nummer haben. Deine Handynummer. Ich hab sie ihr gegeben, dachte, du hast bestimmt nichts gegen eine weitere heiße Nacht mit ihr!"

Devons Hand ballt sich zu einer Faust und er zieht die Luft scharf ein. Einen kurzen Moment hat er das Gefühl, als würde jeden Moment sein Schädel explodieren, oder irgendein Monster aus seinem Brustkorb hervorbrechen, um sich auf Shepard zu stürzen.

„Du dämliches Arschloch!", zischt er zwischen zusammengepressten Zähnen hervor und ringt mühsam um Beherrschung. Was ihm vermutlich auch gelingen würde, wenn nicht in just diesem Moment sein Handy wie verrückt zu klingeln beginnen würde.

Dann sieht Devon rot.

„Du bist der blödeste, beschränkteste und bescheuertste Mensch, den ich kenne!" Wütend stürzt er sich auf Shepard, in der festen Absicht, dem Typen die Nase zu brechen oder noch ein paar Zähne mehr auszuschlagen.

Doch ehe er dazu kommt, wird er von zwei kräftigen Armen zurückgehalten.

„Keine Prügeleien heute Abend! Es sind Damen anwesend! Außerdem lasse ich mir von euch beiden Volltrotteln nicht die Siegesfeier verderben!"

„Sorry, Trainer, ich hab diesmal gar nichts gemacht!" Shepard hebt die Hände hoch und reißt die Augen eulenartig auf, was ihn wie den letzten Trottel aussehen lässt.

„Ich weiß!" Eric McLeod lockert den Griff um Devons Brustkorb nicht im Geringsten.

„Von wegen, nichts gemacht …" Wütend schüttelt Devon Erics Arm ab und dreht sich um. „Der Depp hat gerade meine Handynummer weitergegeben … an Yvette!" Als Beweis hält Devon sein Telefon in die Luft, das erneut aufdringlich angefangen hat zu klingeln.

„Scheiße ..." Erics auffällig verschiedenfarbige Augen ziehen sich einen Moment zusammen. „Shepard konnte es schließlich nicht wissen, Devon!"

„Das ist mir völlig egal! Ob nun an Yvette oder irgendwen sonst: Er hat meine Telefonnummer *überhaupt* nicht unerlaubt weiterzugeben. Er ist doch selbst bekannt genug, um zu wissen, dass man das nicht macht!"

„*Er* ist übrigens anwesend!" Shepard klingt wie ein beleidigtes Kind.

„Halt die Klappe!", blaffen ihn Eric und Devon unisono an.

„Der Abend hat so schön angefangen …" Seufzend wendet sich Devon ab und dem Tablett mit Champagnergläsern zu.

+++

Ich trinke viel zu viel Champagner. Ich lache zu laut. Ich amüsiere mich viel zu gut.

Meine seltsame Hochstimmung hält bereits den ganzen Abend an und obwohl es sich toll anfühlt, habe ich immer den Gedanken im Hinterkopf, dass es eigentlich falsch ist und ich nicht den kleinsten Grund zum Feiern habe.

„Entspann dich, Theresa. Auch du darfst mal richtig Spaß haben!" Lilly drückt mir noch ein weiteres Glas Champagner in die Hand und ich seufze schwer.

„Emma ist schon wieder im Krankenhaus …" Meine Stimme klingt tonlos.

„Ach scheiße, Süße. Das tut mir leid. Geht es ihr schlechter?"

Kopfschüttelnd nehme ich einen Schluck Champagner.

„Nein, sie sind zur Überprüfung dort." Nachdenklich schaue ich auf die kleinen aufsteigenden Perlen, die in der goldenen Flüssigkeit aufsteigen. „Doch auch das wäre nicht nötig, wenn sie gesund wäre."

„Allerdings geht es ihr nicht ein klitzekleines bisschen besser dadurch, dass es dir ebenfalls schlecht geht."

„Ich weiß ..." Erneut seufze ich. Ich habe solche und so ähnliche Gespräche bereits hundertfach geführt. Mit meiner Therapeutin, mit Lilly ... Geholfen hat es dennoch nie.

Meine gute Stimmung ist mit einem Mal dahin und auch meine Geldsorgen sind schlagartig wieder da.

Ich trinke den Rest meines Champagners aus, auch wenn ich weiß, dass mir anschließend schwindelig werden dürfte.

„Ich glaube, ich werde mal langsam nach Hause fahren. Sparkle wartet bestimmt schon auf mich. Ich verabschiede mich noch schnell von Sarah, dann rufe ich mir ein Taxi." Dass mir dafür das Geld fehlt und ich stattdessen wohl zu Fuß gehen werde, erzähle ich Lilly nicht. Sie würde mich nie im Leben mitten in der Nacht alleine nach Hause gehen lassen und ich will ihr auf keinen Fall den Abend verderben. Ich befürchte, dass ich ihre Stimmung mit meinen ewigen Sorgen schon mehr als genug verdorben habe.

Ein paar Minuten später stehe ich draußen vor der Eishalle und atme mit geschlossenen Augen die kühle Nachtluft ein und aus. Tatsächlich ist mir von dem vielen Alkohol plötzlich etwas schwindelig und ich gehe ein paar Schritte, bevor ich mich an einen kleinen Mauervorsprung auf dem schwach beleuchteten Parkplatz der Eishalle anlehne.

Während hier heute Mittag noch das volle Leben tobte, wirkt er jetzt ausgestorben und beinahe geisterhaft. Das kalte, silbrig-weiße Licht der wenigen noch brennenden Laternen macht die Atmosphäre nicht gerade freundlicher. Mir ist auf einmal fast ein wenig unheimlich zumute und ich ziehe fröstelnd meinen Mantel enger um mich.

„Auch genug von der Party?“ Die Stimme hinter mir taucht so plötzlich auf, dass ich einen leisen Schrei ausstoße, während ich panisch nach dem Pfefferspray in meiner Manteltasche greife.

„Verdammt noch mal, Devon! Musst du mich so erschrecken?“ Langsam löse ich meine Hand wieder von dem Spray, um sie stattdessen auf mein rasendes Herz zu legen.

„Mea culpa.“ Im Halblicht erkenne ich das Lächeln um seinen Mund herum, das jedoch seine Augen nicht erreicht. Er sieht fertig aus. Müde, erschöpft und irgendwie mutlos. Nicht wie jemand, der gerade ein tolles Spiel gewonnen hat. Mit beiden Händen fährt er sich erst durchs Gesicht und streicht sich dann das Haar aus der Stirn, bevor er mich erneut anschaut. „Willst du nach Hause?“

„Ja, ich habe genug gefeiert für heute. Sparkle wartet bestimmt …“ Mühsam unterdrücke ich ein Gähnen.

„Darf ich dich ein Stück begleiten?“ Ohne meine Antwort abzuwarten, greift er nach meiner Hand und schiebt sie in seine.

„Ich wollte mir eigentlich ein Taxi rufen.“ Etwas irritiert schaue ich auf unsere miteinander verschränkten Hände und ringe mit mir, ob ich sie voneinander lösen soll. Eigentlich fühlt es sich nämlich ganz gut an. Doch bevor ich bei meinen Überlegungen zu einem endgültigen Ergebnis gekommen bin, taucht die Fürstin der Finsternis wie eine Furie aus dem Nichts auf.

„Devon! Du liebst doch mich! Mich! Nicht diese seltsame blasse Frau da!“ Mit einem spitzen, anklagenden Zeigefinger deutet sie auf mich und ich will die Arme vor der Brust verschränken, aber Devon hält meine Hand unerbittlich fest.

„Lass mich endlich in Ruhe, Yvette. Ich liebe nicht dich, sondern Theresa. Und ich habe ihr gerade einen Heiratsantrag gemacht. Wir wollen noch heute Nacht nach Vegas fliegen ...“

Ich schnappe nach Luft und traue meinen Ohren nicht. Was erzählt er denn da alles? So etwas lässt sich schließlich nachvollziehen. Also, ob wir geheiratet haben oder nicht. Zumindest vermute ich das.

„Devon ...“ Ich will irgendetwas sagen, das ihn davon abhält, weiter so unsinniges Zeug zu erzählen. Dummerweise klingt meine Stimme ganz schwach und brüchig. Sein Blick trifft schließlich auch meinen. In seinen Augen steht ein seltsames Funkeln und sein Mund verzieht sich zu einem Lächeln, während mein Herzschlag sich plötzlich wieder zu einem rasenden Stakkato beschleunigt.

„Sag nichts, Theresa-Darling. Ich freue mich doch auch so sehr.“

Für einen kurzen, letzten Moment schaffe ich es, mich zu fragen, was hier eigentlich gerade passiert. Doch dann ... dann küsst er mich. Ich komme nicht dazu, noch irgendwie zu reagieren, denn auf einmal liegen seine Lippen auf meinen, fest und warm. Er schmeckt nach Pfefferminze und nach einem Hauch von Champagner darunter. Eigentlich sollte ich ihn wegschieben, weil er mich einfach so küsst. Das sollte ich wirklich. Aber statt genau das zu tun, wandern meine Hände auf einmal wie von selbst in seinen Nacken, um ihn zu mir herunterzuziehen, damit ich noch mehr von diesem Kuss bekommen kann. Mehr von Devon Frenley. Ich höre mich selbst einen kleinen, zarten Seufzer von mir geben, während Devon seine Hände in meinem Haar vergräbt, um seinen Kuss zu intensivieren. Und er gibt wahrlich alles, sein schauspielerisches Talent ist beim besten Willen nicht zu verachten. Vorsichtig fährt er mit seiner Zungenspitze die kleine Spalte zwischen meiner Ober- und meiner Unterlippe nach, bis ich den Mund leicht öffne, um ihm Einlass zu gewähren.

Dieser Mann küsst so gut, dass mir die Knie weich werden. So gut, dass ich auf einmal ganz vergesse, dass dieser Kuss gar nicht echt ist und nicht restlos mir gilt. Ich will einfach nur mehr davon.

Als er sich irgendwann von mir löst, bin ich völlig außer Atem. In meinem Bauch tanzen Horden kleiner Schmetterlinge und zwischen meinen Beinen kribbelt es verräterisch. Sein Blick hält meinen fest gefangen und ich fühle mich wie hypnotisiert, während er nach seinem Handy greift, eine Nummer eintippt und ein Taxi zum Flughafen bestellt.

Reiß dich zusammen, Theresa! Irgendetwas läuft hier gerade ziemlich schief.

Mit geschlossenen Augen zähle ich von zehn an rückwärts, anschließend schüttle ich energisch den Kopf, alles in der Hoffnung, wieder auf halbwegs klare Gedanken zu kommen.

„Ein Taxi zum Flughafen, Devon? Willst du noch verreisen?“ Ich klinge sehr viel ruhiger, als ich es tatsächlich bin.

„Du und ich, Theresa, wir werden heute noch nach Vegas fliegen und dort heiraten.“

Kapitel 10

Schlagartig werde ich wieder völlig klar im Kopf, das Kribbeln zwischen meinen Beinen lässt nach und die Schmetterlinge in meinem Bauch verändern sich. Irgendetwas tanzt da zwar immer noch – allerdings nichts mehr von der guten Sorte.

Als Erstes sehe ich mich um, aber die Königin der Verdammten hat unsere kleine Showeinlage wohl überzeugend genug gefunden, um zu verschwinden.

Was natürlich daran liegen könnte, dass selbst ich es ziemlich überzeugend fand – und ich war schließlich unmittelbar beteiligt.

Devon ruft zunächst ein Taxi, dann sucht er irgendetwas in seinem Handy, er tippt wie wild darauf rum, ohne mich zu beachten.

„Ich werde dich nicht heiraten!"

Sein Kopf ruckt zu mir herum und seinen Augenbrauen wandern beinahe bis in den Haaransatz hoch.

„Wie bitte?"

„Ich. Werde. Dich. Nicht. Heiraten", wiederhole ich noch einmal und betone dabei jedes einzelne Wort. Der spinnt wohl! Ich meine, so ein bisschen Schauspielerei zu einem guten Zweck ist ja in Ordnung. Doch irgendwo sind schließlich Grenzen. Und wenn ich ehrlich bin, war meine schon bei unserem Kuss von gerade eben überschritten. Ich werde bestimmt keinen Wildfremden heiraten, bloß um ihm einen Gefallen zu tun. Das geht eindeutig zu weit.

Devon will irgendetwas erwidern, doch in diesem Moment kommt das Taxi und hält vor uns an.

„Bitte, hör mir wenigstens zu. Nur ein paar Minuten. Fahr mit mir zum Flughafen und hör dir meinen Vorschlag an. Wenn du dann immer noch nicht willst, lasse ich dich nach Hause bringen, wir verlieren nie wieder ein Wort über diese Angelegenheit und ich gelobe feierlich, dich zukünftig nicht mehr zu belästigen. Aber gib mir die Zeit bis zum Flughafen, um dich zu überzeugen, in Ordnung?"

Verdammt – er scheint das tatsächlich ernst zu meinen. Sein Blick würde jeden Hundewelpen vor Neid erblassen lassen und ich seufze tief.

Ich bin mir zwar nicht so wirklich sicher, ob das klug ist, außerdem sind es bis zum Flughafen deutlich mehr als ein paar Minuten, schließlich steige ich trotzdem in das Taxi ein. Vielleicht, weil etwas in seinem Blick mich weich werden lässt, oder auch, weil ich einfach schrecklich neugierig bin. Auch wenn ich eigentlich weiß, dass ich lieber schnell meine Beine in die Hand nehmen und nach Hause laufen sollte, bevor ich hinterher etwas tue, das ich bitter bereuen könnte.

Das Erste, was Devon im Auto macht, ist zu telefonieren, und zwar mit seinem Anwalt, soweit ich das beurteilen kann. Anschließend tippt er wie wild auf seinen Handy herum, dann telefoniert er noch mal – offenkundig erneut mit seinem Anwalt und bezieht sich dabei auf eine Nachricht, die er ihm wohl vorhin geschickt hat.

Ich bin, gelinde gesagt, ziemlich irritiert, denn momentan macht er rein gar nichts, um mich von irgendetwas zu überzeugen; es scheint fast so, als würde er mich kaum wahrnehmen.

Kopfschüttelnd lehne ich mich an das kühle Fenster und schaue auf meine Uhr. Selbst wenn ich vom Flughafen gleich zurückfahre, wird es verdammt spät werden. Bis ich zu Hause sein werde, ist es fast schon Zeit zum Frühstücken. Ich hätte gar nicht erst einsteigen sollen, doch zumindest kann ich Lilly morgen so eine abenteuerliche Story erzählen.

Nach einer gefühlten Ewigkeit hat Devon mich immer noch nicht weiter beachtet und mir wird es zu bunt.

„Lass uns bitte rechts ranfahren und rufe mir dann ein anderes Taxi, Devon! Ich will sofort nach Hause." Selbst wenn ich das Taxi von meinem Geld bezahlen und dafür mein allerletztes Geld ausgeben muss… das ist mir jetzt zu doof.

Langsam aber sicher werde ich wieder nüchtern, sowohl die berauschende Wirkung des Alkohols als auch die der Küsse lässt mittlerweile deutlich nach – und ich bin vor allem müde.

„Bis zum Flughafen, Theresa. Du hast es mir versprochen." Devon greift nach meiner Hand und umschließt sie mit seiner. Diese simple Geste stimmt mich sofort ein wenig versöhnlicher.

„Devon, das ist doch eine Schnapsidee. Wir können nicht heiraten, bloß weil du von irgendeiner komischen Frau belästigt wirst. Da gibt es sicherlich andere Mittel und Wege."

„Wenn ich einen anderen Weg wüsste, wäre ich ihn gegangen, Theresa. Am Flughafen wartet mein Anwalt, er wohnt in der Nähe und hat schon einen Entwurf gemacht. Lies es dir durch. Auf die paar Minuten kommt es heute Nacht auch nicht mehr an. Ich bezahle dir die Heimfahrt und einen Jahresvorrat Katzenfutter für dieses mutierte Tier, das du zu Hause hast, wenn du mir die paar Minuten noch gibst."

Ich muss lachen.

„Sparkle ist eine wunderschöne Katze."

„Von mir aus auch das." Von draußen dringt genug Licht ein, um Devons Zähne weiß aufblitzen zu sehen. „Nur noch ein paar Minuten, Theresa. Fest versprochen. Ich bin mir sicher, dass du es nicht bereuen wirst."

Jetzt habe ich so viel Zeit verschwendet, da kommt es auf ein paar Minuten mehr oder weniger tatsächlich nicht mehr an. Zusätzlich hat es draußen zu regnen begonnen, eine ungemütliche Mischung aus Schnee und Regen. Hier drinnen ist es warm und trocken und Devons Hand, die sich immer noch fest um meine schlingt, fühlt sich viel zu gut an, um freiwillig draußen in der Kälte auf ein anderes Taxi warten zu müssen, das mich wieder nach Hause bringt. Außerdem will ich nun wissen, wie sein ach so tolles Angebot wohl aussehen mag. Ich bin wirklich furchtbar neugierig.

Am Flughafen sind wir kaum aus dem Auto ausgestiegen, als auch schon ein Mann in einem dunklen Anzug auf uns zueilt. Ich frage mich, warum er um diese Uhrzeit noch einen Anzug trägt. Außerdem hat er keinen Mantel an, ich würde mir alles abfrieren bei diesem Wetter. Aber entweder hat er ein gestörtes Temperaturempfinden, oder er hat sich einfach wahnsinnig gut im Griff. Man merkt ihm nicht das geringste Unbehagen an. Denn selbst, wenn er tatsächlich gleich um die Ecke wohnt, ist es schweinekalt heute Nacht. Er ist ein attraktiver Mann, für einen Anwalt scheint er erstaunlich muskulös. Wahrscheinlich kennt Devon nur Sportfreaks, die jeden Tag trainieren gehen.

„Ms. Bennett, Devon …“ Höflich schüttelt er erst mir die Hand, anschließend klopft er Devon freundschaftlich auf die Schulter. Einen kurzen Moment bin ich erstaunt darüber, dass er meinen Namen kennt, allerdings macht es ja Sinn, das Devon ihm die wichtigsten Daten schon mitgeteilt hat. „Ich habe die Entwürfe für den Vertrag vorbereitet, die du haben wolltest, Devon. Wenn Ms. Bennett einverstanden sein sollte, werde ich alles noch überarbeiten und euch anschließend ins Hotel schicken. Dies ist bloß ein Entwurf in aller Eile, das Wichtigste steht jedoch drin.“ Er überreicht Devon einen Stapel Papiere, den dieser an mich weiterreicht.

„Sei so gut und lies das. Und dann sag mir, ob du einverstanden bist oder nicht.“ Ich bin völlig sprachlos, mir geht das alles viel zu schnell und beinahe willenlos lasse ich mich von Devon in ein kleines Café bugsieren, das um diese Zeit noch geöffnet hat.

Es ist zu hell hier und beinahe menschenleer, außerdem ist es laut und ein wenig zugig, aber ich nehme das alles nur am Rande wahr. Devon führt mich an einen Tisch und zieht mir den Stuhl zurück, sodass ich mich setzen kann. Ich bleibe allerdings stehen.

„Devon, ich würde jetzt wirklich gerne …“ Er lässt mich nicht ausreden.

„Lies das!“ Mit zwei Fingern schnippst er gegen den Stapel Papiere, den ich immer noch fest umklammere. „Bitte, Theresa. Deshalb bist du doch schließlich mitgekommen. Ich bin gleich zurück.“

Während ich zu lesen beginne, bemerke ich, wie mir die Kinnlade herunterklappt, dennoch bin ich außerstande, meinen Mund wieder zu schließen. Das, was ich da lese, kann unmöglich sein Ernst sein!

Aus weiter Ferne bekomme ich mit, dass Devon mir einen Kaffee hinstellt und sich zu mir an den Tisch setzt.

„Devon! Das kannst du nicht ernst meinen." Ich deute auf den Vertrag, der mittlerweile vor mir ausgebreitet auf dem Tisch liegt.

Devon trägt ein rotes Basecap mit dem Logo eines mir unbekannten Footballteams und einem Waschbären darauf, den Schirm hat er sich tief ins Gesicht gezogen, sodass ein dunkler Schatten über seine Augen fällt und ich ihn kaum erkennen kann.

„Natürlich ist das mein Ernst, Theresa. Bloß aus Spaß veranstalte ich so viel Zirkus sicher nicht, mein Anwalt würde mich vermutlich umbringen. Es ist doch ganz einfach: Wir haben beide ein Problem. Meins heißt Yvette und macht mir das Leben schwer. Seit sie denkt, wir beide wären zusammen, belästigt sie mich deutlich weniger. Ich hoffe also, dass sie mich komplett in Ruhe lassen wird, wenn wir verheiratet sind. Das sollte ein mehr als deutliches Zeichen für sie sein. Und da ich nicht davon ausgehe, dass es dein Traumjob ist in einer Bar zu arbeiten, gehe ich mal davon aus, dass du Geldprobleme hast." Er macht einen Moment Pause, als würde er auf eine Zustimmung meinerseits warten. Nervös lecke ich mir über die Lippen.

„Es könnte ja auch sein, dass mir der Job Spaß macht!"

Um Devons Mundwinkel zuckt es.

„Könnte. Aber mein Anwalt ist gut und schnell und hat überall seine Leute. Also, ich versuche es noch mal: Ich weiß sicher, dass du Geldprobleme hast."

Einen Moment fühlt es sich komisch an, dass er mehr über mich weiß, als mir lieb ist. Andererseits hätte ich an seiner Stelle bestimmt auch ein paar Erkundungen eingezogen. Auch wenn ich mich frage, wie er das mitten in der Nacht hinbekommen hat. Sein Anwalt muss wirklich sehr gut sein.

Lächelnd lege ich den Kopf schief.

„Okay, du hast gewonnen. Ich habe tatsächlich Geldprobleme. Erhebliche sogar."

„Prima." Er lächelt erfreut, erst dann wird ihm offenkundig klar, was er gerade gesagt hat. „Also, ich meine, es tut mir natürlich leid für dich. Allerdings bringt es mich in die glückliche Situation, dir helfen zu können. Der Betrag, der im Vertrag steht, würde dir doch helfen, oder?"

Bedächtig nicke ich.

„Allerdings, das würde er." Sogar mehr als das, wenn ich ehrlich bin.

„Na also. Somit wäre uns beiden aus einer ziemlich ausweglosen Situation geholfen, oder?" Devon sieht so zufrieden aus, als hätte er gerade ein Rezept für den Weltfrieden gefunden. Mindestens.

Völlig überfordert lege ich mein Gesicht in beide Hände.

„Eine Hochzeit, Devon! Ich bin früher immer davon ausgegangen, dass man so etwas aus Liebe tut und nicht, weil es praktisch ist."

„Es gibt Menschen, die heiraten nur, um Steuern zu sparen. Mal abgesehen davon sind wir doch zwei vernünftige Menschen und wissen, dass es in unserem Fall eben nur ein Vertrag ist. Nicht mehr und nicht weniger."

Kopfschüttelnd verberge ich mein Gesicht jetzt komplett in meinen Händen; Devon streichelt mir über die Schulter.

„Ich muss noch einige Besorgungen machen. Ich brauche bloß ein paar Minuten. Kommst du solange ohne mich klar?"

„Natürlich …", murmle ich. Ich bin schließlich mein ganzes Leben lang ohne ihn klargekommen. „Okay. Hast du deinen Ausweis mit? Ist er in deiner Handtasche? Und du musst mir noch deine Konfektionsgröße verraten."

Erstaunt schaue ich hoch.

„Achtunddreißig", antworte ich ihm, während ich gleichzeitig nach meinem Ausweis suche.

„Wunderbar. Gib mir zehn Minuten, lies in Ruhe weiter … und dann sag mir, ob wir heiraten oder nicht."

„Alter Romantiker!" Ich bin schon längst wieder in den Vertrag vertieft, als Devon leise auflacht.

„Also, machst du es? Wirst du mich heiraten, Theresa?" Wie versprochen hat er nicht viel mehr als zehn Minuten gebraucht und sitzt mir, mit frischem Kaffee für uns beide, erneut gegenüber.

„Ja", antworte ich und kann dabei selbst kaum glauben, was ich gerade von mir gebe. Ich hätte damit gerechnet, dass mir das Herz spätestens jetzt bis zum Hals schlägt, aber stattdessen fühle ich mich seltsam empfindungslos.

Ein zufriedenes Lächeln breitet sich auf Devons Gesicht aus, als er sich bequem auf seinem Stuhl zurücklehnt und die langen Beine ausstreckt.

„Wunderbar. Dann trink deinen Kaffee aus, in einer halben Stunde geht unser Flug."

Kapitel 11

Eine halbe Million Dollar!

Das ist der Betrag, den Devon mir für drei Monate Ehe anbietet.

Zweihundertfünfzigtausend bekomme ich sofort, die andere Hälfte, wenn die drei Monate vorbei sind. Von diesen drei Monaten wird er nur zwei in Midway sein, denn für die nächste Saison hat er einen Vertrag in Boston. Ich werde hier bleiben und dann reichen wir die Scheidung ein.

Sollte ich das Ganze vorher abbrechen, bekomme ich nichts. Wenn er einen Rückzieher machen sollte, bekomme ich dennoch den gesamten Betrag.

Wahrscheinlich bin ich ein entsetzlich prinzipienloser Mensch, doch das ist eine Summe, bei der ich schlichtweg nicht nein sagen kann. Ich kann von dem Geld meine Schulden bezahlen und meinen Laden wieder flott machen. Ich kann meiner Schwester Geld für Emma geben. Damit sie sie endlich auf die tolle Privatschule geben kann, von der sie schon so lange träumt. Emma könnte dort viel besser gefördert werden als jetzt.

Wie hätte ich da ablehnen können? Letztendlich tue ich schließlich nichts Schlimmes. Vielleicht ist es ein bisschen unmoralisch des Geldes wegen zu heiraten, doch es geschieht schließlich auf Devons ausdrücklichen Wunsch hin. Es ist ja nicht so, als würde ich ihn in irgendeiner Form ausnutzen. Er hat es schließlich genauso gewollt und zieht ebenfalls seinen Vorteil daraus. Das hat er selbst gesagt. Es ist bloß ein Vertrag, nicht mehr und nicht weniger.

Dennoch fühlt es sich komisch an.

Ich werde heiraten, verdammt noch mal!

Ich werde heiraten, aber einen Mann, den ich nicht liebe und der mich auch nicht liebt.

Ich werde heiraten und es wird nicht echt sein.

Denk an das Geld und halt die Klappe, Theresa!

Bei meiner momentanen Finanzlage kann ich es mir ohnehin nicht leisten, sonderlich zimperlich zu sein. Leute haben schon schlimmere Dinge auf sich genommen, um an Geld zu kommen. Weitaus schlimmere Dinge. So einfach ist das, oder sollte es zumindest sein, wenn ich die Sache rein vom Verstand her betrachte. Leider bestehe ich nicht nur aus Verstand und meine Gefühle sind gerade ziemlich im Aufruhr.

Konzentriert starre ich aus dem Fenster, obwohl dort mitten in der Nacht nicht viel außer tiefster Schwärze zu erkennen ist. Ich bin so sehr in Gedanken versunken, dass ich nicht einmal den Komfort der ersten Klasse zu würdigen weiß, weder die bequemen Sitze noch der tolle Service interessieren mich. Ich bin völlig durcheinander.

„Geht's dir gut, Theresa?" Fürsorglich legt Devon mir die Hand auf meinen Unterarm. Ich kann die Wärme seiner Finger sogar durch meinen Pulli hindurch spüren, als würde er meine nackte Haut berühren.

Wenn wir wirklich heiraten würden, also, in dem Sinne wirklich, dass wir das nicht nur auf dem Papier erledigen, dann würde ich tatsächlich in den Genuss seiner Hände auf meiner nackten Haut kommen. Seiner Küsse und … na ja … seiner Liebe eben. Ich seufze tief, bevor ich Devon ansehe.

„Alles in Ordnung. Meinst du, ich könnte vielleicht einen Wodka haben?“

Seine grünen Augen blitzen amüsiert, während er nach der Stewardess Ausschau hält.

„Den kannst du bestimmt bekommen. Erträgst du mich nüchtern nicht, Theresa?“

Ich spüre, wie mir die Röte in die Wangen steigt, doch zum Glück eilt in diesem Moment die Stewardess zu uns, um Devons Bestellung aufzunehmen.

Als wir in Vegas landen, bin ich völlig übermüdet. Aber auf die Art und Weise, die einen dennoch nicht zur Ruhe kommen lässt. So, als wäre man in Watte gepackt und hätte gleichzeitig eine furchtbare Überdosis an Koffein zu sich genommen.

„Herzlich willkommen im Bellagio, Sir. Was kann ich für Sie tun?“

Während Devon irgendetwas von Hochzeit und gebuchter Suite erzählt, betrachte ich fasziniert die berühmte Decke mit den bunten Glasblüten, die im künstlichen Licht in allen Facetten von Blau und Grün erstrahlen. Ich kann mich nicht entscheiden, ob ich dieses Werk nun faszinierend schön oder absolut hässlich finden soll. Auf alle Fälle ist es sehenswert.

Der Rest des Eingangsbereichs ist in diskreteren Creme- und Beigetönen gehalten und erinnert mich eher an ein altes, französisches Schlösschen als an eines der größten und modernsten Hotels überhaupt. Es ist eben mehr Schein als Sein, wie alles hier in Vegas. Künstlich und unecht, genau wie meine bevorstehende Ehe.

„Kommst du, Theresa?“ Anscheinend hat Devon alle Formalitäten erledigt und ich folge ihm in einen der verspiegelten Fahrstühle.

Nachdenklich betrachte ich unsere Spiegelbilder. Obwohl Devon vermutlich genauso erledigt ist wie ich, wirkt er viel frischer. Ohnehin sieht er unglaublich gut aus. Mit seinem kastanienbraunen Haar und den moosgrünen Augen könnte er auch irgendeinem Männermagazin entsprungen sein. Selbst in ausgeblichenen Jeans und Langarmshirt wirkt er noch stylisch und irgendwie teuer angezogen.

Ich selbst bin blass, meine Haare hängen mittlerweile platt an mir herunter und meine Augen sind ein bisschen gerötet. Mein heute mühsam aufgetragenes Make-up hat sich mittlerweile verabschiedet, wahrscheinlich habe ich die letzten Reste davon im Kissen des Flugzeugs zurückgelassen.

Doch ungeachtet dessen, dass ich gerade schrecklich aussehe und mich auch sonst als eher durchschnittlich bezeichnen würde, wären Devon und ich ein hübsches Paar. Er ist groß und dunkel, ich bin klein und blond, irgendwie sieht das gut zusammen aus. Statt mich darüber zu freuen, stimmt mich dieser Umstand seltsamerweise traurig.

„Da wären wir!“ Zuvorkommend öffnet Devon die Tür unseres Zimmers für mich, oder vielmehr unserer Suite, und mir stockt für einen kurzen Moment der Atem.

Es ist durchaus beeindruckend hier. Devon hat sich nicht lumpen lassen, wir haben eine Penthouse-Suite und die Aussicht ist gigantisch. Genau wie das ganze Zimmer. Der Einrichtungsstil ist klassisch, mir persönlich eine Spur zu klassisch, doch es ist wirklich gekonnt gemacht.

Helle Marmorböden werden durch dunkle Holzmöbel mit elfenbeinfarbener Polsterung ergänzt, auf einem Tisch steht ein Blumenarrangement in Rot und Weiß.

Staunend schaue ich mich weiter um. Die Suite ist größer als meine gesamte Wohnung in Midway und ich stelle freudig fest, dass es zwei getrennte Schlafzimmer gibt. Aber auch wenn ich müde bin, befürchte ich, dass ich heute keinen Schlaf mehr finden kann.

„Ich habe dir ein wenig Kosmetikkram und ein Nachthemd sowie etwas leichtere Kleidung kommen lassen. Für die Hochzeit morgen ist auch schon alles arrangiert. Halte dich bitte ab zehn Uhr bereit. Versuch noch ein bisschen zu schlafen, viel Zeit bleibt nicht mehr bis dahin."

Ein Blick auf meine Armbanduhr bestätigt seine Aussage. Bis zehn Uhr morgens sind es noch exakt fünf Stunden, und das, obwohl es in Vegas drei Stunden früher als in Midway ist.

Als ich kurze Zeit später in meinem neuen Nachthemd in dem luxuriösen King-Size-Bett liege, brauche ich dennoch eine ganze Weile, bis ich endlich eingeschlafen bin.

Ich trage ein Brautkleid, weiß wie Schnee, und halte einen Strauß aus weißen und blauen Blumen in den Händen. Sie sind wunderschön, bis sie sich plötzlich kalt anfühlen, kalt wie Eis.

Dann höre ich dieses widerliche Knirschen und anschließend einen Schrei. Ich werfe die Blumen weg und fange an zu laufen. Ich muss sie retten, ich muss Emma retten.

Meine Beine verfangen sich in den zahlreichen Stoffbahnen und ich komme nicht voran. Ich muss sie retten, muss einfach, doch ich kann nicht. Völlig hilflos muss ich mit anschauen, wie sie auf dem Eis einbricht und verschwindet.

Wie immer erwache ich aus solchen Träumen schweißgebadet, während ich gleichzeitig am ganzen Körper zittre. Zumindest habe ich ein paar Stunden schlafen können, draußen ist es schon wieder heller Tag und für mich ist es ohnehin Zeit zum Aufstehen.

Ich bin gerade mit dem Duschen fertig, als es an der Tür klopft. Da Devon offenkundig noch schläft oder nicht da ist und das Klopfen nicht aufhören will, hülle ich mich in meinen Bademantel, um zu öffnen.

Vor der Tür steht der Zimmerservice mit einem vollen Servierwagen.

„Guten Morgen, Ma'am. Mr. Frenley hat Frühstück für Sie bestellt und lässt daran erinnern, dass in einer halben Stunde der Braut-Service für Sie kommt." Der junge Mann im Anzug legt vollendete Manieren an den Tag und ignoriert meinen Bademantel geflissentlich. Wahrscheinlich hat er Routine darin.

„Ähm, danke schön", murmle ich, trotz all seiner Professionalität irgendwie verlegen.

„Gern geschehen, Ma'am!", antwortet er. Fasziniert schaue ich zu, wie er den dunklen Esstisch in der Suite mit allen Köstlichkeiten belädt, die man sich zum Frühstück nur wünschen kann.

Als er damit fertig ist, frage ich mich, ob er wohl ein Trinkgeld erwartet. Ich bin solche Situationen nicht gewohnt. Die wenigen Male, die ich in meinem Leben in einem Hotel abgestiegen bin, habe ich aus finanziellen Gründen niemals etwas beim Roomservice bestellt. Mal ganz abgesehen davon, dass die meisten gar keinen hatten.

Ich ertappe mich dabei, wie ich in der Tasche meines Bademantels nach Geld suche, was natürlich vergebens bleibt. Ob der nette junge Herr vom Zimmerservice nun tatsächlich ein Trinkgeld erwartet hat oder nicht, kann ich nicht sagen – aber offenkundig ist die Zeit, die es höflich wäre, darauf zu warten, überschritten. Mit einem freundlichen Nicken verabschiedet er sich schließlich und lässt mich mit dem opulenten Frühstück allein zurück.

Ich begutachte Pfannkuchen, Rührei, kross gebratenen Speck und Croissants, Obstsalat, Marmeladen, Joghurt, diverse Säfte sowie Tee und Kaffee.

Wahrscheinlich ist das die größte Frühstücksauswahl, die ich in meinem Leben jemals hatte. Leider habe ich überhaupt keinen Appetit. Nichtsdestotrotz esse ich ein Croissant ohne alles, zwinge mich dazu, ein großes Glas Orangensaft und eine halbe Tasse schwarzen Tee zu trinken. Schließlich heirate ich heute – da sollte ich halbwegs bei Kräften sein.

Ich heirate heute.

Auf einmal ist mir hundeelend.

Ich gehöre bestimmt nicht zu den Frauen, die überzogene romantische Vorstellungen haben. Mit Sicherheit nicht. Aber dennoch macht man sich irgendwann mal Gedanken darüber, wie es aussehen wird, wenn man selbst einmal heiraten wird.

Ich habe mein Leben lang von einem tollen weißen Kleid geträumt, einem Wahnsinnsdinner und davon, dass mein Vater mich zum Altar führt. Mein Bräutigam sollte seltsam verklärt lachen, unsere Herzen übersprudeln vor Liebe. Zugegeben, dass ich überhaupt von einer Hochzeit geträumt habe, ist jahrelang her. Vier Jahre, mindestens.

Einen kurzen Moment schließe ich die Augen, dann stelle ich meine Tasse Tee zur Seite. Wahrscheinlich ist selbst diese Hochzeit, die eigentlich gar keine ist, immer noch mehr, als ich eigentlich verdiene.

Die nächste halbe Stunde komme ich allerdings kaum noch dazu, mir Gedanken zu machen. Ich bin immer noch nicht angezogen, als es erneut an der Tür klopft. Als Erstes bringt mir jemand den Vertrag, den ich noch einmal schnell überfliege. Alle Änderungen im Vergleich zum Vertrag von gestern Abend sind netterweise markiert, aber sie sind sehr dezent. Über der Stelle, an der ich meine Unterschrift setzen soll, klebt ein Post-it.

Du hast immer noch die Wahl.
Wenn Du unterschreibst, sehen
wir uns heute um 14:00 Uhr vor
dem Friedensrichter zur Trauung.
Wenn Du Dich dagegen entscheidest,
liegt an der Rezeption ein Ticket zurück
nach Midway für Dich.
Dein Devon

Ich muss lächeln. Es ist nett, dass er mir noch die Möglichkeit bietet, einen Rückzieher zu machen. Allerdings habe ich mich ja bereits vergangene Nacht entschieden – und ich stehe zu meinen Entscheidungen.

Als ich den Post-it abziehe und meine Unterschrift an die dafür vorgesehene Stelle setze, warte ich darauf, dass mein Herz zu rasen beginnt oder meine Hände zu schwitzen anfangen, weil es sich nun irgendwie endgültig anfühlt – aber tatsächlich fühle ich mich noch genauso verwirrt wie ein paar Sekunden zuvor.

Ich gebe den Vertrag ab, als es das nächste Mal an der Tür klopft und habe sie noch nicht ganz wieder geschlossen, als ich schon wieder aufgefordert werde, sie zu öffnen.

Zwei völlig identisch wirkende junge Frauen stehen vor der Tür, die eine ist mit einem riesigen Kosmetikkoffer bewaffnet, die andere schiebt einen rollbaren Garderobenständer mit sich, der mit mehreren Kleidersäcken behangen ist. Sie stellen sich als Mandy und Francesca vor und teilen mir überflüssigerweise mit, dass sie Zwillinge sind.

„Wir sind die Make-Up-Twins!", sagen sie wie aus einem Munde und ich muss lächeln. Sie scheinen ganz in ihrem Element zu sein – aber ich bin es ganz und gar nicht.

„Sie sind also die Braut, die sich spontan zum Heiraten entschlossen hat?" Diejenige, die ich für Francesca halte, sieht mich erwartungsvoll an und lächelt eine Spur zu strahlend.

So kann man das natürlich auch bezeichnen und da ich weder Erklärungen abgegeben will, noch darf – das steht so im Vertrag – nicke ich nur.

„Wunderbar!" Mandy scheint entzückt zu sein und schiebt sich an mir vorbei in die Suite; Francesca kommt mit dem Garderobenständer nach. Dann bleibt sie stehen und schaut sich um.

„Lass sie uns an den Esstisch setzen, Mandy. Da ist das Licht am besten."

Mandy schreitet sofort zur Tat und bevor ich weiß, wie mir geschieht, haben sie mich an den Tisch gezerrt und meine Haare auf Lockenwickler aufgedreht. Anschließend tragen sie irgendeine Maske auf mein Gesicht auf, und während der gesamten Zeit schnattern und kichern sie so sehr, dass mir davon ganz duselig im Kopf wird.

Mit geschlossenen Augen lehne ich mich zurück; was soll ich auch sonst tun?

Als ich etwas knallen höre, zucke ich zusammen und öffne schlagartig die Augen.

„Einen Champagner für die Braut!“ Mandy – vermute ich – drückt mir ein Glas in die Hand.

„Service des Hauses, zur Beruhigung angespannter Nerven!“, flöten die beiden nun wieder im Duett, und ich muss mich zusammenreißen, um nicht die Augen zu verdrehen. Anscheinend hat den Schwestern nie jemand erzählt, dass das eine Ei im Mutterleib sich *geteilt* hat und zu zwei voneinander unabhängigen Menschen herangereift ist. Allerdings hört man von Zwillingen ja manchmal, dass sie eine besondere Verbundenheit zueinander verspüren. Dennoch finde ich das gemeinsame Sprechen eine Spur albern.

Ich trinke meinen Champagner in einem Zug aus und die beiden kichern gut gelaunt vor sich hin.

„Oh, da ist aber jemand besonders aufgeregt!“

Die beiden scheint das zu erfreuen, als wäre das irgendwie niedlich. Ich finde das Ganze weniger amüsant und halte ihnen stattdessen das Glas hin, in der Hoffnung, dass sie es noch einmal befüllen – und ich habe Erfolg.

Nachdem ich das zweite Glas geleert habe, nimmt mir eine der beiden die Maske ab.

„Na, das sieht doch schon ganz anders aus!“, zwitschert sie und betrachtet dann mein Gesicht aus nächster Nähe. Ich komme mir vor, als wäre ich auf dem Sklavenmarkt und sie würden mich begutachten, um mich anschließend in den Harem des Sultans zu sperren oder so etwas in der Art.

„Und jetzt kommen wir zum schönsten Teil: Wir suchen das Brautkleid aus!“ Mandy klatscht verzückt in die Hände und lächelt erneut völlig übertrieben. Erst jetzt fällt mir auf, dass ihre Schneidezähne zwar strahlend weiß blitzen, jedoch eine Spur zu groß sind. Das verleiht den beiden irgendwie etwas von Meerschweinchen auf Speed.

Dennoch bin ich Devon unendlich dankbar dafür, dass er mich nicht in Jeans und T-Shirt vor den Altar treten lässt. Auch wenn es mir eigentlich völlig egal sein sollte, aber selbst bei einer Scheinhochzeit wäre mir das schrecklich peinlich gewesen.

Als ich geschlagene dreieinhalb Stunden später fertig bin, erkenne ich mich selbst kaum wieder. Meine Haare sind lockig, glänzen gülden und sind vorne und an den Seiten aus dem Gesicht gesteckt, während sie mir hinten in üppigen Locken bis unter die Schulterblätter fallen.

Mein Teint erscheint wie Porzellan, meine Wangen sind rosig, meine Lippen wirken auf einmal viel voller, genauso wie meine Augen wesentlich größer erscheinen, und meine Fingernägel sind diskret im French-Look lackiert.

Das Kleid ist ein absoluter Traum. Cremefarbene Seide, oben eng anliegend und mit zarter Spitze bezogen, ab der Taille fällt es weit. Auf einen Reifrock habe ich verzichtet, das ist mir irgendwie zu viel, außerdem würde es zu der eleganten Linie des Kleides nicht passen. Mandy und Francesca haben mich allerdings zu einem Tüllunterrock überredet. Genauso, wie sie mich zu einer sagenhaften Corsage mit passenden Strapsen überredet haben. Ich bin beinahe traurig, dass die heute niemand sehen wird.

Wenn ich jemals wirklich heiraten werde, dann will ich so aussehen wie heute.

„Sie sind sich sicher, dass Sie es nicht doch mit einem Schleier versuchen wollen?" Francesca reißt mich aus meinen Gedanken, hält einen langen Schleier in die Höhe und zeigt ihre gebleichten Nagetierzähnchen. Ich schüttle den Kopf. Ein Schleier wäre mir eindeutig eine Nummer zu groß.

„Schade!“ Die beiden sprechen schon wieder gleichzeitig, aber da ich mindestens die halbe Flasche des mitgebrachten Champagners intus habe, finde ich es bloß noch halb so schlimm.

„Unsere Arbeit ist dann hier erledigt.“ Ein letztes Mal zupft Mandy an mir herum, bevor mir die beiden ein synchrones Meerschweinchenlächeln schenken.

„Wir wünschen eine schöne Hochzeit! Der Bräutigam wird Augen machen.“ Sie zwinkern mir zeitgleich zu, dann sind sie verschwunden und einzig der Hauch ihres süßen, blumigen Parfüms bleibt schwer im Raum hängen.

Und ich, ich komme mir auf einmal entsetzlich verloren vor. Ich spiele ein Spiel, in dem ich eine Hauptrolle eingenommen habe, allerdings die Regeln nicht richtig kenne. Devon hat das alles auf die Schnelle organisiert und ich habe keine Ahnung, was als Nächstes geschieht.

Zum Glück klopft es erneut an der Tür. Es ist fast 14:00 Uhr und mein Herz schlägt mir bis zum Hals, als ich die wenigen Meter zurücklege, um die Tür zu öffnen. Die ersten Meter sind mühsam, weil ich mit meinen hohen Absätzen fast im weichen Teppich versinke, danach scheint mir das Geräusch, dass sie verursachen, so laut, dass ich sie am liebsten sofort ausziehen würde.

Als ich die Tür öffne, steht zu meiner Überraschung Devon davor. Ich hatte damit gerechnet, ihn erst zur Trauung selbst wiederzusehen. Er trägt einen schwarzen Smoking mit einem weißen Hemd darunter, in der Hand hält er einen Blumenstrauß. Der Smoking steht ihm wirklich hervorragend, das braune Haar hat er aus dem Gesicht gekämmt und er lächelt so strahlend, dass ich beinahe dahinschmelze.

Er mustert mich von oben bis unten, dann pfeift er leise durch die Zähne.

„Du siehst toll aus, Theresa! Wie eine Prinzessin."

„Danke", sage ich und ergreife seine rechte Hand, die er gerade nach mir ausstreckt. Warm und fest umfasst er meine Finger, mein rasender Herzschlag beruhigt sich ein bisschen.

„Wollen wir?" Er reicht mir den Strauß, den er in der anderen Hand hält, ein Bouquet aus cremefarbenen Teerosen, die sich zu den Spitzen hin rosa verfärben. Erst jetzt entdecke ich, dass Devon einen passenden Anstecker am Revers seines Smokings trägt.

„Ich dachte immer, dass es Unglück für die Ehe bringt, wenn der Bräutigam die Braut vor der Hochzeit sieht."

Devon zuckt mit den Schultern.

„Es sind ja nur ein paar Minuten. Mal abgesehen davon, ist es in unserem Fall doch ohnehin egal, oder nicht?"

Ich spüre eine Welle von Verlegenheit in mir aufsteigen.

„Ja, natürlich. Bei uns ist es egal", murmle ich, während wir gemeinsam in den Fahrstuhl steigen; ich lasse meinen Blick fest auf den Saum meines Kleides gerichtet.

„Hey ..." Seine Hand schiebt mein Kinn in die Höhe, sodass ich ihm in die Augen schauen muss. „Wenn du das hier nicht willst, kannst du es immer noch bleiben lassen, okay?"

„Das weiß ich." Ich bewege meinen Kopf und Devon lässt mein Kinn wieder los. „Ich hätte den Vertrag nicht unterschrieben, wenn es nicht auch für mich interessant wäre. Aber was ist mit dir, Devon? Du heiratest eine Fremde, die du obendrein auch noch dafür bezahlst. Ich meine, mir ist zwar bekannt, dass Männer der Ehe oft weniger romantisch verklärt gegenüberstehen als Frauen. Aber das ist doch schon irgendwie schräg, oder?"

Einen Moment lang schaut Devon mich nachdenklich an, dann zuckt er mit den Schultern.

„Sobald man ein bisschen mehr Geld hat als der Durchschnitt, tauchen auf einmal unheimlich viele Frauen auf, die behaupten, unsterblich in einen verliebt zu sein. In Wirklichkeit sind sie nur hinter dem Geld her. Vielleicht auch noch ein wenig hinter der Aufmerksamkeit, die es mit sich bringt, mit einem bekannten Sportler verheiratet zu sein. Da ist es zur Abwechslung recht erfrischend, wenn man von vorneherein weiß, dass die Frau, die man heiratet, tatsächlich an nichts als Geld interessiert ist …"

Erneut greift er nach meiner Hand und drückt sie aufmunternd; ich muss lächeln.

„Auf die Aufmerksamkeit kann ich gut verzichten."

Devon wirft mir einen Blick zu, den ich nicht deuten kann und schüttelt kaum wahrnehmbar den Kopf.

„Ich fürchte allerdings, dass ich dir die nicht werde ersparen können."

In genau diesem Moment gehen die Fahrstuhltüren auf und ich werde nach dem schummrigen Licht im Inneren des Lifts heftig durch einen Blitz geblendet, dann folgt ein weiterer. Und direkt danach noch einer. Ungläubig blinzele ich in mehrere Kameras, die offenkundig Fotos von uns schießen, und kralle mich an Devons Hand fest.

„Was hat das zu bedeuten, Devon?", raune ich ihm zu, er ist jedoch gerade mit Lächeln beschäftigt. Etwas später beugt er sich zu mir herunter und flüstert:

„Das ist die Klatschpresse, Baby. Die sind scharf auf Promihochzeiten. Und sagen wir es mal so: Ich war bei der Organisation unserer bevorstehenden Eheschließung heute nicht gerade diskret. Schließlich soll es auch bei Yvette ankommen, dafür veranstalten wir das ganze Theater ja. Also: Immer schön lächeln, Baby. Du willst doch in der Zeitung glücklich und hübsch aussehen!"

Erst in diesem Moment wird mir endgültig klar, wie pervers die Situation eigentlich ist. Ich heirate einen Mann, der mir Geld dafür bietet. Und das alles nur wegen einer anderen Frau. Yvette scheint doch mehr Macht über Devon zu haben, als es auf den ersten Blick zu erkennen ist.

Kapitel 12

Während ich aufwache, komme ich zu der festen Überzeugung, dass in meinem Mund irgendein behaartes Tier elendig verendet sein muss. Allerdings erst, nachdem es in meinem Kopf eine ausschweifende Party gefeiert hat.

Langsam öffne ich mein linkes Auge, um es dann gleich wieder zu schließen. Obwohl die braunen Vorhänge nur gedämpftes Licht ins Schlafzimmer lassen, ist es mir trotzdem noch viel zu hell.

Vorsichtig drehe ich mich vom Rücken auf die Seite; dabei gebe ich ein Geräusch von mir, das ebenfalls nach verendendem Tier klingt. Außerdem scheint meinem Magen die Bewegung nicht zu gefallen und ich atme ganz langsam durch die Nase ein und aus, um die aufsteigende Übelkeit zu vertreiben.

Im Zeitlupentempo setze ich mich langsam auf und robbe mich bis zur Bettkante vor. Dafür brauche ich gefühlte fünf Minuten und noch einmal dieselbe Zeit benötige ich, um meine Augen aufzuzwingen.

Erst, als ich sie vollständig geöffnet habe, stelle ich fest, dass das hier weder mein Zimmer noch mein Bett ist. Sondern Devons Zimmer. Panisch taste ich an mir herunter, aber immerhin bin ich nicht nackt. Stattdessen trage ich noch die Corsage von gestern inklusive der Strümpfe mit dem breiten Spitzenrand.

Oh verdammt!

Gut ist das nicht.

„Guten Morgen, Baby!"

Devon trägt nichts weiter als ein weißes Handtuch um die Hüften und bewegt sich mit einer Selbstverständlichkeit, die man eigentlich bloß an den Tag legt, wenn man sehr miteinander vertraut ist. Und ich meine wirklich *sehr* vertraut.

Auf einmal wird mir erneut übel. Wenn wir jetzt … und ich mich nicht daran erinnern kann? Aber das ist Quatsch. Wenn ich meinen armen strapazierten Kopf ein bisschen anstrenge, erinnere ich mich an viel mehr von gestern als mir lieb ist. Und Sex mit Devon ist definitiv nicht dabei.

Die Übelkeit lässt langsam nach und ich räuspere mich ein paar Mal, bevor meine Stimme mir wieder gehorcht.

„Ebenso", krächze ich und Devon lächelt mich an.

„Ich hoffe, du hast nicht zu starke Kopfschmerzen? Ansonsten habe ich dir eine Schachtel Aspirin auf den Frühstückstisch gelegt."

„Das ist nett von dir." Die Tabletten kann ich mehr als gut gebrauchen, ich glaube kaum, dass die trauernde Verwandtschaft des toten Pelztieres in meinem Mund freiwillig aus meinem Kopf verschwinden wird. „Ich glaube, ich brauche erst mal eine Dusche." Danach werde ich frühstücken und anschließend herausfinden, warum ich in Devons und nicht in meinem Bett geschlafen habe. Man muss schließlich Prioritäten setzen.

„Mach das", antwortet Devon gut gelaunt. „Wenn du möchtest, leiste ich dir gleich gerne beim Frühstücken Gesellschaft." Ohne auch nur mit einer Wimper zu zucken, dreht er sich um und lässt sein Handtuch fallen, bevor er sich, genauso, wie Gott ihn erschaffen hat, dem Einbauschrank zuwendet, um sich frische Kleidung herauszuholen. „Ich habe dir übrigens auch ein paar

Klamotten gekauft. Sie sind nebenan in deinem Zimmer. Ich kann dir gerne etwas heraussuchen, wenn du möchtest."

„Das wäre sehr nett", antworte ich abwesend, weil ich meinen Blick noch nicht von seinem nackten Körper lassen kann. Vielleicht ist es nicht unbedingt eine gute Entscheidung, ihn etwas aussuchen zu lassen. Es fühlt sich irgendwie sehr intim an. Allerdings bin ich momentan völlig außerstande, selbst etwas zu wählen und eigentlich ist es auch ohnehin egal: Wir sind schließlich verheiratet und haben anscheinend die Nacht im selben Bett verbracht. Viel intimer geht's ja wohl kaum.

Etwas mühsam rapple ich mich vom Bett auf und bewege mich torkelnd in Richtung meines eigenen Schlafzimmers, an das ebenfalls ein Badezimmer grenzt und in dem all meine Sachen stehen.

Nachdem ich dort angekommen bin, ohne mich übergeben zu müssen und ohne dass mir der Schädel explodiert ist, ziehe ich mich langsam aus. Das ist gar nicht so einfach. Die zig Häkchen der Corsage lassen mich beinahe verzweifeln und sich die Strümpfe auszuziehen, ohne sich dabei zu bücken, ist ebenfalls eine Herausforderung. Ich befürchte allerdings, dass mein Kopf doch noch explodieren könnte, wenn ich mich hinunterbeuge. Schließlich schaffe ich es auch irgendwie so.

Die heiße Dusche hilft, um meine Lebensgeister wieder ein bisschen zu erwecken. Lange stehe ich bewegungslos da und lasse das warme Wasser meinen Körper herunterrinnen, bevor ich nach dem Shampoo greife, mir die Haare wasche und dabei kräftig meine Kopfhaut massiere. Nachdem ich den Schaum ausgespült habe, greife ich nach dem Duschbad. Dabei fällt mein Blick auf meine Hand mit dem Ehering. Es ist ein traumhaft schöner Alliance-Ring, aus

Weißgold, in den ringsherum kleine Diamanten eingelassen sind. Devon trägt nun denselben Ring, nur ohne die kleinen Glitzersteinchen. Ich will gar nicht wissen, was das Teil gekostet hat, falls die Diamanten echt sind. Denn dass sie echt sind – davon gehe ich beinahe aus. Ohnehin hat sich an dieser verdammten Hochzeit gestern alles ziemlich echt angefühlt, außer an unseren Gefühlen füreinander.

Ich hatte mir das irgendwie anders vorgestellt. Wahrscheinlich habe ich an eine etwas skurrile Trauung in einer von Vegas' unzähligen Hochzeitskapellen gedacht, bei der ein in die Jahre gekommenes Elvis-Imitat uns das Ja-Wort abnimmt.

Ohne Brautkleid, ohne den sagenhaften Brautstrauß und dafür vielleicht mit einem unechten Ring von einem billigen Straßenverkäufer. Immerhin soll er ja nur drei Monate halten.

Unsere Hochzeit sah allerdings ganz anders aus. Vom traumhaften Kleid, dem schönen Ring und den tollen Blumen mal abgesehen, war alles furchtbar romantisch. Selbst Devons Blick während der Trauung war so voller Liebe, dass ich es kaum ertragen konnte. Die Presse hat ein Foto nach dem anderen geschossen und unser Hochzeitskuss war mehr als innig. Devon hat, das muss man ihm lassen, das Ganze perfekt inszeniert. Es hat so echt gewirkt, dass ich mir selbst immer wieder in Erinnerung rufen musste, dass es eben das nicht ist. Verdammt, ich meine, das war nicht einfach irgendeine lieblose, schnelle Trauung, damit es amtlich ist. Das war eine Vegas-Hochzeit, wie man sie schöner wohl kaum hinbekommen kann. Die ganze Zeit über hatte ich dieses dumme, verräterische Ziehen in meinem Herzen. Eines, das dort so gar nicht hingehört bei einer Hochzeit, die einzig zum Schein stattfindet, in einer Stadt, die ebenfalls mehr Schein als Sein ist.

Den ganzen Tag hatte ich kaum etwas gegessen, dafür umso mehr Champagner getrunken. Irgendwann war mir alles egal. Die vielen Fotos, die viele Presse, die vielen Küsse für die vielen Fotos … leider auch der viele Alkohol. Zuletzt bin ich an Devons Arm zurück in unser Zimmer getorkelt, auf das nächstbeste Bett gefallen und eingeschlafen. Devon muss mich später irgendwie ausgezogen haben. Bei dem Gedanken daran bemerke ich wieder ein Ziehen, diesmal an ganz anderen Stellen als in meinem Herzen.

+++

Ohne groß darüber nachzudenken, betritt Devon mit einem Arm voll frischer Kleidung das Bad, während Theresa unter der Dusche steht. Er ist noch nie sonderlich prüde gewesen. Bei so vielen Geschwistern, wie er sie hat, war alleine duschen zu können lange Jahre ein seltener Luxus. Zumindest dann, wenn man Wert darauf gelegt hat, morgens den Schulbus zu bekommen.

Dazu kommen die vielen, vielen Gemeinschaftsduschen und Umkleideräume, die der Sport so mit sich bringt … Und die vielen Frauen in seinem Leben. Er fühlt sich in seinem Körper wohl und hat keine Probleme mit Nacktheit. Weder mit seiner, noch mit der von anderen.

Aber als er jetzt ins Bad kommt und Theresa durch die gläserne Duschabtrennung erblickt, nackt mit dem Rücken zu ihm, die Hand mit dem Ehering daran an die gekachelte Wand vor sich gestützt, als könne sie nicht glauben, dass sie zu ihr gehört: Da wird ihm bewusst, in was für einem intimen Moment er sie gestört hat.

Obwohl er ihr Gesicht nicht sehen kann, wirkt sie gerade wahnsinnig verletzlich. So verletzlich, dass er sie gerne in den Arm nehmen, sie an sich drücken und beschützen würde.

Merkwürdigerweise erregt ihn dieser Gedanke und seine Hose wird auf einmal ziemlich eng.

Bevor sie ihn bemerkt, legt er die Kleidung für sie auf einem Hocker ab und verlässt leise wieder das Bad.

Er hatte in den letzten Jahren viele verschiedene Frauen und zweimal hatte er auch tatsächlich das Gefühl, verliebt zu sein. Aber dieses Gefühl, eine Frau um jeden Preis in seine Arme schließen zu wollen, sie beschützen zu wollen, das hatte er noch nie. Ob das wirklich gut sein kann? Vor allem für Theresa, zu der er ja eine rein geschäftliche Beziehung hat? Auch, wenn sie seine Frau ist.

Seine Frau.

Eigentlich ein schöner Gedanke, jemanden zu haben, der ganz klar zu einem gehört. Auf einmal kann er verstehen, warum es Männer gibt, die tatsächlich über eine Hochzeit nachdenken. Aus anderen als rein praktischen Gründen. Nachdenklich betrachtet er den schmalen, glatten Ehering an seinem Finger, der sich dort noch merkwürdig anfühlt.

Unwillkürlich wandern seine Gedanken zu Samantha. Sie hätte sich eine Hochzeit mit ihm damals sicherlich gewünscht, aber er hat es nie für nötig gehalten. Ihr wäre es bestimmt wichtig gewesen, dass er sich öffentlich zu ihr bekannt hätte, mit einem Ring am Finger. Möglicherweise hätte es etwas geändert, vielleicht wäre es ihr dann besser gegangen. Obwohl er mittlerweile Zweifel daran hat, dass es jemals gut mit ihnen gegangen wäre, selbst wenn die Umstände andere gewesen wären.

Um sich abzulenken, wandert er ein bisschen in der Suite umher, bevor er sich schließlich an den Esstisch setzt. Gerade, als er sich eine Tasse Kaffee eingeschenkt hat, klopft es an der Tür. Energisch. Als er aufsteht, um zu öffnen, muss er lächeln. Auf diese Art und Weise klopft eigentlich nur Bruce, sein Manager. Das bedeutet vermutlich nichts Gutes, Bruce wird nicht sonderlich erfreut über die überstürzte Hochzeit sein, ansonsten hätte er ihn wohl kaum hier aufgespürt.

Devon trinkt noch einen großen Schluck Kaffee, bevor er aufsteht, um die Tür zu öffnen.

„Bist du eigentlich von allen guten Geistern verlassen, Devon Frenley?“ Bruce wirkt, als hätte er eine anstrengende Nacht hinter sich. Der graue Anzug ist zerknittert, die braunen Haare sind zerzaust und unter seinen tiefbraunen Augen haben sich Ringe gebildet.

„Hallo Bruce. Ich freue mich auch sehr, dich zu sehen.“ Um Devons Mundwinkel zuckt ein Lächeln, während er zur Seite tritt, um seinen Manager hereinzulassen, zu dem ihn nach all den Jahren auch so etwas wie eine Freundschaft verbindet. „Möchtest du einen Kaffee?“ Mit einer einladenden Geste deutet er Richtung Esstisch. Zu Devons Erstaunen nimmt Bruce tatsächlich Platz.

„Ja, bitte.“ Müde reibt sich sein Manager die Augen und Devon setzt sich zu ihm an den immer noch voll gedeckten Frühstückstisch.

„Erzählst du mir, was du hier machst, Bruce?“ Er füllt die versprochene Tasse Kaffee und füllt seine eigene ebenfalls noch einmal auf, bevor er ein Stück Zucker und einen Schuss Kaffeesahne hineinrührt.

Bruce lässt die Fingerknöchel seiner linken Hand knacken und löst seine Krawatte, dann greift er nach der Kaffeetasse.

„Ich war ohnehin in der Nähe. Und du bist in allen aktuellen Zeitungen, wusstest du das? Überall sind Bilder von dir und dieser Frau." Nach dem ersten Schluck Kaffee greift Bruce unaufgefordert nach einem Croissant.

„Theresa", erwidert Devon. „Ihr Name ist Theresa. Und ich habe gehofft, dass wir heute in allen Zeitungen sind. Das war ja Sinn und Zweck des Ganzen."

„Liebst du diese Frau?" Bruces dunkle Augen mustern ihn durchdringend.

„Natürlich nicht!", antwortet Devon zwischen zwei Schluck Kaffee. „Und sie liebt mich auch nicht. Ich habe ihr Geld dafür geboten, dass sie mich heiratet."

Die Augenbrauen seines Gegenübers verschwinden beinahe in dessen Haaransatz.

„Und warum genau hast du das bitte getan?"

„Um Yvette loszuwerden. Eine andere Möglichkeit ist mir nicht mehr eingefallen, und irgendwann muss das mit ihr ja mal alles ein Ende haben!"

„Du glaubst, dass das die richtige Methode dafür ist?"

Devon zuckt mit den Schultern.

„Alle anderen Methoden, die mir eingefallen sind, habe ich schon ausprobiert und keine hat geholfen. Und schau sie dir an ..." Er tippt auf ein Zeitungsbild, auf dem Theresa tatsächlich wie eine Prinzessin wirkt. „Es hätte mich deutlich schlechter treffen können." Zufrieden lächelnd beißt er in ein Brötchen, das er vorher mit Rührei und Speck belegt hat.

„Zumindest hast du keine halben Sachen gemacht. Es sieht wie die perfekte Hochzeit aus, niemand würde auf die Idee kommen, dass alles nur Schein ist."

„Natürlich nicht. Du kennst mich doch. Ich mache nie halbe Sachen. Vom Kleid bis zum Ring ist alles perfekt. Ich habe schließlich keine Lust mich blamieren zu müssen, weil meine Braut wie eine Vogelscheuche aussieht."

Er streckt die langen Beine aus und überkreuzt sie an den Knöcheln, bevor er sich zurücklehnt, um in aller Ruhe seinen Kaffee auszutrinken.

+++

Wenn man lauscht, dann kommt es leider vor, dass man Dinge mithört, die man lieber nicht gehört hätte. Diese Erkenntnis ist nicht sonderlich neu, aber theoretisch davon zu wissen und es praktisch zu erfahren, ist eben zweierlei.

„Natürlich nicht. Du kennst mich doch. Ich mache selten halbe Sachen. Vom Kleid bis zum Ring ist alles perfekt. Ich habe schließlich keine Lust mich blamieren zu müssen, weil meine Braut wie eine Vogelscheuche aussieht."

Nein, natürlich will er das nicht, er hat eben alles perfekt inszeniert. Mir sollte das nichts ausmachen. Sollte es wirklich nicht. Schließlich haben wir eine rein geschäftliche Vereinbarung. Das ist mir völlig klar.

Zumindest theoretisch.

Praktisch war ich gestern irgendwie doch gerührt, dass er all diese Dinge für mich getan hat. Das tolle Kleid, das Styling, der wunderschöne Ring, der so perfekt zu mir passt.

Und die Küsse. Die vielen Küsse, die meine Knie haben weich werden lassen und mein Herz haben schneller schlagen lassen.

Verdammt!

Das alles hier wird niemals ein gutes Ende finden. Ich hätte mich nicht darauf einlassen sollen.

Aber jetzt hänge ich in der Sache mit drin – und ich stehe zu meinem Wort. Das habe ich schon immer getan.

Kapitel 13

Den Rückflug verbringen wir genauso wie den Hinflug, nämlich schweigend. Es gibt allerdings drei Unterschiede zum Hinflug. Der erste besteht darin, dass es draußen hell ist. Ich komme mir also nicht ganz so bekloppt dabei vor, schweigend aus dem Fenster zu starren, wie vorgestern in der Dunkelheit. Der zweite Unterschied: Ich trinke keinen Alkohol. Mir ist immer noch schlecht von dem, den ich gestern getrunken habe und bei jeder kleinen Turbulenz haben mein Magen und ich Meinungsverschiedenheiten darüber, ob ich mein Frühstück noch einmal rückwärts essen sollte oder nicht. Er ist dafür, ich bin eindeutig dagegen. Der dritte Unterschied besteht darin, dass ich einen Ring am Finger trage und eine verheiratete Frau bin. Ich versuche herauszufinden, ob sich das wirklich anders anfühlt als vorher, oder ob es nur meine Verwirrung ist, die sich seltsam anfühlt.

Ich bin unendlich froh, als wir schließlich gelandet sind und im Taxi sitzen.

Als wir dann vor meiner Wohnung anhalten, breche ich vor Glück fast in Tränen aus. Alles, was ich will, ist auf mein Sofa zu fallen und stumpf in den Fernseher zu starren, Zeit mit mir alleine in meinem Zuhause zu verbringen und meine Gefühle zu sortieren. Außerdem will ich mit meiner Katze kuscheln.

Oh mein Gott! Meine arme Sparkle. Das arme Tier ist bestimmt völlig verstört, nachdem sie zwei Nächte ohne mich verbringen musste. Mein schlechtes Gewissen ist beinahe grenzenlos.

„Na dann …“ Ich greife nach dem Türgriff und ermahne mich, langsam zu machen, damit ich nicht wirke, als wäre ich auf der Flucht.

„Ich komme dich in einer Stunde abholen, reicht dir das zum Packen?“

Da ich gerade dabei bin auszusteigen, stolpere ich und schaffe es nur in allerletzter Sekunde, mich an der Tür festzuhalten. Draußen weht ein eisiger Wind und es riecht nach Schnee. Mittlerweile ist es dunkel geworden. Die Straßenlaterne vor meiner Wohnung taucht Devons Gesicht in den Halbschatten, als ich mich zu ihm umdrehe.

„Packen?“, wiederhole ich verständnislos und höre mich an wie ein Volltrottel.

„Wir sind verheiratet, Theresa. Da ist ja es wohl angemessen, dass wir zusammen wohnen, meinst du nicht?“ Devon wirkt amüsiert, auch wenn seine Stimme völlig sachlich klingt. Er spricht leise, damit der Taxifahrer nichts mitbekommt.

„Doch, natürlich. Das ist angemessen“, antworte ich mechanisch. Ich habe mir vorher überhaupt keine Gedanken zu diesem Thema gemacht. Obwohl ich mich dunkel erinnern kann, dazu irgendeine Klausel in dem ziemlich umfangreichen Vertrag gelesen zu haben, den Devons Anwalt mir vor der Eheschließung vorgelegt hat. Ich hätte das Ganze wahrscheinlich einfach *noch* gründlicher lesen sollen, oder zumindest auch mal darüber nachdenken, was genau ich da eigentlich lese und vor allem unterschreibe.

„Du brauchst mich nicht abzuholen. Ich komme dann mit meinem eigenen Auto.“ Schließlich werde ich es ohnehin brauchen, wenn ich bei Devon wohne. Irgendwie muss ich ja zur Arbeit kommen.

„Viel geht da aber nicht in den Kofferraum.“ Er deutet auf den Kofferraum meines kleinen Autochens, das außerdem bis obenhin vollgestopft mit Kartons aus meinem Laden ist. Seufzend überschlage ich im Kopf, was ich alles mitnehmen muss und gebe schließlich klein bei.

„Also gut, in einer Stunde.“

Erst als ich meine Wohnung aufschließe und mich die vertraute Umgeben warm und tröstlich empfängt, fällt mir ein, dass ich keine Ahnung habe, wo Devon eigentlich wohnt.

Verdammt.

Ich ziehe gleich zu meinem Ehemann, von dem ich nicht nur nichts, sondern rein gar nichts weiß.

So etwas kann auch nur mir passieren.

Mein Anrufbeantworter blinkt wie verrückt, aber ich habe gerade nicht die Nerven dazu, ihn abzuhören.

Zuerst suche ich nach Sparkle, die sich beleidigt unter dem Sofa verkrochen hat und mich vorwurfsvoll anmaunzt, als ich sie dort endlich entdecke.

„Hey, meine Süße!“, versuche ich sie zu locken, doch sie schielt mich nur aus ihren zu weit auseinanderstehenden Augen an und fängt bereits an zu würgen.

Eine Stunde, um meine neurotische Katze in eine Transportbox zu sperren, das wird ein Spaß! Ohnehin habe ich an Sparkle am allerwenigsten gedacht. Sie wird nicht begeistert sein, dass sie nun für drei Monate woanders wohnen muss. Wenn ich da an unseren letzten Umzug denke … Da ist sie zwei Wochen lang bloß zum Fressen und zur Benutzung des Katzenklos unter meinem Bett hervorgekommen.

Bevor ich irgendetwas von meinen Sachen packe, muss ich mich dringend um meine Katze kümmern. Um sie in die Transportbox zu bekommen, hilft eigentlich nur eins.

Langsam richte ich mich wieder auf und fühle mich dabei wie eine alte Frau. Nächte wie die letzte bekommen mir nicht mehr, ganz eindeutig. Als Erstes suche ich die Transportbox und deponiere sie neben der Küchentür, sodass man sie nicht sehen kann, wenn man in die Küche kommt. Anschließend öffne ich den Gefrierschrank und nehme eine Tüte Alaskaseelachsfilet heraus. Als ich den Fisch auf einen Teller lege, kann ich bereits das leise Tapsen hören, das Sparkles Tatzen auf dem Holzfußboden erzeugen. Aus Erfahrung weiß ich allerdings, dass sie noch nicht in der Küche ist. Ohne sie weiter zu beachten, stelle ich den Teller in die Mikrowelle und schalte diese in der Auftaustufe an.

Als das Gerät nach drei Minuten klingelt, höre ich Sparkle hinter mir maunzen. Lächelnd stelle ich ihr den Teller auf den Fußboden, warte, bis sie anfängt zu fressen und schließe schnell die Tür. Sparkle ist viel zu sehr mit ihrem Futter beschäftigt, um irgendetwas davon mitzubekommen.

Ich gönne ihr ihren Fisch, aber kurz bevor sie fertig ist, stürze ich mich auf sie, als wäre sie das letzte Kaninchen auf der Welt und ich dem Hungertod nahe. Anscheinend hat sie überhaupt nicht mit mir gerechnet, so war es ja auch geplant. Bevor sie auch nur dazu kommt, sich irgendwie zu wehren, habe ich sie bereits gepackt und in die geöffnete Box verfrachtet.

Erst als ich bereits dabei bin, den Deckel zu schließen, gibt sie ein erstauntes Maunzen von sich und schaut mich mit ihren schielenden Augen so vorwurfsvoll an, als hätte ich soeben versucht sie umzubringen. Mindestens.

Solche Überraschungsangriffe sind zwar nicht unbedingt nett, beim Fressen überfallen zu werden schon gar nicht. Aber ich denke, es ist immer noch stressfreier, als wenn ich meine Katze stundenlang durch die Wohnung gejagt hätte, um sie zuletzt mit einem Besenstiel und sanfter Gewalt unter dem Sofa hervorzuziehen.

Schließlich decke ich ihre Box mit einem Handtuch ab, in der Hoffnung, dass sie sich ein bisschen beruhigt und vielleicht hinlegt, wenn es dunkler ist.

Dann beginne ich zu packen.

Ich bin erstaunt, wie viele Dinge man in kurzer Zeit in Taschen und Kisten verstauen kann, wenn man sich ein wenig beeilt. Nachdem ich Sparkle eingefangen hatte, blieb mir nur noch eine halbe Stunde, aber die habe ich effektiv genutzt. Jetzt stehen ein Koffer, zwei Reisetaschen und vier große Kartons voll mit meinem Hab und Gut vor mir auf dem Gehweg. Sparkle und alles, was sie zu ihrem Glück braucht, habe ich bereits in meinem Auto verstaut und warte nun auf Devon, der pünktlich nach der vereinbarten Stunde um die Ecke gebogen kommt.

Ich fühle mich seltsam befangen und habe keine Ahnung, wie ich ihn begrüßen soll. Ein Handschlag ist eindeutig unpassend, schließlich sind wir ja verheiratet, ein Kuss wäre hingegen zu viel des Guten, denn schließlich besteht unsere Ehe ja nur zum Schein.

„Hey Babe!“ Devon steigt wie ein strahlender Held aus seinem SUV und nimmt mir die Frage nach der Begrüßung ab, indem er mich dreist auf den Mund küsst. „Immerhin sind wir verheiratet!“, sagt er schulterzuckend, als ich empört nach Luft schnappe. „Ist das alles, was du mitnehmen möchtest?“ Er deutet auf den kleinen Berg aus Kisten, Koffern und Taschen, und ich nicke. „Na, dann wollen wir mal.“

Binnen weniger Minuten hat er alles in seinem Auto verstaut und wir besprechen, dass ich hinter ihm her zu seinem Haus fahre.

Die gesamte Fahrt über maunzt Sparkle wie eine Verrückte, während ich versuche, bloß nicht in Tränen auszubrechen. Erst der Gedanke daran, wie ich das meiner Mutter beibringen soll, sorgt letztendlich dafür, dass ich hysterisch anfange zu lachen.

Keine zehn Minuten später stehe ich vor Devons Haus.

Ich hatte mir sein Haus irgendwie anders vorgestellt; so etwas wie einen Palast aus Glas und gebürstetem Edelstahl. Modern, groß und ein bisschen steril.

Groß ist es tatsächlich, aber alles andere als modern. Ganz im Gegenteil. Ich schätze das Gebäude auf frühes neunzehntes Jahrhundert. Roter Backstein, spitze Giebel und weiße Sprossenfenster. Ich kenne das Gebäude, es war früher ein Mädchenpensionat für höhere Töchter und wurde danach noch jahrelang als Bürogebäude benutzt.

„Ich habe es vor ein paar Jahren gekauft und umbauen lassen. Ich mag so alte Gemäuer.“ Devon klingt beinahe entschuldigend.

Er geht vor, beide Arme dick bepackt mit meinen Sachen und bekommt es trotzdem noch hin, die Tür aufzuschließen. Wenn dieser Mann tatsächlich um meiner selbst willen mit mir verheiratet wäre, ich wäre vermutlich mächtig stolz auf ihn und käme aus dem Angeben beim nächsten Mädelsabend gar nicht mehr raus.

So aber bleibt mir nur ein leises Kopfschütteln, während ich Sparkle aus dem Auto nehme und Devon ins Innere des Hauses folge.

Als Erstes kommen wir in einen großen Flur, beinahe eine Art Empfangshalle, der bis auf eine große Kommode aus hellem Holz sowie eine Garderobe mitsamt Spiegel unmöbliert ist.

Indirekte Beleuchtung taucht die weiß gekalkten Wände in einen beinah goldenen Schimmer; der Boden ist rot gefliest, vermutlich sind die Fliesen noch Original.

Die Wände werden von auffällig großen Gemälden geschmückt, auf denen Landschaften abgebildet sind. Die Formen sind so stark abstrahiert, dass man sie nur gerade noch so erahnen kann. Dafür, oder vielleicht auch eben deshalb, sind die Farben wahnsinnig eindrucksvoll und schaffen eine fast magische Stimmung.

Obwohl ich eigentlich etwas gegenständlichere Kunst bevorzuge, gefallen sie mir ausgesprochen gut.

„Du interessierst dich für Kunst?“, frage ich, eigentlich völlig überflüssigerweise, denn es ist ja recht offensichtlich.

Davon zuckt mit den Schultern.

„Der Flur sah so kahl aus …“

Ohne mich weiter zu beachten, stellt er meine Sachen neben der Treppe ab und geht zurück zum Wagen, um den Rest zu holen.

Ich gehe ebenfalls mit und hole in Folge Sparkles Katzentoilette, einen Mini-Kratzbaum, sowie eine Kiste mit Futter und Kuschelkissen für meine Katze aus dem Auto. Dann schaue ich mich nach einem geeigneten Platz für das Katzenklo um, während Devon die letzten meiner mitgebrachten Kisten übereinandergestapelt hereinbalanciert. Mit einem schwungvollen Tritt schließt er die Tür hinter sich.

„Wo soll ich denn Sparkels Katzentoilette hinstellen?" Nervös trete ich von einem Fuß auf den anderen, die ganze Situation ist mir nach wie vor nicht richtig geheuer. Hinter den vielen Kisten kann ich Devons Gesicht nicht erkennen, aber der Turm aus Kartons schwankt auf einmal beängstigend. Erst im letzten Augenblick gelingt es ihm, alles unbeschadet auf dem Fußboden abzustellen.

„Ähm, Entschuldigung!" Erstaunt sieht er mich an. „Ich habe verstanden, dass du einen Platz fürs Katzenklo suchst." Er lächelt auf eine ganz bestimmte Art und Weise; in etwa so, als wäre er gerade aus einem Alptraum aufgewacht und würde nun erleichtert feststellen, dass die Realität völlig harmlos ist.

Ich lege den Kopf schief und verschränke die Arme vor der Brust. Im Moment hätte ich auch nichts dagegen, wenn das alles nur ein Traum wäre.

„Das liegt wohl daran, dass ich genau das gefragt habe!"

Ganz sicher bin ich mir nicht, doch ich bilde mir ein, dass Devon ein klein wenig bleich wird.

„Du meinst, deine Katze soll hier wohnen?"

„Aber natürlich soll sie das; schließlich soll ich ja auch hier wohnen! Und leider kann sie sich ihr Futter noch nicht selbst aus dem Schrank nehmen."

Kurzerhand bringe ich die Katzentoilette an einer unauffälligen Stelle unter der Treppe unter und lasse Sparkle frei.

+++

Verdammt, die Katze!

Dieses hässliche und gemeingefährliche Mistvieh hatte er nicht bedacht.

Nicht, dass er etwas gegen Tiere hätte – allerdings ist er eindeutig eher der Hundetyp. Hunde sind gut. Hunde begrüßen einen, wenn man nach Hause kommt, sie lassen sich erziehen, sie begleiten einen auf Spaziergängen oder beim Joggen. Hunde bewachen das Haus. Sie lassen sich streicheln, sie sind treu und wenn nicht irgendetwas gehörig schief läuft, dann fallen sie einen nicht hinterrücks an, wie dieses dämliche Vieh von Katze.

Außerdem haben Hunde kein stinkendes Klo, auf das sie gehen, sondern erledigen ihre Geschäfte in der freien Natur, wie sich das für ein anständiges Haustier nun mal gehört.

Als hätte Sparkle seine Gedanken geahnt, kommt sie in eben diesem Moment aus dem Transportkorb, den Theresa für sie geöffnet hat.

Sparkle!

Dieses Tier ist genauso wenig glitzernd und glamourös wie ein Furunkel am Arsch.

Genaugenommen ist es sogar die hässlichste Katze, die er jemals zu Gesicht bekommen hat.

Sie schielt und sie hat einen schrecklichen Überbiss. Außerdem stimmt etwas mit ihren Proportionen nicht, der Kopf wirkt viel zu groß für den kleinen, fetten Körper. In freier Wildbahn würde dieses bekloppte Tier vermutlich keine zehn Minuten überleben, mal ganz abgesehen davon, dass es völlig neurotisch ist.

„Komm her, meine Süße!", gurrt Theresa gerade zärtlich, doch die Katze würdigt sie keines Blickes und zieht sich stattdessen offenbar beleidigt auf ihr Katzenklo zurück.

Devon selbst könnte sich zwar angenehmere Orte vorstellen, um dort seine Zeit zu verbringen, aber das Katzentier wird schon wissen, was es tut.

Theresa scheint ähnlich darüber zu denken, denn sie richtet sich seufzend wieder auf. Ihr ist deutlich anzumerken, dass sie nicht weiß, was sie jetzt machen soll und bleibt unschlüssig stehen, während sie so tut, als würde sie konzentriert eines der Bilder an der Wand betrachten.

Einen Moment lang betrachtet Devon sie nachdenklich. Das weizenblonde Haar, das sie zu einem schlichten Pferdeschwanz gebunden hat, bildet einen hübschen Kontrast zu den braunen Augen und der hellen Haut.

Als sie sich dem nächsten Bild zuwendet, erbarmt Devon sich endlich.

„Komm, ich zeige dir das Haus!“

Er öffnet die Tür zum Wohnbereich und hört Theresa hinter sich erleichtert aufatmen.

+++

Kapitel 14

Devons Haus ist riesig. Riesig und ziemlich cool. Er hat es geschafft, die alten Strukturen des Hauses zu erhalten und gleichzeitig mit modernen Elementen zu verbinden. Es gibt wunderschöne alte Stuckelemente, abwechselnd alte Fliesen- und neue Holzfußböden, Antiquitäten und moderne Designermöbel. Das Ganze verteilt auf bestimmt 400 Quadratmetern, was mich irgendwie erleichtert. Wir haben hier genug Möglichkeiten, uns aus dem Weg zu gehen.

Am meisten beeindruckt mich das Wahnsinns-Esszimmer, das an eine offene Küche grenzt. Die komplette hintere Wand des Esszimmers besteht aus Glas. Und dazu hat das Esszimmer die doppelte Raumhöhe. Hinter der Glaswand scheint sich eine Art Wintergarten zu befinden, in dem Pflanzen wachsen, die allerdings im Moment Winterschlaf zu halten scheinen.

„Wow!", entschlüpft es mir und das, wo ich mir eigentlich fest vorgenommen hatte, mich nach außen hin möglichst unbeeindruckt zu zeigen. Ich weiß selbst nicht, warum mir das so wichtig ist, denn Devons Haus ist durchaus imposant. Aber ich habe das Gefühl, er könne denken, dass ich von seinem Reichtum beeindruckt oder sogar geblendet sei.

Schon verrückt, dass ich befürchte, er könne annehmen, ich sei hinter seinem Geld her. Und das, wo doch wirklich klar ist, dass ich ihn einzig und allein des Geldes wegen geheiratet habe.

„Die eigentliche Außenfassade des Hauses war völlig kaputt, deshalb hätte sie ohnehin ersetzt werden müssen. Der Wintergarten ist zwar nicht beheizt, aber so gut isoliert, dass es zumindest nicht darin friert. Die temperaturempfindlicheren Pflanzen überwintern dort."

Stumm nicke ich, denn ich habe von Pflanzen einfach überhaupt keine Ahnung. Meine Mutter hat mir mal irgendwelche Sukkulenten geschenkt, die angeblich total pflegeleicht sein sollen, aber selbst die haben bei mir nicht lange überlebt. Ich weiß bis heute nicht, ob ich sie zu viel oder zu wenig gegossen habe. Fakt ist, dass ihnen die Art meiner Zuwendung wohl nicht bekommen ist.

„Setz dich doch. Möchtest du etwas trinken?"

Bevor ich überhaupt dazu komme, mich hinzusetzen und zu antworten, steht schon ein Tablett mit Wasser und Rotweingläsern auf dem Tisch, zusammen mit den jeweils zugehörigen Flaschen. Devon schenkt mir von beidem ein und nachdem er auch seine eigenen Gläser gefüllt hat, prostet er mir zu.

„Auf eine glückliche Ehe!" Er zwinkert dabei so gut gelaunt, als würde er jeden Tag eine Scheinehe eingehen und als wäre das alles das Selbstverständlichste der Welt. „Möchtest du etwas essen? Ich könnte uns schnell noch etwas machen. Ich habe noch Tomatensuppe im Kühlschrank. Ansonsten könnten wir auch eine Pizza oder etwas vom Chinesen bestellen, wenn dir das lieber wäre."

„Tomatensuppe ist prima!" Erst jetzt fällt mir auf, dass meine einzige Mahlzeit heute aus einem Sandwich im Flugzeug bestanden hat. Meinem Magen scheint das in diesem Moment auch klar zu werden, denn er reagiert mit einem lauten Knurren. Devon registriert es mit einem Grinsen, erspart mir aber dumme Kommentare.

Dass ich einen Platz am Kopfende des großen Holztisches gewählt habe, von dem aus ich sowohl die Küche als auch den Wintergarten im Blick habe, war eigentlich eher Zufall, doch jetzt weiß ich es sehr zu schätzen.

Nachdem ich mich an der Glaswand und dem schwach beleuchteten Innengarten dahinter sattgesehen habe, wende ich meine Aufmerksamkeit Devon zu. Er ist mit jener Selbstsicherheit ausgestattet, mit der sich Leute bewegen, die im Leben erfolgreich sind.

Heute trägt er ein blau-grau-gestreiftes Henley-Shirt, das am Oberkörper und seinen kräftigen Oberarmen eng anliegt, sowie eine ausgewaschene Jeans. Mein Blick bleibt an seinem überaus nett anzuschauenden Hintern hängen, während er sich bückt, um eine Schüssel aus einem der Unterschränke zu nehmen.

Als er sich aufrichtet, wirft er mir einen Blick über die Schulter zu und lächelt mich so wissend und vergnügt an, dass ich umgehend rot anlaufe.

Verdammt, er ist wirklich sexy. Dieser Körper, das dunkle, dichte Haar, das ihm ständig in die Stirn fällt, als hätte es ein Eigenleben, und dann sind da ja auch noch diese Augen. Moosgrün, und wenn er lächelt, bildet sich ein Netz aus kleinen Lachfältchen, während in seinen Wangen tiefe Grübchen entstehen.

Plötzlich tauchen die Erinnerungen an unseren Kuss nach der Party wieder in meinem Kopf auf. Devon deckt immer noch lächelnd und hoffentlich nichtsahnend den Tisch und mir wird eines klar:

Die nächsten drei Monate werden lang werden. Sehr, sehr lang. Und ich werde gut auf mich aufpassen müssen. Sehr, sehr gut.

Ich räuspere mich, bevor ich etwas zu schnell vom Tisch aufstehe.

„Ich würde mir vor dem Essen gerne noch die Hände waschen." Meine Stimme klingt seltsam hölzern, aber ich gehe davon aus, dass es Devon nicht weiter auffällt. Ich muss einen Moment hier raus, wenigstens einen kurzen.

Das kleine Gästebad in der unteren Etage sieht ebenfalls aus, als hätte sich ein Innenarchitekt einen lang ersehnten Traum erfüllt. Ein großer Waschtisch aus dickem, grünlich schimmerndem Glas, natürlich von unten beleuchtet, dazu ein riesiger Spiegel, selbstverständlich vergoldet … Ich sehne mich auf einmal nach ein bisschen Normalität, nach irgendetwas, das sich nicht harmonisch ineinanderfügt und wirkt, als wäre es direkt einer dieser Toller-Besser-Stylischer-Wohnen-Zeitungen entsprungen. Devon passt zumindest perfekt hinein in diesen Traum, denn er selbst sieht ja auch aus, als käme er direkt aus einem Hochglanzmagazin.

Mein eigenes Spiegelbild schaut mir in seiner ganzen blassen Unzulänglichkeit aus dem Badezimmerspiegel entgegen und ich strecke ihm die Zunge heraus.

Du bist selbst schuld, du dämliche, geldgeile Kuh!

Ach, ist doch wahr …

Bevor ich zurück in die Küche gehe, schaue ich noch nach meiner armen Sparkle. Sie hat sich in einer Ecke zwischen ihrem Katzenklo und der Treppe versteckt, in der man sie kaum sehen kann.

„Hey, mein Mädchen …" Als sie meine Stimme hört, streckt sie ihren Kopf hervor und maunzt vorwurfsvoll. „Ich weiß, meine Süße. Und ich schwöre dir, ich hatte das wirklich nicht so geplant." Ich versuche, ihr zu groß geratenes Köpfchen zu streicheln, aber sie zieht sich beleidigt zurück, sobald ich die Hand ausstrecke, und versteckt sich wieder hinter der Türklappe ihrer Katzentoilette.

Dennoch fühle ich mich viel besser, als ich zurück in das große Esszimmer gehe. So seltsam meine Katze auch sein mag, schafft sie es trotzdem, mir das Gefühl von Normalität zu vermitteln.

„Alles in Ordnung mit deiner komischen Katze?" Devon stellt gerade eine große Schüssel mit Salat auf den Tisch, als ich zurückkomme.

„Sparkle ist keine komische Katze. Sie hatte … nur nicht den besten Start ins Leben." Ich lächle ein bisschen schief und setze mich zurück an den Esstisch.

Ungerührt deckt Devon weiter den Tisch, doch seine fragend hochgezogenen Augenbrauen sollen wohl eine Aufforderung sein weiterzureden.

„Ich habe sie gefunden. Im Müllcontainer. Da war sie erst circa drei Wochen alt, halb verhungert und kaum mehr als eine Handvoll Katze. Sie war noch ein Baby … viel zu klein. Hatte eine schlimme Bindehautentzündung, war unterernährt und unterkühlt. Der Tierarzt wollte sie eigentlich einschläfern, als ich mit ihr dort angekommen bin. Aber sie ist eine kleine Kämpferin. Es war hart, doch sie hat es geschafft!" Gedankenverloren schiebe ich das Besteck neben meinem Teller gerade. „Sie hat mir … in einer sehr schweren Zeit geholfen. Glaube mir, dass sie überlebt, war für mich damals ebenso wichtig wie für sie." Kurz hänge ich in meinen Erinnerungen fest, dann richte ich mich gerade auf. Sobald ich wieder im Hier und Jetzt bin, ist es mir unangenehm, dass ich ihm solch persönliche Dinge erzählt habe. Normalerweise führt das zu Fragen. Fragen, die ich nicht bereit bin zu beantworten. „Der Salat sieht wirklich sehr lecker aus. Kochst du gern?“

Mein abrupter Themenwechsel bleibt nicht unbemerkt und Devons rechte Augenbraue wandert in die Höhe, während er sich zu mir an den Tisch setzt. Zu meinem Glück ist er zu höflich, um weiter nachzubohren, vielleicht interessiert es ihn auch einfach nicht.

Er füllt eine weiße Porzellanschale mit Tomatensuppe und stellt sie mir hin, bevor er sich selbst davon nimmt.

„Ich koche gern, habe allerdings selten Zeit dazu. Dass ich, so wie an diesem Wochenende, mal mehr als einen Tag am Stück frei habe, kommt nicht oft vor. Es gibt Wochen, in denen bin ich schon froh, wenn ich überhaupt zum Schlafen nach Hause komme.“ Er nimmt sich ein Stück des Baguettes, das auf dem Tisch steht und bestreicht es dick mit Butter. „Aber ich mag es sehr, wenn man die Zeit findet, sich mit Freunden oder Familie hinzusetzen, um zu essen. Ich habe eine große Familie, vier ältere Brüder und eine ältere Schwester. Meine Mutter hat uns wirklich viele Freiräume gelassen, aber es gab eine eiserne Regel bei uns: Es wurde immer zusammen gegessen. Oft haben wir noch Freunde mitgebracht, der Tisch war immer voll. Im Nachhinein frage ich mich manchmal, wie meine Mutter es geschafft hat, dass wir jedes Mal alle satt geworden sind. Oder wie sie es geschafft hat, nie einen Nervenzusammenbruch mit uns zu bekommen.“ Wieder bilden sich um seine Augen diese feinen Lachfalten, während er sich offenkundig an seine Kindheit erinnert. „Wenn ich eines gelernt habe, dann, dass Essen wichtig ist. Umso mehr ärgert es mich, dass ich oft viel zu wenig Zeit dafür finde. Natürlich esse ich regelmäßig, aber auch in Ruhe zu essen ist etwas ganz anderes.“ Als er dieses Mal lächelt, gilt sein Lächeln mir und ich kann gar nicht anders, als es zu erwidern. „Also, Theresa, lass es dir schmecken!“

Genau das mache ich auch, es schmeckt so gut, dass ich kaum mit dem Essen aufhören kann, nachdem ich einmal damit begonnen habe. Als ich dann endlich satt bin, bin ich auf einmal so müde, dass mir beinahe die Augen zufallen. Mit einem unterdrückten Gähnen stehe ich auf und will gerade den Tisch abräumen, als Devon seine Hand auf meine legt.

„Lass das stehen, ich mache das gleich. Komm, ich zeige dir das Schlafzimmer.“

Kapitel 15

„Das ist nicht dein Ernst!“ Fassungslos starre ich abwechselnd das niedrige Holzbett und dann Devon an.

„Was soll denn nicht mein Ernst sein? Dass meine Frau in meinem Bett schläft?“ Belustigt verschränkt er die Arme vor der Brust und lehnt sich, die Ruhe selbst, gegen den Türrahmen.

„Darf ich an dieser Stelle mal darauf hinweisen, dass unsere Ehe lediglich auf dem Papier besteht?“ Meine Stimme klingt ein wenig zu schrill und ich habe ebenfalls die Arme vor der Brust verschränkt, allerdings um meine Abwehr zu demonstrieren, nicht so wie bei Devon aus Amüsement. „Ich werde auf gar keinen Fall mit einem mehr oder weniger wildfremden Mann das Bett teilen. Hörst du? Auf gar keinen Fall.“ Wütend starre ich den Mann im Türrahmen an, der gerade die Frechheit besitzt zu lächeln.

„Hast du Angst, dich nicht zurückhalten zu können, wenn ich neben dir liege, Theresa?“ Beinahe aufreizend beugt er sich zu mir vor, während sich auf seinem Gesicht ein wölfisches Grinsen breitmacht. „Mach dir keine Sorgen. Ich bin viel stärker als du und kann mich wehren, wenn du zu zudringlich werden solltest.“ So wie er das sagt, klingt es fast wie ein Schnurren.

Ich höre mich selbst nach Luft schnappen. Aus Empörung. Und weil … na ja, diese Stimmlage und dieses Lächeln irgendetwas mit mir anstellen, über das ich nicht genauer nachdenken möchte.

„Pass auf!“ Devon hat sich mittlerweile aufgerichtet und wirkt völlig entspannt. „Du hast einen Vertrag unterschrieben. In dem steht ziemlich eindeutig drin, dass du dich dazu verpflichtest, unsere Ehe nach außen hin so gut wie möglich darzustellen.“ Ich will etwas erwidern, schließlich sind wir hier bei ihm zu Hause, doch er schüttelt den Kopf, bevor ich dazu komme. „Ich will dich wirklich nicht in Verlegenheit bringen. Glaub mir, ich möchte die drei Monate für uns beide so angenehm wie möglich machen. Schließlich haben wir beide etwas davon. Es gäbe auch wahrlich genug Gästezimmer im Haus. Aber ich habe Personal. Und wenn ich eines weiß, dann ist es, dass Personal redet. Nicht, weil sie klatschsüchtig oder boshaft, sondern weil sie unbedacht sind. Sie erzählen beim Mittagessen mit ihrer Familie, dass wir zwei getrennte Schlafzimmer haben, einfach nur, weil sie das verwundert und beschäftigt. Und irgendwer erzählt es dann weiter. Und im Nu gibt es einen Riesenskandal und ich habe Yvette an der Backe. Und nicht bloß das: Ich vermute mal, ich würde nie mehr einen Werbevertrag bekommen, wenn herauskommt, dass ich einzig zum Schein geheiratet habe. Niemand will mit jemanden Werbung machen, der dafür bekannt ist, unehrlich zu sein.“ Er streicht sich eine Strähne aus dem Gesicht und wirkt auf einmal erschöpft. „Theresa, es tut mir leid, dass ich dir das nicht ersparen kann. Aber ich gehe jede Wette ein, dass es herauskommen würde, wenn wir getrennt schlafen.“

„Du könntest das Personal entlassen und ich kümmere mich um alles.“ Einen Versuch ist es schließlich wert und ein bisschen putzen und aufräumen kann ja so schlimm nicht sein.

Devon gibt ein leises Schnauben von sich.

„Zum einen arbeitet meine Haushälterin seit über fünf Jahren für mich und ist auf das Gehalt angewiesen, das sie von mir bekommt. Sie ernährt ihre Familie davon. Und zum anderen: Was glaubst du, wie sich *das* erst in der Presse machen würde? Ich sehe die Schlagzeile schon vor mir: ‚*Seit Devon Frenley verheiratet ist, spart er Geld und lässt lieber seine Frau putzen*'." Bedauernd legt er den Kopf schief. „Gewöhn dich lieber daran, Theresa. Das Bett ist schließlich groß genug, dass wir uns nicht begegnen müssen." Dann macht sich ein spitzbübisches Lächeln auf seinem Gesicht breit. „Es sei denn, wir wollen es."

+++

Nachdem er Theresa das Badezimmer gezeigt und ihre Sachen hochgetragen hat, setzt sich Devon einen Moment an den immer noch gedeckten Esstisch und trinkt die restliche Flasche Wein aus.

Sie hat ihm ein bisschen leidgetan. Er muss sich tatsächlich eingestehen, dass er sie vielleicht besser hätte vorbereiten müssen. Allerdings war er sich selbst nicht so ganz im Klaren darüber, wie ihr Zusammenleben aussehen soll, es war ja alles ziemlich kurz entschlossen und – zugegeben – unüberlegt. Was ihm zuerst wie ein wahnsinnig toller Plan vorgekommen ist, erscheint ihm heute tatsächlich als ein wenig wahnsinnig. Aber am Freitag nach dem Spiel kam es ihm absolut richtig vor. Ein völlig genialer Plan; er wäre Yvette los und in der Öffentlichkeit macht sich eine Ehefrau auch meistens vorteilhaft. Wenn sie sich scheiden lassen, wird er weit weg in Boston sein; vielleicht ist Yvette das ja zu weit. Hoffentlich ist es so. Aber selbst wenn nicht – zumindest kann er auf diese Art seine Familie vor ihr schützen. Außerdem erschien ihm der Gedanke, Theresa zu heiraten, irgendwie verlockend. Vielleicht hat er sich in den letzten Wochen zu oft gelangweilt, vielleicht wird er auch einfach alt, aber die Idee, dass da abends jemand ist, der auf ihn wartet, wenn er nach Hause kommt, hat ihm ausgesprochen gut gefallen, selbst wenn er so viel weg ist. Oder auch gerade deshalb. Auch wenn diejenige wegen des Geldes auf ihn warten sollte, ist es doch immer noch besser, als in ein leeres, einsames Haus zu kommen. Ein Haus, das ein einzelner Mensch nie mit genug Leben füllen kann, um sich dort wirklich wohlzufühlen. Zweifel kamen ihm eigentlich erst, als er gestern in den Fahrstuhl gestiegen ist, um Theresa zu ihrer bevorstehenden Vermählung abzuholen. Aber da war es zu spät, noch einen Rückzieher zu machen, zumindest nicht, ohne dass er dabei sein Gesicht verloren hätte. So war es immer gewesen. Seit er denken kann, hat seine Familie ihn damit aufgezogen, dass er nicht richtig nachdenkt, bevor er handelt. Dass er sich in eine Idee verrennt, ohne vorher alle Risiken abgeklärt zu haben.

Er war ein ausgezeichneter Schüler. Also ist er als Junge auf die Idee gekommen, für andere gegen Bezahlung die Hausaufgaben zu erledigen. Eine tolle Idee, die ihm für seine damaligen Verhältnisse viel Geld eingebracht hat. Allerdings hatte er zum einen nicht bedacht, dass er nicht mehr Aufträge annehmen darf, als er auch bewältigen kann. Zum anderen hat er sich keine Gedanken darüber gemacht, dass es gewaltigen Ärger geben wird, wenn das Ganze auffliegt. Letztendlich kam es, wie es kommen musste: Seine Mitschüler waren sauer, weil er nicht geschafft hat, wofür sie ihn beauftragt hatten, seine Lehrer waren sauer, weil sie der Meinung waren, jeder müsse seine Hausaufgaben selbst erledigen und seine Eltern waren sauer, weil er sich wieder mal in Schwierigkeiten gebracht hatte. Ähnlich war es mit der Tierpension, die er in den großen Ferien in einem der Ställe auf dem riesigen Grundstück seiner Eltern eingerichtet hatte – natürlich ohne sie vorher zu fragen. Aufgefallen war das alles erst, als die ersten Tiere schon vor Ort waren, und Devon bekam fast die gesamten Ferien über Hausarrest verpasst.

Als er älter wurde und den Führerschein gemacht hat, hat er sich von seinem mühsam ersparten Geld einen alten Mustang gekauft. Einen wunderschönen Oldtimer, knallrot, Cabriolet, Ledersitze, jede Menge PS. An sich nichts Schlimmes, mal abgesehen davon, dass der Wagen nicht mehr gelaufen ist. Sein Plan war es, ihn selbst zu reparieren und fahrtauglich zu machen. Was ihm vielleicht auch gelungen wäre, wenn er denn die geringste Ahnung gehabt hätte, wie so etwas funktioniert. Und neben Schule, Eishockey und anderen Dingen hat er auch nie die Zeit gefunden zu lernen, wie man alte Autos flott macht. Letztendlich hat er den Wagen für weniger Geld verkaufen müssen, als er selbst dafür bezahlt hatte.

Natürlich ist er nicht in allen Dingen so. Er gehört immerhin zu den erfolgreichsten Tormännern der NHL, der Eishockey-Profiliga in Nordamerika. Das wird man nicht einfach von selbst, dafür braucht man Talent, Disziplin, Willensstärke und ein bisschen Glück. Devon ist alles andere als ein Chaot. Aber manchmal neigt er zu übereilten Handlungen. Und als er Theresa im Brautkleid gesehen hat, da war ihm sowieso auf einmal alles völlig egal.

Seufzend steht er vom Tisch auf und räumt das schmutzige Geschirr in die Spülmaschine, wäscht die Gläser ab und stellt sie in den Schrank zurück.

Ja, wahrscheinlich war es verrückt sie zu heiraten; ebenso wie es nicht ganz fair war. Seine frisch angetraute Ehefrau dürfte sich wohl kaum im Klaren darüber gewesen sein, was es mit sich bringt, wenn man in der Aufmerksamkeit der Öffentlichkeit steht. Zumal in einer relativ kleinen Stadt wie Midway, die einzig und allein für ihre Mittelmäßigkeit und ihren erfolgreichen Eishockeyverein bekannt ist.

Jetzt ist es allerdings *wirklich* zu spät, um noch einen Rückzieher zu machen. Der Klatschteil aller möglichen regionalen und überregionalen Zeitungen war heute Morgen schon voll mit Bildern von ihm und Theresa. Zu diesem Zeitpunkt noch den Schwanz einzuziehen, dürfte weder für sie noch für ihn sonderlich angenehm werden.

Nachdenklich schließt er die Schranktür, schaut sich noch einmal in seinem Esszimmer um und macht sich auf den Weg in den Flur.

Er hat die Treppe fast erreicht, als ihn auf einmal etwas wie aus dem Nichts anfällt und kräftig in seine Wade beißt.

„Sparkle, du verdammte Ausgeburt der Hölle!", zischt er zwischen zusammengebissenen Zähnen hervor, um nicht laut aufzuschreien. Denn kleine, spitze Katzenzähne tun selbst durch eine Jeans hindurch noch erstaunlich weh.

Erst als er sein Bein heftig zu schütteln beginnt, lässt das elende Mistvieh von ihm ab. Und während Devon eilig nach oben humpelt, könnte er schwören, dass eine leichte Schwefelnote in der Luft liegt.

+++

Mir ist so kalt, dass ich mir kaum noch sicher bin, ob ich lebe oder nicht. Diesmal bin ich diejenige, die durch die milchige Schicht versucht, etwas zu sehen. Die versucht, Luft zu bekommen.

Verzweifelt rudere ich mit den Armen, aber es ist vergebens. Ich kann die Eisschicht über mir nicht wegdrücken. Panisch versuche ich zu schreien, mir ist kalt, so kalt, und ich bekomme keine Luft. Ich kann dem Drang zu atmen nicht mehr widerstehen und meine Lungen füllen sich mit eisigem Wasser …

„Theresa! Hey!“ Jemand berührt meine Schulter und schüttelt mich sacht. „Du träumst. Es ist alles gut. Du musst nur wachwerden …“

Die Stimme dringt wie aus weiter Ferne zu mir. Ich wende mich zu ihr hin, spüre Wärme, tröstende Wärme, die mir den Tod aus den Knochen zu vertreiben scheint. Mit einem tiefen Seufzer kuschle ich mich so nah an die wärmende Quelle wie ich kann, bevor ich wieder einschlafe.

Kapitel 16

Ich werde davon wach, dass jemand ins Zimmer kommt. Erschrocken fahre ich aus dem Schlaf hoch und blinzele etwas orientierungslos den halbnackten Mann an, der sich momentan an einem der Schränke zu schaffen macht. Allzu lange brauche ich nicht, um mich zurechtzufinden.

„Guten Morgen, Devon!“ Müde lasse ich mich zurück in die Kissen sinken. Draußen ist es noch dunkel, es scheint also noch früh am Tag zu sein.

Über die Schulter hinweg lächelt er mich an und trotz des dämmrigen Lichts im Schlafzimmer, leuchten zwei perfekte Reihen blendend weißer Zähne auf. Wahrscheinlich sind sie unecht. Eishockeyspieler haben doch angeblich selten noch all ihre eigenen Zähne. Anders kann ich mir einen solch perfekten Gebisszustand jedenfalls nicht erklären. Ich sollte dringend darauf achten, ob er die Zähne nachts eventuell in ein Glas legt.

„Guten Morgen, Sonnenschein.“ Er klingt noch ein bisschen heiser und furchtbar sexy. Was wahrscheinlich auch an seinem Outfit liegt, denn er trägt nur eine Pyjamahose – und sonst nichts. Also, ich habe natürlich keine Ahnung, ob er unter der Hose Unterwäsche trägt oder nicht, ich will es schwer hoffen. Jedenfalls ist sein Oberkörper so nackt, wie Gott ihn erschaffen hat. Ihn scheint sein Aufzug nicht sonderlich zu stören, denn gerade sucht er in aller Seelenruhe irgendetwas in der Tiefe seines Schranks. Irgendwann scheint er gefunden zu haben, was er gesucht hat, und dreht sich mit einem kleinen Stapel Kleidung in der Hand zu mir um.

„Ich muss jetzt zum Training, du kannst ruhig noch weiterschlafen. Ich bin erst heute Abend wieder da. Vielleicht hast du Lust mit mir zu essen, wenn ich zurück bin?"

Verschlafen nicke ich.

„Ich koche uns etwas."

Das scheint ihm zu gefallen, denn als er in Richtung Tür geht, sieht er hochzufrieden aus.

„Wunderbar. Dann bis heute Abend. Bis dahin fühl dich hier wie zu Hause."

Tatsächlich gelingt es mir, noch eine Stunde zu schlafen, nachdem Devon zum Training verschwunden ist. Danach quäle ich mich mühsam aus dem Bett. Ich nehme eine heiße Dusche – in einem Badezimmer, das noch nobler wirkt als das im Erdgeschoss. Im Bademantel, natürlich Devons, suche ich mir danach frische Wäsche und Kleidung aus einer meiner diversen Kisten. Ich muss ihn heute Abend unbedingt fragen, wo ich mein Zeug unterbringen kann. Wenn ich schon bei ihm wohnen muss, will ich wenigstens einen eigenen Kleiderschrank haben. Wahrscheinlich könnte ich ein komplettes Zimmer als Kleiderschrank benutzen, ohne dass ihm das jemals auffallen würde. Dieses Haus ist einfach zu riesig.

Nachdem ich Sparkle gefüttert habe, suche ich etwas zu Essen für mich selbst und finde einen noch gedeckten Frühstückstisch; es gibt sogar noch heißen Kaffee in einer Thermoskanne.

Normalerweise wäre ich gerührt, dass er so an mich gedacht hat, aber ich habe Bauchschmerzen. Gestern habe ich es vor mir hergeschoben, meine Familie über diese übereilte Hochzeit zu informieren. Doch heute kann ich es unmöglich noch einen weiteren Tag vermeiden. Ich bin mir ziemlich sicher, dass meine Eltern längst Bescheid wissen, dennoch bin ich ihnen wohl so etwas wie eine Erklärung schuldig. Und ich bin mir noch nicht sicher, wie diese ausfallen soll. Wie soll man so etwas erklären, vor allem, wenn man nicht die Wahrheit sagen darf?

Bei meiner Schwester käme es vielleicht noch infrage ihr zu erzählen, was wirklich passiert ist. Doch meine Mutter ist leider die größte Klatschbase, die ich kenne. Ich weiß, dass das hart klingt, aber es entspricht den Tatsachen. Sie kann nichts, aber auch gar nichts für sich behalten. Sie erzählt mir Dinge, die meine Schwester ihr im Vertrauen erzählt hat und umgekehrt. Ich weiß alles über das Liebesleben ihrer besten Freundin. Ich bin fest davon überzeugt, dass diese, mangels Liebesleben meinerseits, dafür genauestens über die Behandlung meines Magengeschwürs im letzten Jahr Bescheid wusste. Selbstverständlich inklusive aller Ursachen, sowohl der medizinisch bestätigten als auch der, die meine Mutter frei erfunden hat. Sie redet, ohne darüber nachzudenken. Die halbe Stadt wusste darüber Bescheid, als ich das erste Mal meine Regelblutung bekommen habe und als meine Schwester sich von ihrem ersten Freund getrennt hat, weil sie ihn Freund mit einer anderen erwischt hatte. Als mein Vater nach einem schweren Bandscheibenvorfall für ein paar Wochen unter Inkontinenz litt, war sich meine Mutter ebenfalls nicht zu schade, es beim morgendlichen Brötchenkauf lautstark herumzuerzählen. Selbst ich konnte es hören und ich stand drei Reihen hinter ihr. Sie meint es sicherlich nicht böse, das ändert allerdings nichts an dem Fakt, dass man ihr besser nichts anvertrauen sollte. Es sei denn, man möchte, dass es innerhalb kürzester Zeit möglichst viele Leute erfahren. Dass meine Eltern bereits seit mehreren Jahren in Kalifornien leben, kann sie leider auch nicht davon abhalten, hier die Buschtrommeln laut werden zu lassen. Das sind die eindeutigen Nachteile am technischen Fortschritt inklusive Telefon, Mobilfunknetzen und Internet.

Dennoch weiß ich, dass sie mich liebt und sich Sorgen um mich machen wird. Denn ich muss zugeben, dass eine so überstürzte Hochzeit nicht unbedingt das ist, was man allgemein so von mir erwarten würde. Ich bin insgesamt eher zurückhaltend.

Schließlich schnappe ich mir mein Handy und schalte es an, um es einfach hinter mich zu bringen. Kaum, dass ich es hochgefahren haben, erscheinen die zahlreichen Anrufe, die mich gestern alle nicht erreicht haben.

Während ich die Nummer meiner Mutter wähle, zieht sich mein Magen zu einem unangenehmen Klumpen zusammen und ich frage mich, ob das Gefühl, sich vor seinen Eltern rechtfertigen zu müssen, wohl jemals aufhören wird. Immerhin bin ich ein erwachsener Mensch und kein kleines Kind mehr! Meinem Magen scheint das allerdings völlig egal zu sein.

„Theresa!" Es hat kaum zweimal geklingelt, als meine Mutter sich schon meldet, als hätte sie das Telefon direkt neben sich liegen gehabt – was höchstwahrscheinlich auch der Fall war. Sie klingt weniger besorgt als vorwurfsvoll. „Theresa, ich habe das gesamte Wochenende versucht dich zu erreichen! Die Sonntagszeitungen waren voll mit deinen Bildern. Bildern von deiner Hochzeit!"

„Ich weiß, Mom! Ich hätte euch ja eingeladen, aber es war alles sehr kurzfristig." Ich schiebe ein paar Krümel zusammen, die auf dem Tisch liegen, um anschließend mit dem Zeigefinger eine Linie hindurchzuziehen.

„Wie konntest du uns das nur antun? Du heiratest und lädst uns nicht ein!“ In ihrer Stimme schwingen erstickte Tränen mit und ich seufze schwer.

„Mom! Ich wusste doch bis kurz vorher selbst nicht, dass ich heiraten werde. Es war eine spontane Sache. Wie hätte ich es da schaffen sollen, euch einzuladen?“

„Du hättest dir ja auch ein paar Wochen mehr Zeit lassen können!“, schnauzt sie mich nun an, anschließend legt sie einfach auf. Das macht sie immer, wenn sie verärgert ist, um sich hinterher mehrere Tage nicht zu melden; ich kenne das schon.

Ich kann sie ja verstehen, ich wäre vermutlich auch sauer, wenn ich eine Tochter hätte, die ohne mich heiratet. Andererseits sind wir nicht die Ersten und werden auch nicht die Letzten sein, die mehr oder weniger heimlich geheiratet haben, und ich hätte damit gerechnet, dass sie sich zumindest auch ein klitzekleines bisschen für mich freut. Allerdings hat es zumindest ein Gutes: Dadurch, dass sie so wütend auf mich ist, konnte ich mir jede großartige Erklärung sparen – zumindest fürs Erste.

Bevor mich jetzt der Mut verlässt, rufe ich zunächst meine Schwester und dann Lilly an. Und verabrede mich mit beiden, um mich mit ihnen im Lauf des Tages zu treffen. Es geht manchmal deutlich besser, solche Dinge persönlich zu klären, zumal ich den beiden auch ein bisschen mehr erzählen kann als meiner Mutter. Selbst, wenn in meinem Vertrag steht, dass nichts nach außen dringen darf – ich vertraue den beiden genug, um das Risiko einzugehen. Außerdem brauche ich dringend jemanden zum Reden.

Bis zum Treffen mit meiner Schwester bleibt mir noch eine gute Stunde Zeit, die ich nutze, um mich in Devons Haus gründlich umzusehen. Gestern Abend habe ich ja nicht einmal die Hälfte angeschaut. Ich öffne diverse Türen und schaue in die Zimmer, die dahinter sind, finde einen Trainingsraum, mehrere Gäste- sowie ein Wohnzimmer, sowie zig beinahe leerstehende Räume im Obergeschoss. So wahnsinnig toll hier alles renoviert ist, irgendwie fehlt es dem Haus an etwas ganz gewaltig. Nämlich an Leben. Es ist meiner Meinung nach einfach unmöglich, ein Haus in dieser Größe mit Leben zu füllen, wenn man dort allein wohnt. Außerdem ist es die reinste Verschwendung. Wenn ich mir überlege, wie viele Familien auf wenigen Quadratmetern zusammengepfercht leben müssen, ist es eigentlich sogar die reinste Sünde, dass Devon so eine Riesenvilla für sich alleine hat. Ich weiß allerdings nicht, ob ich es nicht ähnlich handhaben würde, wenn ich so viel Geld hätte wie er.

Ich stehe etwas unschlüssig im Flur herum und will mich gerade auf die Suche nach Sparkle machen, als ich höre, wie jemand die Haustür aufschließt.

Die Frau, die hereinkommt, ist schätzungsweise Anfang bis Mitte vierzig, hat ein feingeschnittenes Gesicht mit energischen Gesichtszügen sowie kurzgeschnittenes, aschblondes Haar.

Als sie mich sieht, lächelt sie.

„Mrs. Frenley, es freut mich sehr, Sie kennenzulernen. Ich bin Lucy Simpson, Mr. Frenleys Haushälterin.“ Kurz zucke ich bei dem fremden Namen zusammen. Mrs. Frenley – das ist doch sehr ungewohnt. Dann strecke ich Lucy Simpson die Hand entgegen, die sie zu einem erstaunlich festen Händedruck ergreift.

„Ich freue mich auch, Sie kennenzulernen!", erwidere ich und stelle fest, dass mir Devons Haushälterin auf den ersten Blick sympathisch ist, auch wenn sie eher professionell distanziert als freundlich wirkt. Doch das macht ja nichts, ganz im Gegenteil.

Sie hängt ihren dunklen Mantel an einer kleinen Garderobe neben der Tür auf, öffnet einen Wandschrank, von dessen Existenz ich bisher nichts geahnt habe und tauscht ihre schweren Winterschuhe gegen ein leichtes Paar Turnschuhe.

„Ich weiß nicht, inwieweit Mr. Frenley Ihnen alles gezeigt hat. Vielleicht wollen wir sonst eben das Wichtigste zusammen durchgehen und Sie sagen mir, was für Sie in Ordnung ist und wo Sie sich Änderungen wünschen würden?"

„Ähm, aber sehr gern."

Die nächste halbe Stunde verbringe ich damit, eine von Ms. Simpson mitgebrachte Liste durchzugehen und ich bin erstaunt, wie effizient und organisiert sie arbeitet. Ich kann Devon schon allein deshalb verstehen, dass er sie nicht entlassen möchte.

Allerdings komme ich mir dabei ziemlich seltsam vor, denn eigentlich fühle ich mich nicht befugt, irgendwelche Änderungen an Devons Haushalt vorzunehmen. Zumal diese ja auch nur auf Zeit wären. Ich lasse also alles so, wie es ist. Bei den Punkten, in denen ich Widerspruch leisten will – etwa weil ich meine Wäsche lieber selbst waschen würde – runzelt Ms. Simpson die Stirn.

„Ich kann Sie gut verstehen, mir wäre es vermutlich auch komisch, wenn sich jemand um meine Wäsche kümmern würde. Ich kann Ihnen aber auch versichern, dass es mir nichts ausmacht, mich darum zu kümmern. Mr. Frenley bezahlt mich wirklich gut und ich mache meine Arbeit hier sehr gerne. Außerdem bekomme ich selten eine Maschine einzig mit seinen Sachen voll, es wäre also völlig unwirtschaftlich, wenn Sie Ihre Sachen selbst waschen würden. Außerdem habe ich selbst beinahe ein Jahr gebraucht, bis ich das System der Waschmaschine verstanden habe. Mr. Frenley hat sich so ein seltsames europäisches Modell zugelegt, für das man eigentlich studiert haben muss."

Schließlich stimme ich also doch zu, meine Wäsche von ihr waschen zu lassen. Es würde wohl auch ziemlich zickig wirken, wenn ich jetzt noch abgelehnt hätte.

Sie erzählt mir noch ein paar Dinge, unter anderem, wo ich ihr eine Einkaufsliste hinlegen soll, falls ich irgendetwas brauche, dann macht sie sich an die Arbeit und ich fahre zu meiner Schwester, um Ms. Simpson nicht im Wege zu stehen.

„Du bist völlig verrückt!" Meine Schwester sieht mich an, als wäre das tatsächlich der Fall.

„Findest du?" Ich sitze an ihrem Küchentisch, vor mir steht eine große Tasse Tee, die noch so heiß ist, dass sich die rotgeblümte Vinyltischdecke an den unteren Rändern der Tasse leicht wellt. „Es ist so viel Geld, Deborah! All meine Geldsorgen haben sich damit auf einmal erledigt. Obendrein ist sogar noch genug übrig, um die neue Schule für Emma zu bezahlen …"

„Ach Theresa!" Deborah lässt sich mir gegenüber auf einen Stuhl fallen und greift über den Tisch hinweg nach meiner Hand. „Aber deswegen gleich heiraten?"

Ich zucke mit den Schultern.

„Das war schließlich die Bedingung. Und schließlich tue ich niemandem damit unrecht … Es gibt schlimmere Methoden, um an Geld zu kommen."

„Und es gibt hässlichere Männer, um sie zu heiraten …" Meine Schwester macht eine Kopfbewegung in Richtung der aufgeschlagenen Sonntagszeitung auf ihrem Tisch, die ein Hochzeitsbild von Devon und mir gedruckt hat.

Ich muss grinsen.

„Stimmt. Egal, was in Zukunft so passieren wird, ich bin mir sicher, dass Devon der bestaussehendste Ehemann ist, den ich jemals haben werde."

Wir lachen beide einen Moment lang, dann steht Deborah auf und streicht ihr graues Wickelkleid glatt.

„Ich muss jetzt gehen und Emma abholen. Theresa?"

„Hm?"

„Pass auf dich auf, okay? Ich kenne Devon zwar nicht, aber ich würde vermuten, dass man an Männer wie ihn schneller sein Herz verlieren kann, als gut ist."

Lilly sieht die Sache deutlich entspannter, wahrscheinlich weil sie sowieso lockerer als Deborah ist. Sie findet es eher amüsant und gratuliert mir zu meinem genialen Geschäft, das ich mit dieser Hochzeit gemacht habe.

Leider haben wir beide nicht viel Zeit. Lilly muss mit Michelle zur musikalischen Früherziehung und ich sollte mich auch beeilen. Heute Abend muss ich arbeiten und vorher hatte ich ja Devon versprochen, dass wir zusammen zu Abend essen.

Also fahre ich noch schnell beim nächsten Supermarkt vorbei, bevor ich wieder an Devons Mädcheninternat ankomme.

Als ich aus dem Auto steige und die Tür aufschließe, fühle ich mich seltsam befangen, so als wäre ich ein Eindringling.

Kapitel 17

Devons Freude darüber, dass sein Haus nicht leer und unbewohnt ist, als er nach Hause kommt, wird deutlich getrübt, als er bereits im Flur mit einem lauten Fauchen begrüßt wird. Lediglich das relativ feste Leder seiner grauen Boots im Bikerlook hält Sparkles Zähne davon ab, seinen Waden erneuten Schaden zuzufügen.

„Verdammtes Katzenvieh“, flucht er ärgerlich, nachdem sie ihn endlich wieder losgelassen hat.

Sparkle wirft ihm einen bösen Blick zu, anschließend macht sie einen Buckel und trollt sich.

Wobei: Genaugenommen trollt sie sich nicht einfach, sondern sie läuft ziemlich zielstrebig in Richtung der halbgeöffneten Wohnzimmertür. Um sich danach beinahe umgehend und laut würgend auf dem sauteuren Teppich zu übergeben, der dort vor dem Sofa liegt und so ziemlich der einzige Teppich im gesamten Haus ist.

„Scheiße!“, flucht Devon leise, während er hinter der kotzenden Katze herschleicht. Das Tier ist auch noch unverfroren genug, ihm in die Augen zu blicken. Er meint, ihren zufriedenen Gesichtsausdruck deutlich erkennen zu können; wenn sie dazu in der Lage wäre, würde sie in diesem Moment vermutlich hämisch lächeln. Dann versteckt sie sich unter dem großen Sofa, unter dem er sie nicht erwischen kann.

Schimpfend holt er einen Lappen und befreit seinen Teppich von einem dicken Knäuel erbrochener Katzenhaare.

Mit deutlich schlechterer Laune als noch vor ein paar Minuten macht er sich auf den Weg in die Küche, um nach Theresa und dem versprochenen Abendessen zu suchen. Das Training heute war besonders anstrengend und Devon hat Hunger, und zwar ziemlich großen Hunger. Während er sich ausmalt, was es wohl zu essen geben könnte, schnuppert er schon einmal; wie ein Wolf, der Witterung aufgenommen hat. Allerdings gibt es keine Witterung, die er hätte aufnehmen können. Außer dem aufdringlichen Geruch der Duftkerze, riecht er nichts. Absolut nichts! Die Kerze brennt in einem großen Apothekerglas auf seinen Sideboard auf dem Flur; ihr Licht wird von einem Lampenschirm aus Porzellan gefangen. Wer denkt sich denn so einen Mist aus?

Aber zumindest steht ein Topf auf dem Herd und seine frisch angetraute Ehefrau greift gerade nach einem Kochlöffel, als er hereinkommt.

„Hallo Schatz. Was gibt's zu essen?"

Sie dreht sich mit dem Kochlöffel in der Hand grinsend zu ihm um.

„Wenn du willst, dass ich dir ein paar mit dem Löffel überziehe, mach nur so weiter. Irgendwo im Schrank habe ich vorhin auch noch ein Nudelholz gefunden."

Devon lacht leise.

„Ich dachte bisher, es freut Frauen und wäre ihr einziger Lebensinhalt, für ihre Männer zu sorgen, sobald sie verheiratet sind." Ironisch zieht er eine Augenbraue in die Höhe und kommt langsam näher, um in den Topf zu schauen.

„Finger weg!" Theresa haut ihm spielerisch auf die Hand. „Setz dich lieber an den Tisch. Wie sich das für einen faulen Ehemann gehört."

„Ich war den ganzen Tag arbeiten, Weib, um mir dich überhaupt leisten zu können." Trotz der Widerworte setzt sich Devon brav an den Tisch. Er wählt seinen Platz so, dass er die Frau vor dem Herd beobachten kann. Sie sieht gut aus heute, eigentlich sieht sie immer gut aus. Ihre Haare sind zu einem losen Zopf geflochten, ein paar Strähnen sind herausgerutscht und locken sich leicht an ihren Schläfen und in ihrem Nacken. Zu dem cremeweißen Shirt mit tiefem Ausschnitt trägt sie eine enge Jeans und flache Schuhe.

Wenn sie lächelt, bildet sich ein kleines Grübchen an ihrer rechten Wange. Devon gefällt es, wenn sie lächelt. Zufrieden lehnt er sich zurück und beobachtet, wie sie einen Beutel mit fertigem Salat aufreißt und in eine Schüssel schüttet.

„Du müsstest nicht so viel Geld verdienen, wenn du deine Frauen nicht kaufen, sondern es mal mit ein bisschen Charme versuchen würdest." Zu dem Fertigsalat kommt nun ein Fertigdressing in die Schüssel.

„Ach … wenn ich meinen Stundenlohn berechne und mir überlege, wie lange ich eine Frau becircen müsste, bis sie mich heiratet, bin ich mit dir eigentlich recht günstig davon gekommen!"

„Hätte ich das gewusst, hätte ich das Doppelte gefordert."

„Das hätte ich vermutlich bezahlt."

Er kann erkennen, wie sie einen Moment in ihren Bewegungen innehält, bevor sie weitermacht, als wäre nichts geschehen. Dann gießt sie etwas aus einem Topf ab, um anschließend etwas hinzuzufügen, doch er kann nicht erkennen, was es ist, bevor sie es wenige Augenblicke später auf den Tisch stellt.

„Makkaroni und Käse?“ Skeptisch schaut er in den Topf mit den Nudeln in der künstlich gelben Sauce auf dem Tisch.

Es ist ja nicht so, als hätte er sie darum gebeten zu kochen. Sie hat es selbst angeboten. Aber unter Kochen hat er ein wenig andere Vorstellungen, als die Zubereitung von fertigem Salat und einem Instantgericht, das man normalerweise Kindern serviert. Mal ganz abgesehen davon, dass es viel zu wenig für ihn ist, selbst wenn sie nicht mitessen würde.

Doch Theresa ignoriert seine kritischen Blicke und schaufelt ihm ungerührt Käsenudeln auf seinen Teller.

Nachdem er den ersten Bissen davon im Mund hat, muss er zumindest zugeben, dass er so lange keine Makkaroni mit Käse mehr gegessen hat, dass er beinahe vergessen hat, wie lecker sie sind.

+++

Ich muss gestehen, dass es raffiniertere und bestimmt auch bessere Mahlzeiten gibt als Makkaroni mit Käse. Allerdings nicht dann, wenn ich koche. Ich kann nicht kochen. Konnte ich noch nie und es macht mir auch keinen Spaß. Keine Ahnung, was mich geritten hat, als ich heute Morgen gesagt habe, ich würde mich ums Essen kümmern. Und die Makkaroni waren noch das Beste, was ich zu bieten hatte. Mit Abstand. Obwohl meine Tiefkühlpizza auch nicht schlecht ist, solange ich sie nicht anbrennen lasse.

Devon isst mit großem Appetit, aber ich habe keinen Hunger. Wie immer, wenn ich Stress habe, schlägt mir das auf den Magen, und die ganze Hochzeitssache macht mir jede Menge Stress. Seufzend schiebe ich den halbvollen Teller von mir.

„Isst du das noch?“ Fast schon gierig schielt Devon auf meine Reste und ich stelle sie ihm hin.

„Nimm ruhig.“ Unruhig schaue ich auf meine Armbanduhr, was er mit einem Stirnrunzeln quittiert.

„Hast du heute noch was vor?“, fragt er zwischen zwei Gabeln voller Nudeln und legt den Kopf schief, als sei er sich nicht sicher, ob ihm das gefällt oder nicht.

„Ich muss noch arbeiten.“ Nervös zupfe ich an meinem Daumennagel herum. Ich hoffe, dass heute nicht zu viele Leute dumme Fragen stellen werden, eigentlich erzähle ich nicht gerne weitschweifende Lügengeschichten. Ja – ich weiß. Das hätte ich mir früher überlegen müssen. Bevor ich mich auf so eine riesige Lügengeschichte wie diese einlasse.

Erstaunt lässt Devon die Gabel sinken.

„Du willst ernsthaft heute arbeiten gehen? In der Bar?“

„Warum sollte ich das nicht tun? Es ist mein Job und Steven verlässt sich auf mich.“ Ich höre auf zu knibbeln und beginne stattdessen den Tisch abzuräumen.

„Steven ist ein kluger Mann, Theresa. Ich bin mir ziemlich sicher, dass er Zeitung liest und davon ausgeht, dass du heute Abend nicht zur Arbeit erscheinen wirst. Er wird schon Ersatz organisiert haben und sich über die vielen Pressefuzzis freuen, die seine Bar belagern, während sie auf dich warten. Das bringt ihm ordentliche Umsätze!“

Presse? In der Bar? Wahrscheinlich bin ich unglaublich naiv, aber ich kann mir nicht vorstellen, dass da jemand sitzt und auf mich wartet.

„Ich bin für heute Abend eingeteilt – also gehe ich auch hin.“ Schließlich stehe ich in dem Ruf zuverlässig zu sein.

„Wie du meinst.“ Devon steht auf und trägt seinen leeren Teller zur Spüle herüber. „Ich werde dich begleiten, das will ich mir auf gar keinen Fall entgehen lassen. Aber behaupte später nicht, ich hätte dich nicht gewarnt!“

Kapitel 18

Eine halbe Stunde später ist es offiziell: Ich bin tatsächlich unglaublich naiv.

Als Devon noch dabei ist, einen freien Parkplatz zu suchen, weist er mich auf die ersten Fotografen hin, die vor der Bar stehen und auf uns warten.

„Von jetzt an immer schön lächeln!“

Ich würde am liebsten einfach sitzenbleiben und einen Rückzieher machen; auf einmal zittern meine Knie. Aber bevor ich ihn noch bitten kann, dass wir wieder umkehren, hat er das Auto bereits verlassen und öffnet mir die Tür, um mir galant aus dem Wagen zu helfen. Draußen ist es kalt und es ist dunkel geworden, sodass die Blitzlichter unangenehm hell sind und mich blenden.

Er zieht mich eng an sich, seinen Arm beschützend um mich gelegt.

„Lass uns ein bisschen für die Presse kuscheln“, flüstert er mir ins Ohr. Auch ohne seine Aufforderung hätte ich mich mehr oder weniger willenlos an ihn geschmiegt, denn seine Umarmung ist der einzige Schutz, den ich gerade vor den blitzenden Kameras der Fotografen finden kann.

Im Inneren der Bar begrüßt uns ein lautes Stimmengewirr und der Geruch nach Bier und gegrillten Rippchen. Wie jeden Montag ist auch heute Sparerips-Tag. Zumindest gibt's hier keine Fotografen, dafür entdecke ich jedoch fünf Personen an der Bar, von denen ich annehme, dass sie Journalisten sind. Ich habe sie vorher noch nie hier gesehen, sie schauen zu neugierig und irgendwie passen sie nicht so recht hierher. Den Fotografen hat Steven wahrscheinlich verboten, drinnen Bilder zu machen, schließlich hat er Hausrecht. Gegen Journalisten, die friedlich am Tresen sitzen, kann er vermutlich nicht viel machen. Wahrscheinlich will er das auch gar nicht, immerhin sind es ja zahlende Gäste.

„Theresa!" Als ich näher komme, reißt Steven erstaunt die Augen auf. „Ich hätte nicht damit gerechnet, dass du heute Abend hier erscheinst!"

Kaum dass er meinen Namen genannt hat, bricht die Hölle los. Von den fünf mutmaßlichen Journalisten am Tresen stürzen sich vier auf Devon und mich, dazu kommen noch drei, die an Tischen gesessen hatten und die ich nicht auf dem Schirm gehabt habe.

Devons Umarmung verstärkt sich, aber ich winde mich heraus, flüchte in den Personalraum und ziehe meine Dienstbekleidung an, die aus einer schwarzen, um die Hüfte gebundenen Schürze sowie einem bequemen Paar Schuhe besteht. Wenn ich so tue, als wäre ich hochgradig beschäftigt und hätte keine Zeit, stellt mir vielleicht auch niemand unangenehme Fragen.

Aufrecht und zu allem entschlossen verlasse ich den Personalraum, um mich an meine Arbeit zu machen.

Keine Viertelstunde später werfe ich das Handtuch. Sowohl sprichwörtlich, als auch tatsächlich.

Ich kann keinen Schritt tun, ohne dass mir irgendwer dumme Fragen stellt. Sie fragen mich, wo ich Devon kennengelernt habe, wie es ist, mit ihm verheiratet zu sein. Warum ich immer noch arbeiten gehe, obwohl ich einen Millionär geheiratet habe. Irgendjemand hat mich sogar gefragt, wie er im Bett wäre. Wie kann man nur so unverschämt sein?

Ich hatte keine Minute Ruhe und an Arbeiten ist nicht zu denken, weil ich keine Chance habe, zu den Gästen zu kommen. Das ist der große Nachteil, wenn man in einer so kleinen Stadt wie Midway wohnt. Da hier nie etwas passiert, ist die spontane Hochzeit eines Promis eine Riesenattraktion.

Ich versuche, wenigstens hinterm Tresen zu machen, was ich kann und poliere gerade ein paar Gläser, als eine blonde, hübsche junge Frau auf mich zukommt. Sie trägt ein schlichtes graues Kostüm, das sie dennoch irgendwie billig wirken lässt.

Lächelnd drängelt sie sich an allen anderen vorbei und beugt sich vertrauensvoll zu mir vor, während sie ihr Diktiergerät zückt und es mir direkt unter die Nase hält.

„Theresa, was die Damenwelt brennend interessiert: Ist Devon Frenley tatsächlich so gut bestückt, wie man munkelt?" Sie wirft mir einen völlig unbewegten und Devon einen eindeutig anzüglichen Blick zu und ich schnappe hörbar nach Luft, während ich Devons Blick suche. Der jedoch sitzt gänzlich ungerührt vor einem Teller voller Rippchen, schafft es, ohne dabei unhöflich zu werden, souverän alle nervigen Frager abzuwimmeln und lässt es sich schmecken.

Mit schamrotem Gesicht stelle ich das Glas, das ich gerade in der Hand hatte, ab und werfe das rot karierte Handtuch hinterher. Dann drehe ich mich zu Steven um. Wie kommen die Leute nur dazu, einem solche Fragen zu stellen? Selbst, wenn ich Antwort auf diese Frage geben könnte, würde ich es mit Sicherheit nicht tun. Warum um alles in der Welt sollte ich auch? Wenn ich mit Devon wirklich liiert wäre, würde ich solch intimen Details garantiert nicht über ihn preisgeben.

„Ich fürchte, ich bin dir heute keine sonderlich große Hilfe, Steven“, murmle ich entschuldigend.

„Mach dir nichts draus, Kleines. Dafür werde ich die nächsten drei Wochen Riesenumsätze machen, weil alle hoffen, dich hier zu sehen und irgendetwas Spannendes zu erfahren.“ Gutmütig klopft er mir auf die Schulter. „Und übrigens: Noch meine herzlichen Glückwünsche zur Hochzeit. Ich hoffe, Devon weiß, was er da für einen guten Fang gemacht hat.“

Ich lächle dankbar und versuche anschließend, mir einen Weg in Richtung Personalraum zu bahnen, was mir erst gelingt, als Devon aufsteht, um mir zur Hilfe zu kommen. Keine Ahnung, wie er das anstellt, aber die Leute gehen ihm einfach aus dem Weg und die, die es nicht tun, schiebt er mit einem nonchalanten Lächeln zur Seite.

„Genug für heute?“, fragt er, als er neben mir ist, und ich nicke.

„Ganz eindeutig ja.“

Die Blondine von vorhin wirft sich in Pose, als sie Devon sieht und klimpert ihn unter langen Wimpern hervor an. Sie will gerade etwas sagen, doch er schenkt ihr keinerlei Beachtung, legt stattdessen seinen Arm um mich.

„Komm Babe – wir gehen nach Hause.“ Seine Stimme ist tief und verführerisch und tatsächlich gefällt es mir, wenn er mich so nennt.

Himmel! So weit ist es schon mit mir gekommen. Er gibt mir den blödesten Kosenamen der Welt und ich fange freudig an zu lächeln und folge ihm wie ein kleines Hündchen, dem man einen Knochen hingeworfen hat.

Wobei ich mich genaugenommen eher von ihm mitziehen lasse. Aber das ziemlich willig.

Selten habe ich ein Geräusch gehört, das so angenehm in meinen Ohren geklungen hat wie das Zuschlagen der Autotür, die alles andere auf einmal ausschließt. Erleichtert lasse ich mich in den bequemen Sitz sinken und schließe die Augen.

„Verdammte Scheiße, was war das denn?"

Devon lacht leise.

„Das, meine liebe Theresa, war die gelangweilte Presse von Midway. Wenn sie nichts zu tun haben, haben sie etwas von einer Schar Aasgeier. Aber behaupte ja nicht, ich hätte dich nicht gewarnt. Ich habe dir davon abgeraten, zur Arbeit zu gehen."

„Ja, das hast du." Kopfschüttelnd schaue ich auf die Fotografen, die immer noch in der Kälte stehen und lege meinen Sicherheitsgurt an. Da ich mich selbst für Klatsch und Tratsch nicht sonderlich interessiere, wird es mir vermutlich immer unbegreiflich sein, was an dem Leben anderer Menschen so interessant ist, dass man sogar Geld damit verdienen kann, wenn man darüber berichtet. Ich bin froh, als wir endlich um die Ecke biegen und ich nicht mehr das Gefühl habe, beobachtet zu werden. Erleichtert lehne ich meine Stirn gegen das kühle Glas des Seitenfensters. Als wir um die Ecke biegen, entdecke ich Yvette. Völlig fassungslos blickt sie auf Devons Auto mit mir auf dem Beifahrersitz. Ich kann dem Drang nicht widerstehen, ihr freundlich zuzuwinken, leider kann ich ihre Reaktion darauf nicht mehr sehen, weil wir bereits abgebogen sind.

„Das war irgendwie … abgefahren!“, sage ich, als wir eine halbe Stunde später in Devons Wohnzimmer sitzen. Er hat eine Flasche Rotwein aufgemacht und ein Feuer in dem alten, gemauerten Kamin angezündet. Der Raum ist in Creme- und Brauntönen gehalten, wirkt elegant, gemütlich und dennoch irgendwie männlich. Soweit Räume eben männlich oder weiblich wirken können. Behaglich mache ich es mir auf dem Sofa bequem, streife meine Schuhe von den Füßen und ziehe meine Knie nah an meinen Körper.

„Man gewöhnt sich irgendwann an die Presse. Außerdem ist es ja nicht jeden Tag so schlimm wie heute.“ Devon legt noch einen Scheit Holz nach, bevor er sich wieder neben mich setzt. „Am besten ignoriert man sie so gut wie man kann. Du hast dich tapfer geschlagen heute.“ Als er mich ansieht, kann ich erkennen, dass er tatsächlich stolz auf mich ist. Und das erfüllt auch mich mit Stolz!

Innerlich schüttle ich über mich selbst den Kopf, aber es gefällt mir trotzdem. Vielleicht, weil es schon so lange her ist, das mal jemand stolz auf mich war.

Dann merke ich, dass Devon mich beobachtet. Sein leicht schiefgelegter Kopf sowie sein intensiver Blick machen mich verlegen, ich weiß auf einmal nicht mehr, wo ich hinschauen soll. Die Nähe zu ihm, die Vertrautheit auf dem Sofa, das ist mir auf einmal alles zu viel. Ich stehe so schnell auf, dass ich beinahe den Rotwein verschütte, den ich immer noch in der Hand halte. Um ein wenig Abstand zwischen uns zu bringen, gehe ich zum großen Fenster hinüber.

Der Vollmond scheint hell, die Aussicht ist gigantisch. Devons Haus steht am Stadtrand und gleich dahinter beginnt ein großes Waldstück. Im Mondlicht wirkt es silbrig und kalt, verzaubert, wunderschön. Die kalte, silbrige Stimmung draußen steht in einem krassen Gegensatz zu der

Wärme und Gemütlichkeit hier drinnen. Dem warmen Knistern des Feuers, dem gedämpften Licht und dem Rotwein in meiner Hand. Es ist *romantisch.* Und ich will gerade nicht, dass irgendetwas romantisch ist. Erst heute Mittag hat meine Schwester mir gesagt, ich solle auf mich aufpassen; ich dachte, das wäre kein Problem, aber gerade habe ich das Gefühl, dass mir hier alles entgleitet.

„Weißt du, was sie mich gefragt haben?" Ich rede einfach drauf los, um mich irgendwie abzulenken. „Sie haben mich gefragt, ob du gut im Bett seiest. Und über die Größe deiner Ausstattung wollten sie auch informiert werden."

„Und was hast du ihnen geantwortet?" Devon steht auf einmal direkt hinter mir und ich zucke zusammen, weil ihn nicht habe näherkommen hören. Mein Mund ist plötzlich ganz trocken und in meinem Bauch verknotet sich irgendetwas, während mein Herz hart gegen meine Rippen schlägt. Ich fühle seine Wärme an meinem Rücken, atme seinen markanten Duft ein, das Aftershave, das er benutzt, den Duft des Mannes darunter.

Bevor ich ihm antworten kann, muss ich mich räuspern, damit mir meine Stimme wieder gehorcht.

„Nichts. Ich habe nichts geantwortet. Was hätte ich auch sagen sollen? Ich weiß es ja nicht!" Nervös trinke ich einen Schluck Rotwein, dann spüre ich Devons Finger auf der sensiblen Haut meines Halses. Die Berührung ist so zart, dass ich mich beinahe darauf konzentrieren muss. Mit zwei Fingern fährt er von meinem Kinn bis hinunter zu meinem Schlüsselbein und ich bekomme eine Gänsehaut, während sich die feinen Härchen in meinem Nacken aufstellen. Ich traue mich nicht, mich zu bewegen, fühle mich wie paralysiert.

„Wie schade …“ Beim Sprechen kann ich seinen Atem an der Stelle spüren, wo bis eben noch seine Finger waren. „Eigentlich ist es unverzeihlich, dass ich nicht dafür gesorgt habe, dass meine Frau eine zufriedenstellende Antwort auf solche Fragen kennt.“

Seine Lippen finden die empfindliche Stelle, an der mein Hals in meine Schulter übergeht und ich höre auf zu denken, lasse mich gegen ihn sinken und seufze leise auf, während er mich dort küsst. Wie in Zeitlupe, als hätten wir alle Zeit der Welt, umfasst er meine Hüften und dreht mich langsam zu sich herum.

Ich starre auf seinen Mund, ich will ihn küssen, ich will lauter Dinge mit ihm anstellen, die ich wahrscheinlich besser bleiben lassen sollte, wenn ich das Versprechen auf mich aufzupassen auch bloß ansatzweise einhalten will.

Aber es gibt Momente, in denen ich entsetzlich schwach bin. Schwach und dumm, und das Schlimmste dabei ist, dass es mir auch noch völlig egal ist.

Meine eine Hand umklammert immer noch das Weinglas, mit der anderen streiche ich ihm eine dichte Strähne seines dunklen, weichen Haares aus der Stirn. Er beugt seinen Kopf etwas tiefer und wie von selbst ziehe ich ihn noch ein Stück zu mir herunter. Nur noch wenige Millimeter trennen nun meinen Mund von seinem. Ich will ihn gerade küssen, als es an der Tür klingelt. Laut und durchdringend. Vor lauter Schreck lasse ich mein Weinglas fallen, das unangenehm klirrend auf dem Holzfußboden zerspringt.

Kapitel 19

„Mom, Dad! Was macht ihr denn hier?“ Ich stehe hinter Devon im Hausflur, und kann dem Drang, mir verwundert die Augen zu reiben, nur mühsam widerstehen. Das ist der Nachteil, wenn man keine langen Zufahrten zum Haus hat, die man am besten auch noch abschließen kann.

Devon scheint ebenfalls ziemlich erstaunt zu sein, denn er steht vor mir, als wäre er soeben zur Salzsäule erstarrt. Meine Mutter lässt diese eigentlich undurchdringlich erscheinende, lebende Wand aus Muskeln und Testosteron allerdings gänzlich unbeeindruckt. Mit einer energischen Bewegung schiebt sie ihn zur Seite und betritt das Haus, dicht gefolgt von meinem Vater.

„Wir sind hergekommen, um unseren neuen Schwiegersohn kennenzulernen. Und um zu schauen, ob unsere Tochter wohl von allen guten Geistern verlassen ist.“ Anschließend dreht sie sich zu Devon um und unterzieht ihn einer eingehenden Musterung. „Du magst ja sehr attraktiv sein, junger Mann! Aber Manieren scheinst du keine zu haben. Oder warum hast du deine Schwiegermutter bisher weder umarmt noch hereingebeten?“

Einen Moment lang sieht Devon völlig fassungslos aus. Dann erkenne ich ein amüsiertes Funkeln in seinen Augen, gefolgt von einem charmanten Lächeln, das sich auf seinem Gesicht ausbreitet.

„Verzeihung, Ma'am!“ Er macht einen formvollendeten Diener, bevor er die Hand meiner Mutter ergreift und einen Handkuss andeutet. „Sir ...“ Er verbeugt sich in Richtung meines Vaters, der immer noch in der Nähe der Tür steht. „Es ist mir ein Vergnügen, Sie kennenzulernen und ich entschuldige mich, dass ich keine Zeit hatte, offiziell um die Hand Ihrer entzückenden Tochter anzuhalten. Leider hat sie mir so sehr die Sinne verwirrt, dass ich es auf einmal eilig hatte." Was bei anderen albern und schleimig klingen würde, wirkt bei Devon tatsächlich witzig und liebenswürdig. Ich kann regelrecht dabei zusehen, wie meine Eltern seinem Charme erliegen. Als er einen Schritt zur Seite tritt, um auch meinen Vater hereinzulassen, reicht dieser ihm die Hand.

„Freut mich, dich kennenzulernen, mein Junge." Er umfasst Devons Hände mit seinen beiden und seine Augen blitzen fröhlich.

Kurze Zeit später sitzen wir in Devons Küche und Devon öffnet eine Flasche Champagner. Meine Eltern haben sich ihm schon längst mit Vornamen vorgestellt und ich merke, wie sie Devon von Minute zu Minute mehr ins Herz schließen.

Er sitzt neben mir, seinen Arm um die Lehne meines Stuhls gelegt, zwischendrin streicht sein Daumen wie zufällig über meinen Nacken oder er berührt meine Hand, wenn er nach seinem Glas greift, das direkt neben meinem steht.

Wenn ich mich je auf einen Mann einlassen werde, würde ich mir wünschen, dass genau so eine Stimmung herrschen würde wie jetzt, wenn er das erste Mal auf meine Eltern trifft.

Wahrscheinlich wäre ich dann der glücklichste Mensch der Welt.

Aber so bin ich es nicht.

Meine Finger fahren den langen Stiel des Champagnerkelchs nach, als ich die anderen beobachte. Devon lacht und macht Scherze, er sieht toll aus, wie immer. Meine Mom trägt eine graue Seidenbluse, die ihre grauen Augen zum Strahlen bringen und dem Grau ihres Haares einen edlen, silbrigen Schimmer verleiht. Wie so oft hat sie es zu einem eleganten Knoten hochgesteckt, der sie strenger wirken lässt, als sie tatsächlich ist. Versonnen spielt sie mit den Perlen ihrer Kette, während sie Devon zuhört, der eine Anekdote aus seiner letzten Spielsaison erzählt.

Daddy wirkt eindeutig weniger elegant, ich würde fast darauf wetten, dass er deswegen Streit mit meiner Mutter bekommen hat. Die beiden haben sehr unterschiedliche Vorstellungen davon, welche Garderobe man zu welchem Anlass zu tragen hat. So hat mein Vater eine dunkelbraune Cordhose mit einem braunkarierten Flanellhemd und seine Lieblingsstrickjacke aus grober, braunmelierter Wolle an. Sein ehemals blondes Haar ist in den letzten Jahren gräulich und deutlich dünner geworden, um seine Augen haben sich tiefe Lachfalten gebildet. Er sieht ordentlich und bodenständig aus, was er auch ist. Allerdings wirkt er weder mondän noch weltmännisch, was meine Mutter gerne hätte. Im Moment nippt er zufrieden an seinem Champagner, auch wenn ihm ein Bier besser stehen würde, aber mein Dad ist ein genügsamer Mann und wenn es eben nur Champagner gibt, dann ist er auch damit zufrieden. Als er bemerkt, dass ich ihn anschaue, lächelt er mich liebevoll an und auf einmal scheint sich eine eisige Faust um meinen Magen zu legen.

Ich sitze hier mit einem Mann, der eigentlich nicht meiner ist und wenn er es wäre, wäre er viel zu gut für mich. Und mit meinen Eltern, die so glücklich wirken wie lange nicht mehr. Wir lügen alle, ständig, darüber bin ich mir völlig im Klaren. Aber diese Lüge hat eine andere Dimension, als wenn man im Alltag behauptet, es ginge einem gut, obwohl es nicht stimmt. Oder man das Essen der besten Freundin lobt, obwohl es furchtbar schmeckt. Wenn ich mich von Devon trenne, werden meine Eltern unglücklich sein, sie werden sich Sorgen machen und ich kann sie nicht davor beschützen, weil ich nicht gut genug aufgepasst habe, weil ich sie in eine Situation habe kommen lassen, die sie einfach nicht verdient haben. Weil ich anscheinend unfähig bin, auf die Menschen zu achten, die ich liebe und für die ich Verantwortung trage, und das nicht zum ersten Mal.

Ich bin die schlechteste Tochter der Welt, genau wie ich die schlechteste Schwester und die schlechteste Tante der Welt bin.

Meine Eltern lachen, mein unechter Mann lacht und ich fühle mich elend, fühle mich inmitten dieser Menschen einsam und schlichtweg furchtbar. Ich muss hier raus, am liebsten würde ich umgehend verschwinden, mich in Luft auflösen, niemals mehr zurückkommen. Die Bilder aus meinen Alpträumen blitzen in meinem Kopf auf, leider sind sie viel realer als mir lieb sein kann. Das Atmen fällt mir schwer und ich weiß, dass ich eine Panikattacke bekommen werde, wenn ich mich nun nicht zusammenreiße. Mühsam rufe ich mir die Techniken der Therapeutin ins Gedächtnis zurück, die ich vor vier Jahren aufgesucht habe.

„Ich kann Ihnen nur dann helfen, wenn Sie es auch zulassen, Theresa!“ Letztendlich habe ich die Therapie abgebrochen. Vielleicht wollte ich tatsächlich nicht, dass es mir besser geht, weil ich bis heute finde, dass ich es verdient habe, ebenfalls zu leiden. Aber wenigstens die eine Atemtechnik habe ich mir gemerkt. Und jetzt konzentriere ich mich einzig und

allein darauf. Einatmen, dabei langsam bis fünf zählen, durch den halb geöffneten Mund ausatmen, dabei langsam bis zehn zählen. Und wieder von vorne. Ich versuche, so diskret wie möglich zu sein, weil ich nicht will, dass irgendwer etwas von meiner Panikattacke mitbekommt und ich habe mich beinahe wieder beruhigt, als ich plötzlich Devons Blick auf mir spüre. Aus den Augenwinkeln nehme ich sein Stirnrunzeln wahr, aber ich bin zu sehr mit mir selbst beschäftigt, um darauf zu reagieren.

Kurz darauf spüre ich seine Hand auf meinem Bein, kurz oberhalb meines Knies, und er wirkt sanften Druck auf meinen Oberschenkel aus, bevor er sich laut räuspert.

„So sehr ich diesen Abend auch genieße, muss ich mich doch langsam verabschieden. Morgen steht mir ein anstrengender Trainingstag bevor und ich will halbwegs ausgeschlafen sein. Ich zeige euch noch schnell das Gästezimmer …“ Devon steht auf und meine Eltern erheben sich zeitgleich vom Tisch.

„Nein, nein, das ist nicht nötig.“ Meine Mutter streicht ihren Rock glatt. „Wir haben ein Hotelzimmer ganz in der Nähe und bereits all unsere Sachen dort. Unser Mietwagen steht gleich vor der Tür …“ Deshalb hat sie also so wenig getrunken. Mir fällt ein tonnenschwerer Stein vom Herzen. Der Gedanke, dass sie nicht hier übernachten, erleichtert mich ungemein, nach und nach legt sich der innere Aufruhr in mir. Ich schaffe es mich soweit zusammenzunehmen, dass ich meine Eltern verabschieden kann, ohne dass ihnen etwas auffällt.

Wir verabreden, dass ich am nächsten Morgen zum Frühstück zu ihnen ins Hotel komme, nachmittags wollen sie bereits zurück nach Hause fliegen. Mein Vater ist nicht gerne lange weg, außerdem haben sie nicht so viel Geld, dass sie länger im Hotel bleiben können und bei Devon wohnen wollen sie auch nicht.

„Geht's dir gut, Theresa?" Devon schließt die Tür hinter meinen Eltern und lehnt sich von innen dagegen.

„Es geht schon." Mittlerweile habe ich mich tatsächlich wieder halbwegs beruhigt. „Mir ist nur auf einmal klargeworden, wie mies es ist, meine eigenen Eltern so sehr anzulügen." Das ist natürlich bloß ein Teil der Wahrheit, doch der Rest geht Devon schlicht nichts an. Manche Dinge sollte man besser für sich behalten. „Außerdem habe ich Kopfschmerzen." Die kommen von dem Panikanfall, aber auch das braucht Devon ja nicht zu wissen.

„Dann geh hoch und ruh dich aus. Soll ich dir noch ein Bad einlassen?" Er wirkt besorgt.

Im Prinzip wäre ein Bad eine verlockende Vorstellung, aber da Devon und ich uns sein großes Badezimmer teilen, verzichte ich lieber darauf. Der Gedanke, dass er hereinkommen könnte, während ich nackt in der Wanne liege, ist alles andere als entspannend für mich. Es ist schließlich verwirrend genug, dass wir uns ein Bett teilen.

„Ich gehe einfach schlafen, denke ich."

„Mach das, Theresa. Erhol dich gut."

Ich bin mir sicher, dass es ihm aufgefallen ist, dass ich ihm einen Teil der Wahrheit verschwiegen habe; ich kann seinen besorgten Blick noch in meinem Rücken spüren, als ich die oberste Treppenstufe erreicht habe.

+++

Müde reibt Devon sich die Augen, bevor er sich die Zähne putzt.

Man muss kein Hellseher sein, um erahnen zu können, was in Theresa vorgegangen ist. Seine Eltern so zu belügen, ist bestimmt kein gutes Gefühl. Dazu kommen die Träume, die sie nachts hat – er ist sich sicher, dass sie ein noch tiefergehendes Problem vor ihm verbirgt. Sie tut ihm leid, das tut sie wirklich. Leider hilft das weder ihr noch ihm weiter. Wahrscheinlich war sein Plan mit der Scheinhochzeit doch nicht so genial, wie er zunächst dachte. Vielleicht hätte er sich dafür auch eine andere Frau als Theresa suchen müssen. Eine Schauspielerin vielleicht, Vollwaise und ohne Freunde und Verwandte. Oder eine Frau, die völlig skrupellos ist und die dadurch nicht von Gewissensbissen geplagt wird.

Sicherlich wäre das besser gewesen.

Allerdings kann er sich einfach nicht vorstellen, eine Frau zu heiraten, die er eigentlich gar nicht leiden mag, und sei es auch bloß zum Schein.

So leise wie möglich betritt er das Schlafzimmer, durch den schmalen Spalt der Tür dringt genug Licht hinein, um Theresa beim Schlafen beobachten zu können.

Sie liegt auf der Seite, die Hände unter dem Kinn zusammengelegt, die Knie so hoch an die Brust gezogen, dass sie einem Igel gleicht, der sich eingerollt hat. Als wolle sie sich so klein wie möglich machen und somit allen möglichen Gefahren entgehen.

Lächelnd legt er sich neben sie und zieht sie in seine Arme, vorsichtig, um sie dabei nicht zu wecken.

„Keine Angst, kleiner Igel. Ich beschütze dich …"

Bevor er einschläft, sagt eine leise Stimme irgendwo in der Tiefe seines Inneren, dass er das nicht tun sollte, vor allem nicht nach dem Kuss von heute Abend. Er ist zu weit gegangen. Er sollte sie auf Abstand halten, statt sie in seine Arme zu ziehen und verdammt noch mal nicht im selben

Bett mit ihr schlafen, ob Mrs. Simpson das nun auffallen würde oder auch nicht.

Ich mach's nur, um sie für den schlimmen Abend zu entschädigen. Und wegen ihrer Alpträume …

Aber glauben kann er sich das selbst nicht.

+++

Kapitel 20

Die folgenden Wochen bin ich damit beschäftigt, meinen Laden zu entrümpeln. Ziemlich erfolgreich verdränge ich dabei die Begegnung mit meinen Eltern und vor allem den Kuss mit Devon. Der war gut. Viel, viel zu gut. Ich will nicht daran denken. Ich will nicht daran denken, wie sehr ich mich nach Devon sehne, wenn er nicht zu Hause ist und schon gar nicht daran, wie sehr ich mich erst nach ihm sehne, wenn er da ist. Er selbst tut so, als hätte es unseren Kuss niemals gegeben, sodass ich davon ausgehe, dass er ihm gleichgültig gewesen ist. Die Traurigkeit, die ich bei diesem Gedanken spüre, versuche ich ebenfalls zu verdrängen, ebenso wie die restliche blöde Widersprüchlichkeit meiner Gefühle. Ich will mich nicht verlieben, ich will von keinem Mann geliebt werden und ich will die Konsequenzen nicht, die all solche Dinge mit sich bringen. Ich bin Single und das ist auch gut so.

Statt mir weiter Gedanken zu machen, versuche ich, meine Zeit mit etwas Nützlichem zu verbringen und stürze mich voller Eifer in den Wiederaufbau meines Ladens. Oder vielmehr in die Vorbereitungen dafür, denn erst einmal muss ich dort das Chaos beseitigen, das der Brand und vor allem das Löschwasser hinterlassen haben. Ich werfe verbrannte Sachen in einen Container – also so ziemlich alles – putze, lüfte und versuche nach Kräften, alles wieder sauber zu bekommen. Natürlich sind die Wände sowie der Fußboden und eigentlich alle Möbel völlig ruiniert.

Schließlich ist mein Laden leer. Er riecht zwar immer noch nach Rauch und sieht immer noch ziemlich traurig aus, aber zumindest kann ich übernächste Woche anfangen zu renovieren, sobald der Ruß entfernt wurde und die Luftentfeuchter ihre Arbeit getan haben; denn vorher dürften weder Farben noch Tapeten an den Wänden halten.

Jeden Abend fahre ich erschöpft in Devons Mädcheninternat.

Eigentlich ist es schön, wenn man abends nicht alleine ist. Devon ist zwar meistens erst spät zu Hause, dennoch essen wir täglich zusammen. Es ist erstaunlich leicht, sich mit ihm über alles Mögliche zu unterhalten und manchmal freue ich mich den ganzen Tag darauf, ihn abends endlich zu sehen. Selbst Sparkle entspannt sich merklich, ich habe sie sogar ein paar Mal dabei erwischt, dass sie Devon mit schräg gelegtem Kopf und großen Augen angeschielt hat. Natürlich nur, wenn er am Kühlschrank gestanden hat und sie die Hoffnung hatte, es könne etwas für sie abfallen; aber sie hat ihn schon seit Tagen nicht mehr gebissen. Außerdem scheint es ihr im Haus und im Wintergarten gut zu gefallen. Kein Wunder, denn so hat sie ein riesiges Revier, das sie nach Herzenslust durchstreifen kann, selbst wenn sie sich nicht nach draußen traut.

Devon ist wenig zu Hause, dennoch habe ich das Gefühl, dass er jede freie Minute mit mir verbringt. So viel Aufmerksamkeit fühlt sich gut an. Wir kochen zusammen, wann immer er Gelegenheit hat, zu Hause zu Abend zu essen. So nach und nach schaffe sogar ich es, meine Kochkünste ein wenig zu verbessern.

Wenn er erst später zum Training muss, liest er mir morgens die Stellen aus der Zeitung vor, die er als interessant erachtet. Nebenher lassen wir uns regelmäßig in der Öffentlichkeit sehen, doch Devon schafft es, dass ich mir dabei nicht vorgeführt vorkomme, obwohl er durchaus dafür sorgt, dass immer mal wieder ein Reporter anwesend ist, der Fotos von uns macht.

Sein Plan scheint aufzugehen. Ab und an sehen wir Yvette zwar mal aus der Ferne, aber sie lässt uns in Ruhe. Vielleicht wartet sie auch nur darauf noch einmal zuzuschlagen, aber wenn Devon Glück hat, ist er bis dahin längst in Boston. Und ich dürfte sie wohl kaum interessieren, sobald wir nicht mehr verheiratet sind.

„Nachdem wir vorletzte Woche deine Eltern getroffen haben: Heute Abend hat uns meine Mutter zum Essen eingeladen.“ Devon erzählt mir das völlig beiläufig, während er mir eine Tasse Kaffee hinschiebt, die ich vor lauter Schreck beinahe umstoße. Klirrend kommt sie in letzter Sekunde zum Stillstand und Devon grinst. „Mach dir keine Sorgen. Meine Mutter ist wirklich sehr nett und sie weiß über die Art unserer Ehe Bescheid.“

Ich kann ein erleichtertes Aufatmen nicht unterdrücken, allerdings hält die Erleichterung nur kurz.

„Wenn sie weiß, dass wir nur zum Schein geheiratet haben – warum will sie mich denn dann kennenlernen?“ Natürlich habe ich selbst keine Kinder, aber irgendwie finde ich die Vorstellung, ich würde eine Schwiegertochter kennenlernen, von der ich genau weiß, dass sie in ein paar Wochen wieder verschwunden ist, mehr als seltsam.

Doch Devon scheint das anders zu sehen, er zuckt nur mit den Schultern.

„Ich bin das jüngste von sechs Geschwistern. Das Nesthäkchen. In den Augen meiner Mom werde ich immer der kleine Junge bleiben, der nichts als lauter Blödsinn im

Kopf hat. Wenn sie eine Chance gehabt hätte, diese Hochzeit zu verhindern, ich bin mir sicher, sie hätte alles daran gesetzt, es auch zu tun. Nun ist es zu spät." Mit einem Grinsen, das ihn wirklich wie einen kleinen, frechen Jungen mit Blödsinn im Kopf wirken lässt, legt er den Kopf leicht schief. „Ich habe in all den Jahren dazugelernt und sie erst informiert, als es zu spät war. Trotzdem will sie wissen, wer du bist, schließlich werden wir die nächsten Wochen zusammenleben und eine Menge Zeit miteinander verbringen. Sie ist halt meine Mutter und um mein Wohlergehen besorgt."

Wahrscheinlich sind die meisten Mütter so, denn letztendlich stand meine ja aus ähnlichen Gründen vor der Tür. Mulmig ist mir dabei trotzdem. Was mag sie wohl von einer Frau denken, die nur des Geldes wegen heiratet? Ich an ihrer Stelle würde das bestenfalls ein wenig seltsam finden, auf jeden Fall würde es nicht gerade einen sonderlich guten Eindruck auf mich machen.

„Wie formell wird das Abendessen mit deiner Mutter denn sein?"

Devon lächelt wissend.

„Du meinst, was du anziehen sollst?"

Ich nicke und fühle mich irgendwie ertappt. Als ob es nicht völlig egal wäre, was ich heute Abend anziehe, denn im Prinzip ist es ja auch völlig egal, was seine Mutter für einen Eindruck von mir hat und über mich denkt.

„Etwas in Richtung Jeans und Bluse. Wenn du möchtest, können wir nachher auch zusammen etwas heraussuchen. Ich bin um 17:00 Uhr vom Training zurück, dann haben wir noch genug Zeit."

Ob mir die Idee wirklich gut gefällt, dass Devon sich durch meine Sachen wühlt, weiß ich zwar noch nicht, aber ich habe ja den kompletten Tag Zeit, mir darüber Gedanken zu machen. Und das, obwohl die letzte Woche so ruhig verlaufen ist, dass ich mich beinahe schon daran gewöhnt hatte, eine Scheinehe zu führen. Ab und an taucht zwar mal ein Fotograf auf, doch weder die Renovierungsarbeiten in meinem Laden noch meine Einkäufe geben viel Grund zum Klatsch und Tratsch, sodass sich auch das sehr in Grenzen hält. Mal abgesehen davon, sind ein paar fremde Fotografen und Presseleute ohnehin etwas ganz anderes als ein Treffen mit seiner Mutter. Seiner Mutter, verdammt! Während meine weit weg wohnt und wir obendrein kein wahnsinnig enges Verhältnis haben, wohnt seine nur eine gute halbe Stunde von Midway entfernt. Soweit ich das mitbekommen habe, ist Devon ein ziemlicher Familienmensch. Sofern sein zeitaufwendiger Job das überhaupt zulässt – in der vergangenen Woche ist er jedenfalls sehr wenig zu Hause gewesen, weil er ständig mit Training und irgendwelchen Spielvorbereitungen beschäftigt gewesen ist.

Als Devon einen letzten Schluck Kaffee trinkt und sich dann verabschiedet, bleibe ich seufzend am Tisch sitzen. Das kann ein langer Tag werden. Ein sehr, sehr langer Tag, denn garantiert werden meine Gedanken ständig um das Treffen heute Abend kreisen.

Da hilft nur eins: Ich werde mich so gut es geht in Arbeit stürzen und heute endgültig die letzten verbrannten Reste aus meinem Laden schmeißen. Danach fahre ich in den Baumarkt und decke mich mit Farben und Tapeten ein, damit endlich etwas vorangeht.

Devons Mutter ist eine gutaussehende Frau. Vielleicht ist sie nicht klassisch schön und bestimmt hat sie ein paar Kilo zu viel auf den Rippen. Aber ihr graues, dichtes Haar, das in üppigen Locken ihr Gesicht umrahmt sowie die gleichen moosgrünen Augen, die auch ihr Sohn hat, machen sie zu etwas Besonderem. Ihr Lächeln ist warm und offen und wenn sie lacht, dann muss man einfach mitlachen.

Sie stellt mir keine Fragen zu meinen Beweggründen, mich auf diese Ehe eingelassen zu haben, was ich ihr hoch anrechne. Vielleicht weiß sie auch, wie überzeugend ihr Sohn sein kann, wenn er es denn will.

Wir halten netten Smalltalk und ich beginne gerade, mich ein wenig zu entspannen, als sie anfängt, den Tisch zu decken.

„Darf ich Ihnen helfen, Mrs. Frenley?“ Ich springe auf und nehme ihr das Geschirr aus der Hand, das sie aus einem antiken Küchenschrank geholt hat. Alles, was ich vom Haus bisher gesehen habe, ist geschmackvoll und gemütlich. Devons Mutter hat sehr viele Antiquitäten, die aber aufgrund der hellen, freundlichen Farben der restlichen Einrichtung nicht erdrückend wirken. Ganz im Gegenteil, alles fügt sich harmonisch zusammen, man kann sich hier wirklich wohlfühlen.

„Bitte – nenn mich Evelyn“, meint sie gutmütig und legt weiter Besteck auf den Stapel mit Tellern, den ich bereits in den Händen halte. Viel Besteck. Viel mehr Besteck, als es für drei Personen notwendig wäre. Irritiert trage ich den Stapel zum Tisch hinüber, traue mich allerdings nicht, genauer nachzufragen.

„Devon, mein Lieber, wärst du wohl so lieb und würdest schnell die Ansteckplatte aus der Abstellkammer holen?“

Während Devon bis jetzt noch völlig entspannt am Tisch gesessen hat, die langen Beine ausgestreckt, die Arme vor der Brust verschränkt, richtet er sich jetzt abrupt auf.

„Für uns drei werden wir die wohl kaum brauchen, Mom!“ Er klingt vorwurfsvoll und ein wenig entsetzt und ich beobachte ihn mit angehaltenem Atem, als er von der alten Holzbank aufsteht und sich vor seiner Mutter aufbaut. Diese zeigt sich gänzlich unbeeindruckt.

„Devon, Darling. Du glaubst doch wohl nicht ernsthaft, dass du heiraten kannst und deine Geschwister nicht vorbeikommen, um deine Frau kennenzulernen? Zumal es ziemlich lange her ist, dass du eine Frau mit nach Hause gebracht hast.“

„Mom …“ Mit einer hilflosen Geste legt er ihr die Hand auf den Arm. „Du hast doch nichts erzählt, oder?“

Einen Moment lang mustert sie ihn streng, dann schiebt sie sich eine graue Locke hinters Ohr und seufzt tief.

„Natürlich habe ich das nicht. Ich weiß selbst, dass das viel zu riskant wäre. Und auch, wenn es mir absolut zuwider ist, meine Familie so anzulügen, ist diese Situation dennoch, wie sie ist und ich werde dich bestimmt nicht in Gefahr bringen. Von Yvette mal ganz abgesehen, wäre es vermutlich ein riesiger Skandal, wenn das an die Öffentlichkeit käme. Es steht schließlich auch so genug Mist über dich in den Zeitungen.“

„Ach Mom …“

+++

Scheiße! Elende mistverdammte Scheiße!

Das hatte er nicht kommen sehen, obgleich er es hätte kommen sehen müssen.

Natürlich sind alle seine Geschwister scharf darauf, seine Frau kennenzulernen, zumal sie seit Samantha die erste ist, die er überhaupt zu Hause vorgestellt hat. Und das ist zehn Jahre her.

Seit er sie damals in ihrer gemeinsamen Wohnung gefunden hat, nicht mehr bei Bewusstsein und mit einer Überdosis aus einem schlimmen Mix an Drogen, ist er keine ernsthafte Beziehung mehr eingegangen.

Nie wieder will er für jemanden Verantwortung übernehmen müssen, wenn er dieser nicht auch gerecht werden kann.

In knapp zwei Monaten ist die Saison zu Ende und er wird nach Boston gehen. Die Verträge sind bereits alle unterschrieben. Da er sechsunddreißig Jahre alt ist, wird das vermutlich die letzte Stufe seiner Karriere sein. Eine Karriere, die sich durchaus sehen lassen kann. Aber Devon hat vor, noch einmal alles zu geben, allen zu zeigen, was in ihm steckt und seine Chance zu nutzen, es noch ein letztes Mal richtig knallen zu lassen, bevor er dem Profisport endgültig den Rücken zukehren wird.

Danach ist noch alle Zeit der Welt, die passende Frau zu finden. Zu heiraten, eine Familie zu gründen ... Er ist sich sicher, dass er es bereuen wird, wenn er diese letzte Möglichkeit nicht nutzen wird. Die allerletzte Chance. Er will noch einmal alles geben und dann erhobenen Hauptes die Eisfläche verlassen können. In der Gewissheit, dass er alles so gut gemacht hat, wie er eben konnte. In Boston wird er die Möglichkeit dazu bekommen. Die Mannschaft ist besser denn je, auch wenn ihm das schwer fällt einzugestehen. Denn heimlich schlug sein Herz stets für die Icefoxes. Wenn man in Midway oder auch der näheren Umgebung Midways aufgewachsen ist, saugt man die Leidenschaft für den hiesigen Verein quasi schon mit der Muttermilch auf.

Bei dem Gedanken an Kinder und Familie kann er ein Lächeln nur schwer unterdrücken.

Manche Kinder, die in einer Großfamilie aufgewachsen sind, wollen am liebsten alleine bleiben. Für Devon jedoch ist das genaue Gegenteil der Fall – er hat jeden Moment seiner Kindheit genossen. Natürlich hat er es als Nesthäkchen oft nicht leicht gehabt. Andererseits war immer einer da, wenn er jemanden gebraucht hat. Ob nun zum Spielen oder zum Reden. Er hat sich seine gesamte Kindheit über geborgen gefühlt, seine Geschwister und er haben sich zwar oft gestritten, aber wenn es hart auf hart kam, haben sie stets zusammengehalten. Gegenüber Mitschülern, gemeinen Nachbarskindern und zu deren Leidwesen auch gegenüber ihren Eltern.

Als sie erwachsen waren, sein Vater krank wurde und schließlich starb, haben sie auch da zusammengehalten. Irgendwer war immer da, Tag und Nacht haben sie ihren Vater gepflegt, sich um ihre völlig aufgelöste Mutter gekümmert.

Seine Schwester war zu dieser Zeit arbeitslos und hat den Löwenanteil der Betreuung übernommen, woraufhin sie die anderen Geschwister ohne einen weiteren Kommentar finanziell unterstützt haben. Egal, wie oft sie auch unterschiedlicher Meinung sein mögen oder sich streiten; wenn es hart auf hart kommt, dann hält seine Familie zusammen. Dieser Zusammenhalt, dieser Rückhalt ist etwas, das absolut unbezahlbar ist und ihn seine komplette Kindheit über begleitet hat.

Vor allem aber ist es etwas, dass er sich für seine eigenen Kinder mal ebenso wünscht. Eine Familie, in der sie in Geborgenheit und Sicherheit aufwachsen können.

Allerdings erst nach dem Ende seiner Karriere, die hoffentlich noch die zwei Jahre, die sein neuer Vertrag läuft, erfolgreich andauern wird.

+++

Nach und nach trudeln Devons Geschwister mit ihren Familien ein. Sie sind so unterschiedlich, wie Menschen nur sein können und mir schwirrt bereits nach einigen Minuten der Kopf von so vielen verschiedenen Namen, so vielen geschüttelten Händen und freundschaftlichen Umarmungen.

Es ist laut hier, insgesamt sitzen zwölf Erwachsene sowie zehn Kinder im Alter von wenigen Wochen bis zehn Jahren am Tisch, beziehungsweise springen um diesen herum.

Der Lautstärkepegel entspricht ungefähr dem einer Baustelle, auf der soeben ein mittelgroßes Hochhaus abgerissen wird, während daneben jemand mit einem Presslufthammer die Straße aufreißt.

„Wir freuen uns ja alle so, dass Devon endlich jemanden gefunden hat!“, sagt seine Schwägerin Jody, die neben mir sitzt, gerade zu mir und ich muss mich konzentrieren, um sie zu verstehen. „Wie habt ihr euch eigentlich kennengelernt?“ Ich verschlucke mich heftig an dem Wasser, das ich im Begriff war zu trinken. Es mag ja schrecklich dumm sein, aber Devon und ich haben nie abgesprochen, was wir auf solch eine Frage antworten sollen. In der Öffentlichkeit haben wir bloß sehr vage „wir kennen uns schon eine Weile“ gesagt, allerdings befürchte ich, dass sich Jody mit so einer ausweichenden Antwort nicht zufriedengeben wird. Verzweifelt hustend zermarterte ich mein Gehirn nach einer vernünftigen Antwort und bete gleichzeitig darum, dass Devon seinem Bruder nicht parallel etwas ganz anderes zum selben Thema erzählt.

Zum Glück fängt in genau diesem Moment Jodys neugeborener Sohn an zu schreien.

„Er hat ständig Hunger!", erklärt sie mir seufzend, während sie die obersten Knöpfe ihrer Bluse aufmacht, an ihrem BH herumnestelt und eine pralle Brust zum Vorschein bringt. „Es stört dich hoffentlich nicht, wenn ich ihn hier stille, oder? Er hat so oft Hunger, dass ich sonst den halben Tag alleine irgendwo verbringen würde."

Verneinend schüttle ich den Kopf, was soll ich auch sagen, es ist ja ohnehin zu spät, selbst wenn es mich stören würde. Was es nicht tut. Ich habe auch Lilly und Deborah mehr als einmal beim Stillen zugesehen, es ist also kein wirklich schockierender Anblick für mich.

„Um ein Haar wäre er viel zu früh geboren worden." Mit einem abwesenden Lächeln streichelt sie über das kleine, spärlich behaarte Köpfchen ihres Sohnes. „Ich bin froh, dass sich diese seltsame Yvette nicht mehr meldet, seit Devon mit dir verheiratet ist. Auch wenn es mit dir so schnell ging – diese Yvette war echt gruselig und schon allein deswegen ist es gut, dass ihr geheiratet habt. Außerdem mag ich dich." Ihr Lächeln ist entwaffnend ehrlich und offen; ich muss auf einmal schlucken. Es ist doch Mist, wenn man ständig alle anlügen muss. Obwohl Jody der Wahrheit ja erstaunlich nahekommt, will ich lieber nicht wissen, was sie denken würde, wenn sie wüsste, dass Yvette eigentlich einer der Hauptgründe für unsere Hochzeit ist.

Zum Glück ist sie im Moment abgelenkt. Verzückt beobachtet sie ihren kleinen Sohn beim Trinken und scheint mich, zu meiner Erleichterung, völlig vergessen zu haben.

Ich versuche, unauffällig von ihr abzurücken, damit sie bloß nicht auf die Idee kommt, das Gespräch mit mir wieder aufzunehmen. Das ist mir viel zu heikel – außerdem viel zu emotional.

Stirnrunzelnd betrachte ich das lebhafte Chaos in der Küche. Vielleicht bin ich so viele Menschen nicht gewohnt; als zwei von Devons Neffen sich lautstark zu streiten anfangen und seine kleine Nichte quietschend einen Hocker vor sich herschiebt und dabei entzückte, spitze Schreie ausstößt, die unangenehm in meinen Ohren dröhnen, während ein viertes Kind laut und schief und vor allem zum zehnten Mal *The itsy bitsy spider* zu singen beginnt, seufze ich tief. Als ich beinahe im selben Moment ein fast volles Glas Cranberry-Saft über den Ärmel meiner weiße Bluse gekippt bekomme, werde ich in meinen bisherigen Wunsch, niemals Kinder zu bekommen, absolut bestätigt. Das ist einfach nichts für mich. Der Lärm, die Verantwortung – manche Menschen sollten lieber nicht Eltern werden, und ich gehöre definitiv dazu. Ich bemühe mich um ein freundliches Lächeln, murmle ein paar entschuldigende Worte und stehe vom Tisch auf.

Nach dem Chaos und der Lautstärke in der Küche, wirkt die Stille im Badezimmer nun beinahe meditativ. Ich will gar nicht mehr herauskommen. So herzlich mich Devons Familie auch behandelt hat, ich weiß, dass ich nicht dazugehöre und es auch niemals tun werde.

Langsam knöpfe ich meine Bluse auf und versuche, den roten Saft herauszuwaschen, aber es bleibt ein deutlich sichtbarer Fleck. Alles, was ich nach ein paar Minuten erreicht habe, ist eine beinahe unverändert rote Verfärbung.

Dafür ist meine Bluse jetzt so nass, dass ich sie eigentlich nicht mehr tragen kann.

Schließlich drehe ich das Wasser ab, nehme mir ein Handtuch und versuche, den Stoff meiner Bluse so gut es geht wieder trocken zu bekommen. Ich will sie gerade anziehen, als es an der Tür klopft.

„Alles in Ordnung mit dir, Theresa?" Devon klingt ein wenig besorgt und ich öffne ihm zögerlich die Tür.

„Ja, alles okay." Ich versuche, möglichst unbefangen zu lächeln. „Meine Bluse bekomme ich heute wohl nicht mehr sauber."

„Das dachte ich mir. Cranberry-Saft ist hartnäckig. Aber da es Davids Lieblingsgetränk ist und er nie aufpasst, habe ich auch schon die eine oder andere Erfahrung damit machen müssen." Ohne mit der Wimper zu zucken, beginnt er die obersten Knöpfe an seinem hellblauen Oberhemd zu öffnen und zieht es sich anschließend über seinen Kopf, bevor er es mir reicht.

„Damit du nicht frierst." Lächelnd streicht er sein graues T-Shirt glatt, das er unter dem Hemd getragen hat und einen kurzen Moment lang bleibt mein Blick an seinen Muskeln hängen, die das Shirt nur sehr spärlich verbirgt.

+++

Während Theresa sein Hemd überstreift, fragt sich Devon, wie es wohl wäre, eine richtige Ehefrau mit nach Hause zu bringen. Beinahe bereut er, dass diese Ehefrau nicht Theresa ist, die sich gerade das für sie viel zu große Ersatzkleidungsstück in der Taille zusammenknotet. Sie trägt immer noch ein weißes Spaghetti-Top mit einer kleinen Spitzenborte am Ausschnitt, das sie vorher unter ihrer Bluse anhatte; nun lugt es unter seinem Hemd hervor. Der Anblick wirkt auf merkwürdige Weise intim; Devon ist sich nicht sicher, ob ihm das gefällt oder nicht.

Dennoch legt er seinen Arm um Theresas Schultern. Das ist bereits der zweite Abend, an dem er sie in eine unmögliche Situation gebracht hat. Der dritte, wenn man ihren Versuch dazuzählt, in der Bar zu arbeiten. Und der vierte, wenn man ihre Hochzeit auch mitrechnet, denn auch da schien sie alles andere als glücklich zu sein. Er muss dringend ein bisschen besser auf sie aufpassen. Natürlich wird sie für das alles nicht gerade schlecht bezahlt und wenn er mal ehrlich ist, würde es wohl auch Frauen geben, die ganz umsonst seine Ehefrau spielen würde – diverse Extraleistungen inklusive. Er ist mit dieser Ehe jedoch eine gewisse Verantwortung eingegangen und will sich dieser auch nicht entziehen.

Als sie sich zurück an den Tisch setzen, lässt er seinen Arm um ihrer Schultern liegen und zieht sie auf der alten, hölzernen Küchenbank so eng an sich, dass sich niemand mehr sonst mit ihr unterhalten und ihr unangenehme Fragen stellen kann. Eine Weile sitzt sie stocksteif da, als würde sie sich gegen seine Berührung wehren, doch irgendwann entspannt sie sich ein wenig und legt sogar den Kopf leicht gegen seine Schulter.

So schnell es nur geht, verabschiedet sich Devon unter dem Vorwand, morgen früh aufstehen zu müssen.

Die ganze Fahrt nach Hause über schweigen sie beide, nach dem Lärm von vorher ist die Stille zwischen ihnen sehr angenehm. Wann immer die Verkehrssituation es zulässt, beobachtet er Theresa im wechselnden Licht der Straßenbeleuchtung.

Sie wirkt nachdenklich und ziemlich verletzlich.

Und wieder ist dieses Bedürfnis da, sie vor allem und jedem zu beschützen, vor allem aber vor ihren inneren Dämonen, die sie nachts schweißgebadet aufwachen lassen und zum Schreien bringen.

+++

Das Treffen mit Devons Familie hat mich beinahe so traurig gemacht, wie das Treffen mit meinen Eltern. Vielleicht hat es mich sogar noch mehr bewegt. Devons Familie scheint so perfekt zu sein, während bei meiner eigenen … na ja … ständig irgendwie der Wurm drin war. Mein Vater war nie zu Hause und stattdessen ständig auf Montage, meine Mutter ist eine wirklich schwierige Frau. Früher war meine Schwester meine engste Bezugsperson. Sie war mir Mutter, Freundin und Schwester zugleich.

All das, eine unbeschwerte, glückliche Familie, habe ich mir selbst jahrelang gewünscht. Als Kind, als Teenie und auch noch als junge Erwachsene wollte ich eine Familie haben, Kinder bekommen.

Bis mir das mit Emma passiert ist und mir klargeworden ist, dass ich dieser Verantwortung nicht gewachsen bin.

Ich starre nach draußen, gerade hat es angefangen zu schneien und meine Gedanken wandern zu jenem Tag vor vier Jahren zurück, den ich so gerne ungeschehen machen würde.

Emma war damals gerade sechs Jahre alt, ein aufgewecktes, kleines Mädchen und ich bin mit ihr unterwegs gewesen. Es war ein kalter Wintertag, einer der ersten in dem Jahr. Weil es die gesamte Nacht geschneit hat, habe ich sie abgeholt, um mit ihr im Park Schlitten zu fahren. Meine Schwester lag mit Grippe im Bett, aber weil Emma Schnee so sehr geliebt hat, bin ich mit ihr losgezogen.

Es war gut, alles war gut. Jauchzend sind wir den kleinen Hügel im Park hinuntergefahren, immer und immer wieder. Bis wir beide völlig durchgefroren waren. Die Finger meiner kleinen Nichte waren trotz der dicken Handschuhe schon ganz kalt und steifgefroren. Also habe ich ihr meine Handschuhe noch über ihre eigenen gezogen und weil es so kalt war, habe ich meine Hände tief in den Taschen meiner warmen Jacke vergraben.

Statt meine kleine Nichte zu schützen und sie an die Hand zu nehmen, habe ich lieber meine Hände vor der Kälte geschützt. Wäre ich weniger egoistisch gewesen, hätte ich sie festhalten können, als sie plötzlich losgelaufen ist, weil sie den zugefrorenen See entdeckt hat.

Bevor ich wusste, was eigentlich geschieht, habe ich es gehört. Das knackende Geräusch der dünnen Eisdecke, die unter dem kleinen Körper nachgegeben hat, den leisen, erstaunten Schrei, den sie ausgestoßen hat, als das Eis unter ihr einbrach.

Ehe ich realisieren konnte, was passiert war, war sie in ihrer schweren Winterkleidung bereits untergegangen und unter das Eis getrieben.

Keine Ahnung, wie ich es geschafft habe, den Notruf zu wählen, ich erinnere mich nur noch sehr schemenhaft daran.

Woran ich mich erinnere, sind meine eigenen Schreie. Und daran, wie ich große Mengen Schnee zur Seite geschoben habe, um Emma irgendwo unter der Eisdecke entdecken zu können. Tatsächlich waren es bloß ein paar Minuten, bis die Rettungskräfte vor Ort waren, aber für mich hat es sich wie eine Ewigkeit angefühlt.

Irgendwer hat mich von Eis runtergetragen, weil es viel zu gefährlich war und ich mich geweigert habe mitzugehen.

Ich habe an den Rest des Tages nur noch sehr lückenhafte Erinnerungen, aber die, die ich von vorher habe, genügen völlig, um mir den Rest meines Lebens Alpträume zu bescheren.

Die Tage nach dem Unfall war ich fast nur im Krankenhaus – und das, obwohl ich kaum dazu in der Lage gewesen bin, meiner Schwester oder ihrem Mann in die Augen zu schauen. Ich kann bis heute nicht begreifen, dass meine Schwester überhaupt noch mit mir redet. Natürlich war es ein Unfall, doch ich hätte ihn vermeiden können, wenn ich besser aufgepasst hätte.

Es war schließlich kein Geheimnis, wie lebhaft und impulsiv Emma war.

War.

Ich bin mir darüber im Klaren, welch riesiges Glück wir hatten, dass sie überhaupt überlebt hat. Die Ärzte haben hinterher gesagt, dass die starke Unterkühlung vermutlich dazu beigetragen hat. Dennoch ist sie nie mehr dieselbe geworden.

Sie war zu lange unter Wasser, viel zu lang.

Auch, wenn man es ihr auf den ersten Blick nicht ansieht, hat sie starke Defizite zurückbehalten, weil ihr kleines Gehirn einfach viel zu lange ohne Sauerstoff auskommen musste, Unterkühlung hin oder her.

Sie hat eine Entwicklungsverzögerung, leichte Sprachstörungen und leidet unter immer wiederkehrenden Krampfanfällen, ähnlich einer Epilepsie.

Deborahs Mann hat sich ein halbes Jahr nach dem Unfall scheiden lassen; ich denke, er hat die Belastung schlicht nicht mehr ausgehalten. Mittlerweile ist er neu verheiratet, im letzten Jahr hat seine neue Frau ein Baby bekommen. Meine Schwester ist mit Emma fast ständig allein, weil Emma nicht gerne bei ihrem Vater übernachtet. Sie hat eigentlich immer Heimweh, auch das war vorher anders.

Wenn sie jetzt auf die Privatschule gehen kann, auf der sie ganz andere Möglichkeiten hat gefördert zu werden, kann ich zumindest einen Teil wiedergutmachen. Auch wenn es bloß ein winzig kleiner ist.

Daran schuld zu sein, dass meine Nichte beinahe gestorben wäre, daran schuld zu sein, dass die Ehe meiner Schwester infolge dessen kaputtgegangen ist – das werde ich wohl nie überwinden. Was wäre ich auch für ein Mensch, wenn ich glücklich weiterleben würde, nachdem mir so etwas passiert ist? Ich kann meiner Schwester bis heute kaum in die Augen schauen, weil ich den Schmerz darin nicht ertrage, die Schuldgefühle mich beinahe umbringen. Ich dachte, es würde im Laufe der Zeit besser werden, aber das ist ein Trugschluss. Vielleicht fühlt es sich weniger verzweifelt an als direkt nach dem Unfall, doch das Gefühl der Schuld, der Trauer, der absoluten Unfähigkeit, das wird mich wohl niemals verlassen.

Während ich auf den fallenden Schnee schaue, dessen Anblick ich nicht mehr ertragen kann, ohne dass mir dabei schlecht wird, wische ich verstohlen eine Träne aus meinen Augenwinkel und verkrieche mich fröstelnd in meinem Mantel. Hoffentlich hört es so schnell wie möglich wieder auf zu schneien.

+++

Der erste Schnee in diesem Winter – Devon hat ihn sich bereits lange herbeigesehnt. Selten ist die Aussicht aus seinem Wohnzimmer so spektakulär, als wenn Schnee liegt. Wunderschön, magisch und verzaubert. Allerdings müsste es dafür die ganze Nacht schneien.

Schade, dass er nicht aufbleiben kann, am Fenster sitzen und zusehen, wie die Natur nach und nach mit einer dicken, pudrigen Schicht überzogen wird. Als Junge hat er das oft gemacht, natürlich meistens heimlich, aber es hat bis heute nur wenig an seinem Reiz verloren. Zum Glück ist er vernünftiger geworden, zumindest bei manchen Dingen, und morgen steht ihm ein wichtiges Spiel bevor, für das er nach Möglichkeit ausgeschlafen sein sollte.

Seufzend schaut er auf die Schneeflocken, als er den Wagen in die Garage lenkt.

+++

Kapitel 21

Als ich am nächsten Morgen aufwache, ist Devon schon weg. Er ist irgendwann mitten in der Nacht aufgestanden, weil das Mannschaftsflugzeug in aller Herrgottsfrühe abgeflogen ist und er rechtzeitig da sein musste. Obwohl er wohl so leise wie möglich gewesen ist, bin ich dennoch wachgeworden, als er wegging und konnte anschließend lange nicht mehr einschlafen.

Ein Blick aus dem Fenster zeigt Schnee, jede Menge davon, und ich würde am liebsten gleich zurück ins Bett gehen. Doch da ich weiß, dass meine Stimmung davon eher schlechter als besser wird, zwinge ich mich dazu, ins Bad zu gehen, eine heiße Dusche zu nehmen, mich für den Tag herzurichten. Denn nichts, aber auch gar nichts, wird besser davon, dass man im Bett liegen bleibt und Trübsal bläst. Das zumindest habe ich in den letzten Jahren gelernt.

Zum Glück funktioniert der Straßendienst in Midway tadellos, sodass ich später ohne Probleme zu meiner Wohnung fahren kann, um von dort noch zwei Ordner mit wichtigen Unterlagen zu holen. Gerne würde ich mit der Renovierung weitermachen, doch diese Woche heißt es für mich warten, bis alles soweit wieder hergestellt ist.

Es fühlt sich komisch an, meine Wohnung zu betreten. Sie ist mir so vertraut, dass ich am liebsten gleich bleiben würde; gleichzeitig ist das Gefühl, im Moment nicht hierherzugehören, beinahe verstörend.

Eine Viertelstunde später habe ich alles gefunden, was ich gesucht habe und mache mich mit zwei dicken Aktenordnern auf den Weg zu meinem Auto.

Theoretisch könnte ich den Tag ja in meiner Wohnung verbringen. Devon ist heute Nacht ohnehin nicht da, und kurz erscheint mir der Gedanke einer vertrauteren Umgebung sehr verlockend. Aber da ich mir nicht ganz sicher bin, ob die Presse solche Aktivitäten eventuell beobachtet und kommentiert, fahre ich lieber zurück in Devons Haus, wo außerdem Sparkle auf mich wartet. Die arme Katze hat sich gerade erst so halbwegs eingelebt, ich will ihr den Stress nicht antun, sie jetzt herzuholen und alleine ist sie auch nicht gern. Ms. Simpson ist zwar vormittags zu Hause, allerdings ist Sparkle ja sehr wählerisch, wenn es um die Menschen geht, mit denen sie gerne zusammen ist.

Also zünde ich, wieder im Mädcheninternat angekommen, ein gemütliches Feuer im Kamin an und kuschle mich mit meiner Katze aufs Sofa.

„Da sitzen wir nun, wir beiden Mädchen im Mädcheninternat. Wer hätte das gedacht? Aber dir scheint es hier zu gefallen, oder?“ Vorsichtig kraule ich Sparkles Öhrchen, während sie mich anschielt und mit ihrer heiseren, immer ein wenig vorwurfsvoll klingenden Stimme kurz maunzt. „War das nun Zustimmung oder Ablehnung, Katzentier?“

Offenkundig hat Sparkle keine Lust mehr, mit mir zu reden. Stattdessen tut sie so, als würde sie schlafen und ich bekomme keine Antwort mehr auf meine Frage.

Schließlich hole ich eine Flasche Wasser aus Devons Küche, schenke mir ein Glas davon ein und setze mich mit meinem Laptop wieder zu Sparkle auf die Couch. Über unzähligen Seiten über die Inneneinrichtung von Ladenlokalen schaffe ich es, die Frage zu vergessen, ob ich mich hier wohlfühle oder auch nicht.

Am nächsten Tag beschließe ich, Lilly einen Besuch abzustatten. Da ihr Mann Michael darauf besteht, Michelle erst in den Kindergarten zu schicken, wenn sie schon drei ist, weiß ich, dass Lilly sich häufig langweilt und über jede Abwechslung dankbar ist. Natürlich liebt sie Michelle und genießt die Zeit mit ihr, aber Michael arbeitet abends oft sehr lange, sodass Lilly oft den ganzen Tag keinen erwachsenen Ansprechpartner hat. Zum Ausgleich sorgt Michael zumindest dafür, das Lilly an seinen freien Abenden regelmäßig alleine ausgehen kann, um mal auf andere Gedanken zu kommen. Von ihren Meinungsverschiedenheiten bezüglich Michelles Tagesbetreuung einmal abgesehen, führen die beiden eine echte Bilderbuchehe, zumindest soweit ich das von außen beurteilen kann.

Sie haben sich ziemlich jung kennengelernt, eine High-School-Liebe, an die die beiden immer geglaubt haben, und Michelle ist die Krönung ihrer Liebe. Eine glückliche kleine Familie eben, so wie man sie sich nur erträumen kann.

Doch als mir Lilly die Tür öffnet, sieht sie blass aus und unter ihren Augen haben sich tiefe Ringe gebildet.

„Hey, Theresa!" Sie versucht es mit einem Lächeln, aber ich kenne sie lange genug, um zu erkennen, dass es aufgesetzt ist.

„Was ist los, Lilly?" Ich schiebe mich an ihr vorbei ins Haus, gehe in die Küche, die durch einen kleinen Tresen vom Wohnzimmer getrennt wird und schaue mich ungläubig um. Während sie sonst penibel Ordnung hält und immer alles wirkt wie aus einem Hochglanzmagazin, stapelt sich jetzt das dreckige Geschirr in der Spüle, im Wohnzimmer liegt Michelles Spielzeug überall verteilt herum. Michelle selbst trägt zwei nicht zueinander passende Socken, während sie auf dem verrutschten Teppich liegt und gedankenverloren eine alte Zeitschrift in kleine Schnipsel reißt, um diese dann überall zu verstreuen.

„Was ist los?", frage ich sie noch einmal und mustere sie dabei eingehend. Sie trägt eine ausgebeulte, dunkelblaue Jogginghose in Kombination mit einem rosafarbenen T-Shirt, das mehrere Flecken aufweist. Tomatensauce und Spinat lassen sich eindeutig identifizieren, und zwar getrennt voneinander, sodass sie das Shirt höchstwahrscheinlich seit zwei von Michelles Hauptmahlzeiten tragen wird. Da es erst morgens ist und Michelle heute erst ihre obligatorischen Cornflakes gegessen habe dürfte, muss sie das Shirt also zumindest seit vorgestern tragen.

„Nichts ist los, was soll schon los sein?" Als hätte sie das ohnehin vorgehabt, geht sie zur Spüle hinüber und beginnt, das Geschirr abzuwaschen.

„Hier sieht es chaotisch aus und du trägst seit mindestens zwei Tagen dasselbe Shirt. Du bist ungeduscht sowie ungeschminkt und Michelles Kleidung passt nicht zueinander. Wenn du nicht gerade von Aliens entführt worden bist, die dich irgendeiner seltsamen Gehirnwäsche unterzogen haben, vermute ich mal, dass du irgendwelche Probleme hast. Also, was ist los?"

Ohne mich eine Blickes zu würdigen oder mir gar zu antworten, öffnet sie den Küchenschrank und nimmt eine Schachtel mit Keksen heraus, von denen sie einige in eine Schale schüttet. Dann geht sie zu Michelle, stellt ihr die

Kekse hin und schaltet ihr den Fernseher ein. Dabei bewegt sie sich so langsam, als wäre sie eine alte Frau und nicht, als wäre sie vor kurzem erst dreißig geworden.

Als sie sich zu mir an den Tisch setzt, schwimmen ihre Augen vor Tränen.

„Ich glaube, Michael betrügt mich", flüstert sie so leise, dass ich im ersten Moment denke, ich hätte mich vielleicht verhört.

„Wie kommst du denn auf die Idee?" Ich klinge so empört, dass es mir ein wenig leidtut, schließlich scheint es Lilly wirklich schlecht zu gehen und ich sollte sie wenigstens ernst nehmen. Aber dass Michael sie betrügt, das kann ich mir einfach nicht vorstellen. Er ist verrückt nach seiner Frau, das war er schon immer. Mir persönlich wäre er vielleicht etwas zu sehr Macho; er ist jemand, der gerne das Sagen hat, was mich vermutlich stören würde. Am Anfang der Beziehung zwischen den beiden habe ich deswegen ein paar Mal mit Lilly gestritten. Irgendwann habe ich eingesehen, dass sie glücklich mit ihm ist – und das ist ja letztendlich die Hauptsache.

„In letzter Zeit kommt er ständig später nach Hause. Er sagt, er müsse Überstunden machen … noch mehr als sonst. Er beachtet mich kaum noch, es fällt ihm nicht auf, wenn ich mal etwas Neues trage oder so, das ist ihm sonst immer aufgefallen. Wir … wir …" Einen Moment hält sie inne, während sie verzweifelt die Hände ringt. „Wir haben seit Monaten keinen Sex mehr miteinander gehabt, Theresa! Und als er neulich nach Hause kam, hat er nach fremdem Parfüm gerochen. Billig, süß und klebrig." Ein Schluchzer löst sich aus ihrer Kehle und mit einem Blick auf Michelle schlägt sie sich erschrocken die Hand auf den Mund.

„Hast du Michael denn darauf angesprochen?“ Sanft streichle ich über ihren Arm und sie nickt unter Tränen. „Und was hat er dazu gesagt?“

„Dass ich mir das alles einbilde und das Parfüm wahrscheinlich von einer Arbeitskollegin kommt, die er kurz umarmt hat, um ihr zum Geburtstag zu gratulieren.“ Lilly schnieft und putzt sich anschließend lautstark die Nase.

„Hast du kontrolliert, ob an dem Tag wirklich jemand Geburtstag hatte?“ Ich kenne Lilly. An sich ist sie kein sehr misstrauischer Mensch und würde ihrem Mann normalerweise nicht nachspionieren. Aber wenn sie etwas macht, dann richtig.

Sie wird ein wenig rot, was meinen Verdacht bestätigt.

„Ja …“, gibt sie nun kleinlaut zu. „Eine seiner Kolleginnen hatte tatsächlich Geburtstag. Aber sie ist über fünfzig und das Parfüm roch eher nach etwas, das junge Dinger bevorzugen würden.“

Mit gerunzelter Stirn lehne ich mich auf dem Stuhl zurück und nippe an dem viel zu starken Kaffee, den Lilly mir gerade hingestellt hat.

„Na ja, es gibt genug Menschen, die ihr Alter nicht akzeptieren können und sich gerne mal bei der Auswahl ihrer Bekleidung und auch ihrer Kosmetik vergreifen. Erinnerst du dich noch an Mrs. Mitchell? Die stand kurz vor der Pensionierung und hat trotzdem noch den Grunge-Look mitgemacht.“

Bei dem Gedanken an unsere alte Englischlehrerin muss ich lächeln und Lilly scheint es ähnlich zu gehen.

„Sie sah aus wie ein unordentlicher, faltiger Pandabär mit dem vielen schwarzen Kajal, den sie genommen hat.“ Trotz ihrer Tränen lacht Lilly nun leise und die nächste Dreiviertelstunde beschäftigen wir uns damit, über

Erinnerungen an unsere gemeinsame Schulzeit zu quatschen. Dabei versuche ich, nur die lustigen Themen zu erwähnen, was nicht immer ganz einfach ist, denn bis sie vierzehn war, war Lilly ein kleines Mädchen mit zu vielen Pickeln und Übergewicht, das an der Schule nicht allzu beliebt war und viel gehänselt wurde. Vor allem von den Jungs, die ihr zum Teil übel mitgespielt haben. Eigentlich ist es kaum zu glauben, dass die Frau, die jetzt vor mir sitzt, früher Schwierigkeiten hatte, eine Einladung zum Schulball zu bekommen. Denn trotz ihrer temporär schlampigen Klamotten und dem fehlenden Make-up gehört sie zu den schönsten Frauen, die mir jemals im wirklichen Leben begegnet sind.

Wir schwatzen und lachen eine Weile, bis Lilly irgendwann ernst wird.

„Ach Theresa, was mache ich denn jetzt?" Müde reibt sie sich über ihre Augen, die sich erneut mit Tränen füllen und ich weiß, dass sie mit ihren Gedanken wieder bei Michael ist.

„Wann kommt Michael denn nach Hause?"

„Heute Abend." Nervös spielen ihre Finger mit dem Rand der schmuddeligen Tischdecke. Ich werfe einen kurzen Blick zu Michelle, die noch mit ihrem Zeichentrickfilm beschäftigt ist. Obwohl ich es sonst nach Kräften vermeide, mit ihr allein zu sein – für die kurze Zeit sollte ich das hinbekommen.

„Ich würde vorschlagen, dass du als Erstes mal eine heiße Dusche nimmst und dir saubere Kleidung anziehst. Ich bestelle in der Zwischenzeit Pizza für uns drei. Danach sieht die Welt bestimmt schon ganz anders aus …"

Auch wenn es Lilly deutlich besser geht, als ich mich irgendwann von ihr verabschiede, habe ich trotzdem ein doofes Gefühl dabei, sie alleine zu lassen. Aber sie muss diese Situation mit sich selbst und auch mit Michael klären. Ich denke nicht, dass ich ihr dabei eine wirklich große Hilfe sein kann. Außer für sie da zu sein, gibt es ja eigentlich nichts, was ich tatsächlich für sie tun kann.

Kapitel 22

Diesmal habe ich mir beim Kochen wirklich Mühe gegeben. Natürlich ist das meiste zumindest halbfertig gewesen – bei meinen doch sehr mangelhaften Kochkünsten ist das besser so – aber für meine Verhältnisse habe ich mich mächtig ins Zeug gelegt.

Es gibt Lachshäppchen in Blätterteig und dazu Salat, sogar mit gerösteten Pinienkernen, wenn auch erst im dritten Versuch; die ersten beiden sind mir angebrannt. Selbstverständlich habe ich die Lachshäppchen fertig und tiefgefroren gekauft, genau wie die Spinat-Lasagne, die ich als Hauptgang geplant habe. Zum Nachtisch gibt es dann Pfefferminzeis, das mit den extra großen Schokostückchen, das ich ganz besonders gerne mag.

Für andere mag so eine Mahlzeit vollkommen lächerlich sein, ich gehöre allerdings zu denen, die sich vorzugsweise von Lieferservice- und Mikrowellenmahlzeiten ernähren. Ich bin hochzufrieden mit mir.

Der Tisch ist schon gedeckt, bevor Devon nach Hause kommt. Ohne es zu wollen, lausche ich nervös auf das Geräusch seines Schlüssels im Türschloss. Ich habe extra alle Türen offengelassen, damit es mir nicht entgeht, und als ich ihn endlich höre, beginnt mein Herz schneller zu schlagen, als mir das lieb ist.

Nervös springe ich vom Esstisch auf, an dem ich bis eben gesessen habe, um Löcher in die Luft zu starren. Ich tue so, als wäre ich vollends mit dem Anrichten des Salats beschäftigt, unter den ich das Dressing so gründlich unterhebe, dass er beinahe in sich zusammengefallen ist, als Devon endlich hereinkommt.

Ich weiß, dass er da ist, bevor er ein Wort sagt und die feinen Härchen in meinem Nacken stellen sich auf.

„Hey, Theresa!“ Ich drehe mich langsam zu ihm um und er kommt gemächlich auf mich zugeschlendert. Er lächelt, dieses perfekte-weiße-Zähne-Lächeln, und es hat etwas von einem Raubtier, das seine Beute beobachtet und dabei seine Zähne zeigt. Er beugt sich zu mir herunter, einen Moment lang könnte ich schwören, dass er mich küssen will. Statt zu reagieren, kralle ich mich am Salatbesteck fest, das ich immer noch in den Händen halte, während ich meinen eigenen Herzschlag laut in meinen Ohren dröhnen höre.

Ich sollte das bleiben lassen, ausweichen, mich nicht von ihm küssen lassen. Ich weiß, dass das alles hier nicht gut ausgehen kann, wenn ich mich auf Devon einlasse. Denn all das will ich gar nicht, kann ich gar nicht …

Aber mein Körper scheint da anderer Meinung zu sein. Ich kann förmlich spüren, wie ich Devon entgegenschmelze, wie ich mich danach sehne, dass er mich umarmt, dass er mich hält, dass er mich küsst.

Er nähert sich mir mit einer verführerischen Trägheit, einer Langsamkeit, die selbstsicher, aufreizend und nahezu unwiderstehlich sexy ist.

Und dann küsst er mich wirklich.

Er haucht mir einen beinahe keuschen Kuss auf die Wange.

Einen Moment lang halte ich die Luft an und weiß nicht, ob ich lachen oder weinen möchte.

+++

Schon lange nicht mehr hat es ihn so sehr genervt, in einem Hotel übernachten zu müssen, wie dieses Mal. Er hat sich auch schon lange nicht mehr so sehr darauf gefreut, nach Hause zu kommen, wie dieses Mal. Wahrscheinlich ist es noch nie vorgekommen, zumindest könnte er sich nicht daran erinnern.

Das Spiel war grandios, die Icefoxes haben mit einem Wahnsinnsvorsprung gewonnen und die Party gestern Abend war wild und ausgelassen. Früher hat er solche Partys geliebt und aus vollem Herzen genossen. Das schwindelerregende Gefühl eines Sieges, der Alkohol, die Musik, die vielen willigen Frauen …

Obwohl auch dieses Mal alles andere als Mangel an willigen Frauen bestanden hat, hat Devon den ganzen Abend Abstand gehalten und ist letztendlich alleine ins Bett gegangen. Natürlich nur, weil keine dabei war, die ihm gefallen hat und es sich außerdem in der Presse schlecht machen würde, wenn ihm nach den wenigen Wochen Ehe eine Affäre nachgesagt werden würde. Yvette würde das niemals glauben und die Werbepartner sehen so etwas auch alles andere als gern.

Auf dem Rückflug aus Seattle hat er ständig ungeduldig auf die Uhr geschaut. Als er an seinem Haus ankam, brannte innen Licht. Licht, das bedeutet, dass drinnen jemand auf ihn wartet. Dass Theresa auf ihn wartet. Und Sparkle, natürlich.

Verdammt, gerade hätte er Theresa um ein Haar geküsst.

Das ist nicht gut, das ist sogar gar nicht gut. So schön der letzte Kuss mit ihr auch war, so sehr es ihm auch gefallen hat und so gerne er es auch wieder und wieder tun würde – es würde die Dinge vollkommen unnötig verkomplizieren.

Obendrein wäre es unfair. Es ist das eine, mit einer Frau rumzumachen, von der man eindeutig nichts will. Eine Frau, die man gerade erst geheiratet hat, zu verführen, obwohl man von ihr nichts will – das ist etwas ganz und gar anderes.

Ihr Duft steigt ihm in die Nase, Vanille mit einem Hauch von Honig, darunter der Duft nach Theresas warmer, weicher Haut. Plötzlich erinnert er sich viel zu genau an ihren letzten Kuss und auch an den davor, die beide besser niemals stattgefunden hätten, weil sie alles noch komplizierter haben werden lassen, als es ohnehin schon ist. In seiner Hose beginnt sich etwas zu regen, was er nach Kräften zu ignorieren versucht.

Verdammt, eine Erektion ist gerade das allerletzte, was er noch gebrauchen kann.

Er räuspert sich, bevor er einen Schritt zurücktritt, um mehr Raum zwischen ihn und Theresa zu bringen, besser ist das.

Dann macht er einen weiteren Schritt nach hinten und setzt sich schließlich an den Esstisch. Die stabile Tischplatte sollte vorerst genügen, um sie auf Abstand zu halten, oder vielmehr ihn selbst auf Abstand zu halten.

Theresa steht immer noch an die Arbeitsplatte gelehnt, in den Händen hält sie sein Salatbesteck aus Olivenholz, und wirkt, als wäre sie nur körperlich anwesend.

Plötzlich, von einem Moment auf den nächsten, scheint sie wieder im Hier und Jetzt anzukommen und bedenkt Devon mit einem Megawatt-Lächeln, das entsetzlich unecht wirkt.

„Wie war dein Spiel? Ihr habt gewonnen, habe ich auf eurer Homepage gesehen."

Irgendwie freut es Devon, dass sie sich die Mühe gemacht hat, dort extra nachzuschauen. Auch wenn es bloß eine kleine Geste ist, beweist es doch, dass sie sich für ihn interessiert.

„Es war klasse, aber ich will dich nicht mit endlosen Spielabläufen langweilen. Ich weiß, wie öde so etwas sein kann, wenn man sich sonst eher nicht so sehr für Sport interessiert. Wie war deine Zeit? Hattest du einen schönen Tag? Kommst du im Laden voran?"

Endlich setzt sie sich auch in Bewegung und legt das Salatbesteck in die dazu passende Schüssel, bevor sie beides auf den Tisch stellt.

„Im Laden konnte ich leider nicht viel machen. Nächste Woche ist hoffentlich alles trocken und ich kann anfangen zu renovieren."

Auf den Salat folgen kleine Blätterteigpakete aus dem Backofen und Devon läuft das Wasser im Mund zusammen.

„Was hast du stattdessen getan?", fragt er, während er sich eines der Häppchen in den Mund steckt und sofort die Zunge verbrennt. Lecker ist es trotzdem.

Theresa sieht nicht glücklich aus, als sie erst ihm und anschließend sich selbst ein Glas Weißwein eingießt.

„Ich war bei Lilly. Ihr ging es nicht so gut heute."

„Grippe? Das grassiert im Moment."

Zögerlich hält Teresa in ihrer Bewegung inne und das Salatbesteck verharrt in der Luft.

„Nein, sie denkt, ihr Mann betrügt sie." Dann fährt sie damit fort, den Salat auf den Tellern zu verteilen.

„Tut er das denn?" Devon spießt ein paar Salatblätter auf seine Gabel.

„Ich kann mir eigentlich nicht vorstellen, dass Michael Lilly betrügt." Zögerlich schiebt sie sich ein Stück Lachs in den Mund und kaut bedächtig. „Aber sicher sein kann man sich natürlich nie …"

„Lilly heißt Hurlington mit Nachnamen, oder?“ Nachdenklich zieht Devon die Augenbrauen in die Höhe.

„Ja, genau. Kennt ihr euch?“ Theresa schaut erstaunt von ihrem Teller hoch.

„Sie kenne ich nur über dich, aber Michael kenne ich von früher. Wir sind zusammen zur Schule gegangen, er war in meinem Jahrgang …“

+++

Devon isst auf eine Art und Weise weiter, so übermäßig fokussiert, als wolle er etwas vertuschen.

„Es scheint nicht so, als würdest du Michael sonderlich gut leiden mögen.“

Devons Zögern allein spricht Bände.

„Na ja, früher nicht so. Wir haben schon eine Weile keinen Kontakt mehr, beziehungsweise nur noch sehr oberflächlichen.“

Ich schweige einfach, in der Hoffnung, dass er dann von selbst weitererzählt und tatsächlich scheint mein Plan zu funktionieren. Nach ein paar Gabeln voll Salat sieht er mich zögerlich an.

„Zu Schulzeiten habe ich mit Michaels Stiefbruder Ryan im selben Hockeyteam gespielt. Er hatte keine sehr hohe Meinung von Michael. Das ist natürlich Jahre her und unter Geschwistern gibt es einfach manchmal Streit. Angeblich hat Michael versucht, ihm seine damalige Freundin auszuspannen – was ihm auch gelungen ist. Ryan war wochenlang fertig deswegen. Irgendwie kam mir Michael früher immer komisch vor. Aber wie gesagt, so ganz genau weiß ich nicht, was da abgelaufen ist. Ich habe Ryan auch Jahre nicht mehr gesehen. Es gibt allerdings Gerüchte, dass er wieder nach Midway wechseln soll.“

Nachdenklich lehne ich mich zurück. Um ehrlich zu sein, kenne ich Michael kaum. Auch wenn er der Mann meiner besten Freundin ist, habe ich nie viel mit ihm zu tun gehabt. Er arbeitet furchtbar viel für eine Immobilienfirma und meistens haben Lilly und ich uns alleine getroffen. Da hatte er auch nie etwas dagegen, ich vermute mal, er hätte sich wie das fünfte Rad am Wagen gefühlt. Ich kann gar nicht so richtig sagen ob ich Michael leiden kann oder nicht. Am Anfang fand ich ihn ein bisschen merkwürdig, doch Lilly war so glücklich mit ihm, dass ich meine persönliche Meinung zu ihm nebensächlich fand.

Aber bloß, weil ich jemanden nicht wahnsinnig sympathisch finde, muss das ja noch lange nicht heißen, dass er seine Frau betrügt.

Mein Blick wandert zu dem Mann, der mir gegenüber sitzt. Wie er wohl wäre, wenn wir so richtig verheiratet wären? Hätte ich dann auch solche Sorgen, wie meine beste Freundin sie momentan hat? Würde ich mir Gedanken darüber machen, dass er mich betrügt?

Ich betrachte seine schönen, moosgrünen Augen, das dunkle Haar, das ihm immer in die Stirn fällt, als hätte es völlig eigene Vorstellungen von einer Frisur, seinen Mund, der sich gerade zu einem Lächeln verzieht, und auf einmal wird mir ganz warm.

Sex mit mir.

Sex mit ihm.

Wir beide …

Mein Unterleib scheint dieser Gedanke sehr gut zu gefallen, denn als Devon sich jetzt auch noch zu mir vorbeugt, verstärkt sich die Wärme dort auf einmal, verstärkt sich zu einem heißen Kribbeln und ich schlage unruhig die Beine übereinander.

„Dein Essen schmeckt sehr gut heute!" Dieses verdammte Grübchenlächeln sollte verboten werden und ich bin froh, dass ich sitze und er meine weichen Knie, die ich auf einmal habe, nicht sehen kann. „Leider werde ich in den nächsten Tagen auf deine Kochkünste verzichten müssen. Ich bin zwei Nächte in Boston, um mit meinem neuen Arbeitgeber zu reden, danach hat mir Eric Extratraining aufgebrummt und ich bin noch drei Tage mit dem Team unterwegs. Aber am Donnerstagabend bin ich zurück und habe sogar den Freitag und Samstag frei. Dann unternehmen wir irgendetwas Schönes, okay?"

Er wird die komplette Woche weg sein … Das sollte mich eigentlich erleichtern, weil ich dann mein eigenes Leben leben kann, keine Rücksicht auf ihn nehmen muss und wieder eine Woche unserer gefakten Ehe vorbei sein wird, wenn er zurückkommt. Ich sollte erleichtert sein, weil ich dann nicht ständig an Sex mit ihm denken muss.

Aber ich bin es nicht.

Stattdessen muss ich mir auf die Zunge beißen, um ihm nicht zu sagen, dass ich ihn entsetzlich vermissen werde.

Verdammt.

Das ist gar nicht gut.

Kapitel 23

Ich bin froh zu sehen, wie mein Laden nach und nach zu neuem Leben erwacht und sogar noch schöner wird als vorher. Ohne Devons Geld wäre das niemals möglich gewesen, und auch, wenn wir beide Vorteile durch unser Arrangement haben, bin ich dennoch dankbar dafür.

Die Woche ist im Nu vorbei und ich freue mich, als Devon endlich wieder zu Hause ist.

„Ich bin heute Abend auf eine Vernissage eingeladen, auf die ich gerne mit dir gehen würde", eröffnet er mir beim Frühstück. „Um 20:00 Uhr geht es los. Schaffst du das, oder hast du sehr viel in deinem Laden zu tun?

„Nein, kein Problem." Stirnrunzelnd schiebe ich meine Kaffeetasse zur Seite. „Ich wusste gar nicht, dass du dich für Kunst interessierst." Obwohl mir gleichzeitig die wirklich sehr schönen Bilder in seinem Flur wieder einfallen, die selbst für einen Laien wie mich nach Originalen aussehen.

Devon lacht leise und zuckt mit den Schultern.

„Ich bin eben sehr vielseitig!" Dann wird er wieder etwas ernster. „Auf der Vernissage werden unter anderem Bilder von Jody gezeigt, sie ist Malerin und wirklich sehr begabt. Sie hat auch die Bilder vorne im Flur gemalt. Hat sie dir das nicht erzählt?"

Abends bin ich ein bisschen aufgeregt, ich war noch nie auf einer Vernissage und hatte bisher das Gefühl, dass das auch eher etwas für die Reichen und Schönen ist. Außerdem wird bestimmt auch ein großer Teil von Devons Familie anwesend sein, was meine Nervosität noch weiter schürt. Wenn wir alleine irgendwo hingehen, ist das das eine, aber vor seiner Familie habe ich das Gefühl, die Rolle der liebenden Ehefrau mit besonderer Hingabe spielen zu müssen. Ich möchte schließlich nicht, dass sie herausbekommen, dass all das zwischen uns nur ein Theaterstück ist. Ich befürchte nämlich, dass ihm das – irgendwo zu Recht – ziemlich übel genommen werden würde.

Devon in seinem dunklen Anzug ist wirklich ein Anblick der ganz besonderen Art. Ich nehme mir fest vor, heute Abend nach Kräften mit ihm anzugeben. So einen attraktiven Ehemann werde ich vermutlich niemals wieder haben. Daneben fühle ich mich selbst in meinem eleganten schwarzen Etuikleid und mit meinen schönsten High Heels ein wenig wie ein Mauerblümchen.

„Du siehst übrigens toll aus, Theresa!", raunt er mir ins Ohr, als er mir galant in seinen Wagen hilft. „Ich werde heute Abend gut auf dich aufpassen müssen, damit dir die anderen Männer nicht allzu schöne Augen machen." Seine Hand hinterlässt an der Stelle, an der er meinen Rücken berührt hat, ein warmes Kribbeln und ich fühle mich gleich ein bisschen attraktiver.

Wir haben die Galerie kaum betreten, als sich Jody auf uns stürzt. Sie ist eingehüllt in mehrere Lagen blutroten Seidenstoff und es ist kaum zu glauben, dass diese schlanke Frau vor nur wenigen Wochen einen Sohn bekommen hat.

„Da seid ihr ja!" Sie umarmt uns beide stürmisch. „Ich freue mich wahnsinnig! Ihr seid die Ersten. Der Rest der Familie lässt sich wie immer Zeit." Sie will noch irgendetwas sagen, wird aber von einer bieder aussehenden Frau in einem schlecht sitzenden Kostüm abgelenkt, die leise und hektisch auf sie einredet.

„Das ist Jodys *Kollegin*, Cynthia Redstone“, erklärt mir Devon. „Ihr künstlerisches Können lässt etwas zu wünschen übrig, aber sie ist mit dem Galeriebesitzer verwandt. Weil dieser Sorge hatte, dass Jodys Bilder nicht reichen würden, stellen noch zwei weitere Künstlerinnen aus. Cynthia Redstone und Amy Ashcroft, die kann ich aber gerade nirgendwo entdecken. Komm, ich führe dich ein bisschen rum. Da wir so früh dran sind, ist es zum Glück noch nicht so voll.“

Devon ist erstaunlich bewandert, was Kunst angeht.

„Siehst du die klaren Formen, die sie hier verwendet?“ Er deutet auf ein farbenfrohes Bild von Amy Ashcroft, voller kräftiger geometrischer Formen, die mich entfernt an einen Baum erinnern. „Im Zeitalter der Fotografie kann man eine naturgetreue Darstellung viel schneller und besser hinbekommen, als es jeder Maler könnte. Das ist einer der Gründe, aus denen sich viele Künstler in der Moderne zu anderen Techniken hingezogen fühlen. Hier geht es unter anderem darum, eine Figur auf ihre wesentlichen Bestandteile zu reduzieren, sie nur in schlichtesten geometrischen Formen darzustellen. Viele runzeln über so etwas die Stirn, weil es vom reinen Handwerk her einem Laien natürlich viel anspruchsvoller erscheint, eine naturgetreue Abbildung zu malen. Aber darauf kommt es bei diesen Bildern natürlich nicht an.“ In einer völlig selbstverständlichen Geste legt er seinen Arm um meine Taille. „Und obwohl es mühelos aussehen mag, ist es gar nicht einfach, so ein Bild in solch einer Harmonie hinzubekommen.“ Das glaube ich ihm aufs Wort, auch wenn ich im Moment abgelenkt bin, weil sein Arm kurz oberhalb meines Pos ruht und seine Hand auf meiner Hüfte liegt, während wir die restlichen Bilder ansehen.

Jodys Bilder kenne ich bereits aus Devons Flur. Es sind wirklich wunderschöne, sehr stimmungsvolle Landschaftsmalereien, auch wenn die Formen ebenfalls stark entfremdet sind.

„Und was ist das Besondere an diesen Bildern?", frage ich, als wir schließlich vor einem seltsamen Blumengemälde stehen, das laut dem kleinen Schildchen daneben von Cynthia Redstone stammen muss.

„Das weiß allein Gott." Devon hat mich losgelassen und ich schaue ihn irritiert an. „In meinen Augen ist Cynthia nicht mehr als eine pinselnde Hausfrau, aber das sage ich lieber nicht zu laut", flüstert er in mein Ohr. Mein Blick wandert zurück zum Bild. Und zu den anderen Bildern, die daneben hängen. Die Blumen sehen merkwürdig aus, ich weiß nicht, ob es Absicht ist oder an mangelndem Können liegt. Und sie sind alle nicht sonderlich schön.

„Wenn du mich fragst …" Nachdenklich lege ich den Kopf schief. „Die sehen alle ein wenig aus wie Vaginas." Ich betrachte die leicht verschrumpelte Darstellung einer halb geöffneten Callas. „Und keine von der sonderlich attraktiven Sorte."

Hinter mir höre ich etwas klirrend zu Boden fallen und zerspringen, dann herrscht für einen Moment absolute Stille. Als ich mich umdrehe, um zu sehen, was sich hinter mir abspielt, sehe ich zuerst eine zerbrochene Sektflöte zu meinen Füßen, dann die schlecht gekleidete Gestalt von Cynthia empört davoneilen.

Mir schießt das Blut in die Wangen. Das darf jetzt bitte nicht wahr sein! Entsetzt blicke ich in die erstarrten Gesichter von Jody und Devon.

Ein paar weitere Sekunden lang herrscht um uns herum absolute Stille, bis Jody lautstark anfängt zu lachen.

„Theresa …“ Sie kommt auf mich zu und nimmt mich fest in die Arme. „Ab heute bist du offiziell meine Lieblingsschwägerin. Ich habe bisher immer gedacht, ich sei ein wenig pervers, weil ich genau das auch gedacht habe.“ Sie küsst mir noch immer lachend auf die Wange. „Amy und ich nennen sie inoffiziell die Muschifrau, aber wir dürfen ihr das leider nicht sagen. Sonst wäre aus unserer Ausstellung hier nie etwas geworden.“

+++

Grinsend beobachtet Devon die knallrot angelaufene Theresa zusammen mit seiner Schwägerin. Auch wenn Theresa die ganze Nummer unendlich peinlich zu sein scheint, hätte sie Jody wahrscheinlich keinen größeren Gefallen tun können, als ihre Vermutung laut zu äußern, und das auch noch vor Cynthia. Denn obwohl Jody alles andere als überheblich ist, ärgert sie sich seit Wochen, dass ihre Bilder mit denen der „Muschifrau“ zusammen ausgestellt werden. Eine Weile beobachtet er, wie seine Frau und seine Schwägerin sich miteinander unterhalten und gut gelaunt lachen, dann entdeckt er Bruce, der gerade die Galerie betritt. Suchend schaut er sich um, bevor er Devon entdeckt und direkt auf ihn zukommt.

„Ich habe gerade Yvette vor dem Laden hier gesehen“, berichtet sein Manager ohne eine Begrüßung. „Aber sie ist wieder verschwunden, nachdem sie Theresa durch das Fenster entdeckt hat. Vielleicht ist dein Plan doch nicht ganz so verrückt gewesen, wie ich dachte.“

Lächelnd schaut Devon wieder zurück zu Theresa.

Nein, sein Plan war alles andere als verrückt. Dafür ist er ein kleines bisschen verrückt nach der Frau, die er geheiratet hat. Und was normalerweise etwas Wunderbares sein sollte, könnte in ihrem Fall zu einem Problem werden.

+++

Als nach und nach immer mehr von Devons Familienmitgliedern eintreffen, drängt er zum Aufbruch. Wie immer mit seiner Lieblingsausrede, dass er am nächsten Morgen früh aufstehen muss.

Mir ist es dennoch sehr recht, wie gesagt – mir ist ohnehin etwas mulmig dabei, auf seine Familie zu treffen.

„Ist es nicht furchtbar anstrengend, mit so vielen Geschwistern aufzuwachsen?“, frage ich Devon, als wir schließlich in seinem Auto sitzen.

„Nein, ganz im Gegenteil. Ich fand es immer sehr schön. Wenn ich irgendwann mal Zeit für eine Familie habe, wünsche ich mir auch viele Kinder.“ Mit den Gedanken vermutlich bei einem großen Garten voller schreiender Kinder, schaut er versonnen lächelnd auf die Straße vor sich.

Ich kann mir das für mich nicht vorstellen. All die Verantwortung, all die kleinen Lebewesen, die einem auf Gedeih und Verderb ausgeliefert sind …

„Ich möchte niemals Kinder haben!“, spreche ich meinen Gedanken laut aus.

Für einen kurzen Moment wendet Devon seinen Blick von der Straße ab und mir zu. Er sieht traurig aus. Dann konzentriert er sich wieder auf den Weg vor ihm und wechselt abrupt das Thema.

Ich bin froh, dass es bereits spät genug ist, um einfach schlafen zu gehen, als wir wieder im Mädcheninternat ankommen.

Kapitel 24

Auch die nächsten Tage vergehen wie im Fluge. Devon trainiert, ich arbeite wie verrückt an der Wiederherstellung meines Ladens.
Mit jedem vergehenden Tag neigt sich auch unsere Ehe dem Ende entgegen und ich verdränge den Gedanken daran, ob es mir wohl schwerfallen wird, mich von ihm zu trennen. Unser gemeinsames Leben ist angenehmer, als ich mir das vorgestellt hätte. Ich genieße es, Zeit mit ihm zu verbringen. Das ist natürlich besser, als wenn ich jeden Moment mit ihm als Qual empfinden würde, aber ich habe dennoch Sorge, dass ich mich vielleicht zu sehr an ihn gewöhnen könnte – ebenso wie Sparkle. Die scheint sich hier mittlerweile völlig zu Hause zu fühlen. Ich habe sogar den Eindruck, dass sie weniger neurotisch ist, seit wir hier wohnen, sie kommt mir irgendwie glücklicher vor.

Ich bin auch glücklicher, als ich es noch vor wenigen Wochen gewesen bin.

Eigentlich wollte ich meine Schwester heute mit in den Baumarkt nehmen, damit sie mich beim Kauf der Farben und Tapeten beraten kann, doch sie hatte keine Zeit.

Letztendlich gehe ich alleine, entscheide mich für Creme- und Pastellfarben, um einen hübschen Fünfzigerjahre-Look in Altrosa, Pistazie und Hellgelb zu kreieren. Ich kaufe so viel Tapeten, Kleister und Farbe, wie ich in meinen kleinen Wagen bekomme.

So schrecklich es auch war, als alles abgebrannt ist, so viel Spaß macht es jetzt, von vorne anzufangen. Neuanfänge besitzen einfach einen ganz besonderen Zauber und speziell dieser Neuanfang ist für mich sehr eng mit Devon verbunden. Vielleicht fühle ich mich auch deshalb so gut mit ihm.

Für den Freitagabend sind wir mit Eric und Sarah verabredet, die zum Glück über unsere seltsame Art der Beziehung Bescheid wissen. Auch wenn ich dem Abend mit einiger Skepsis entgegenblicke, wird er schön. Wirklich sehr schön. Ich kann mich nicht erinnern, wann ich das letzte Mal einen so entspannten, lustigen Abend wie diesen erlebt habe. Es ist angenehm mit Devon, wir verstehen uns gut, ergänzen uns hervorragend. Ich kann mich toll mit ihm unterhalten, was nun wahrlich keine Selbstverständlichkeit ist.

Ich meine damit nicht, dass ich ein grundsätzliches Kommunikationsproblem hätte. Aber wenn man mit einem Partner das erste Mal ausgeht – vor allem dann, wenn noch andere Leute dabei sind – kann das manchmal komisch sein. Plötzlich hat man kein Gesprächsthema mehr. Oder der andere redet nur Mist. Ich hatte mal kurzfristig einen Freund, bevor ich festen Beziehungen abgeschworen habe, für den ich mich permanent geschämt habe, wenn wir auf andere getroffen sind. Ich weiß, das klingt total gemein. Aber er hat jedes Mal den allergrößten Unfug geredet, sobald wir nicht mehr allein waren. Als wäre er ein völlig anderer Mensch.

Oder man fühlt sich selbst auf einmal völlig fehl am Platze, weil die anderen über lauter Dinge reden, von denen man keine Ahnung hat.

Mit Devon ist es schlicht perfekt. Sogar, als das Thema kurz auf Eishockey zu sprechen kommt, erklärt er mir alles geduldig, weil er weiß, dass ich davon kaum Ahnung habe.

Er berührt mich, immer wieder und wie selbstverständlich, seine Hand ruht auf meiner, er legt mir den Arm um die Schultern, streift mein Haar, meinen nackten Oberarm. Sein Knie drückt sich sanft gegen die Außenseite meines Oberschenkels, anfangs nur, als wäre es ein Versehen. Ich könnte mein Bein einfach wegziehen, ohne dass einer von uns dabei sein Gesicht verlieren würde, aber ich will nicht. Jede seiner Berührungen löst ein sanftes Kribbeln in mir aus, eine angenehme Wärme, eine Spannung, die mich mit irgendetwas anfüllt, das mich lebendig und aufgeregt fühlen lässt.

Also lasse ich mein Bein dort, wo es ist. Durch das dünne Material meiner Nylonstrümpfe spüre ich den rauen Stoff seiner Anzughose, erahne seine warme Haut darunter. Unsere Beine berühren sich schon viel zu lange, um keine Absicht zu unterstellen und irgendwann landet Devons Bein sogar wieder an meinem, wenn er es versehentlich mal wegbewegt.

Als wir uns von Sarah und Eric verabschieden, hilft Devon mir in meinen Mantel. Beim Herausgehen legt er seine Hand auf meinen unteren Rücken, kurz über meinen Po. Eine kleine Geste, die beinahe etwas Besitzergreifendes hat, sich jedoch in diesem Moment so unglaublich gut und richtig anfühlt, dass es mich eigentlich erschrecken sollte.

Ich kann die Blicke der im Restaurant anwesenden Frauen in unseren Rücken spüren, ihren Neid beinahe körperlich fühlen und obwohl das irgendwie mies ist, erfüllt es mich mit Stolz, dass Devon wenigstens temporär zu mir gehört.

Draußen schlägt uns die frische, kalte Winterluft entgegen und Devon schlingt beschützend seinen Arm um mich.

„Hast du Lust auf einen kleinen Nachtspaziergang? Bis nach Hause ist es nicht weit. Eine Viertelstunde vielleicht."

Die Luft ist klar, der Himmel samtig blau und voller Sterne, beinahe schon kitschig.

„Ich würde gerne einen Spaziergang machen", höre ich mich selbst sagen und Devon zieht mich noch ein bisschen näher an sich.

Schweigend gehen wir nebeneinander her. Das Restaurant, in dem wir waren, liegt am Stadtrand. Da es eine exklusivere Adresse ist, hat es Laufkundschaft nicht unbedingt nötig. In dieser Gegend stehen vor allem Einfamilienhäuser, mit gepflegten Vorgärten und Doppelgaragen. Es ist still hier, das Klackern meiner hohen Ansätze und die deutlich leiseren Schritte von Devon stellen die einzige Geräuschkulisse dar.

So romantisch das hier auch alles sein mag, ich bereue unseren Spaziergang ziemlich schnell. Normalerweise machen mir ein paar Meter nichts aus, aber heute Abend trage ich elf Zentimeter hohe Stillettoabsätze. Und Himmel, mir tun die Füße schon nach wenigen Minuten unglaublich weh. Ich muss gestehen, dass mir das ein wenig peinlich ist. Ich meine, wenn man schon so hohe Absätze trägt, dann sollte man eigentlich auch darauf laufen können. Also versuche ich die Zähne zusammenzubeißen und weiterzugehen. Allerdings sind diese Schuhe wirklich der allergrößte Mist. Natürlich sind sie wunderschön, hellblau und leicht metallisch. Mit einem Muster, das an die silbrigblau glänzenden Schuppen eines Fisches erinnert. Deswegen, und wegen der beachtlichen Absatzhöhe, nennt Lilly sie immer meine Fischpornoschuhe. Ich finde sie wunderschön und sie passen perfekt zu meinem Oberteil – um mehr als ein paar Meter darauf zu laufen, sind sie leider völlig ungeeignet. Irgendwann habe ich das Gefühl, dass mir jeden Moment die Zehen abfallen, während meine Füße in der Mitte durchzubrechen drohen.

So gut ich es auch zu verbergen versuche, irgendwann merkt Devon trotzdem, dass etwas mit mir nicht stimmt und bleibt stehen, beschienen vom silbrigen Licht einer der vereinzelten Straßenlaternen in dieser Gegend.

„Was ist los, Theresa?“

„Nichts“, flüstere ich verlegen. Ich meine, wie sehr Tussi ist das denn, wenn man nicht mal einen guten Kilometer in seinen Schuhen durchhält?

Aber Devon scheint sich mit Frauen erschreckend gut auszukennen.

„Wenn ich raten müsste, würde ich vermuten, dass du in diesen mörderischen Stöckelschuhen nicht mehr laufen kannst.“ Trotz der Kälte spüre ich, wie mir die Hitze ins Gesicht steigt und Devons Mundwinkel zucken verdächtig.

„Setz dich da hin.“ Er schiebt mich zu einer kleinen Mauer und platziert mich dort. Kaum, dass ich sitze, streift er mir meine Schuhe ab und steckt sie sich in die Taschen seiner schwarzen Cabanjacke. Anschließend wirft er einen skeptischen Blick auf meine dünn bestrumpften Füße, dann zieht er ein Paar warme, wollene Handschuhe aus seiner Jackentasche und streift sie mir über Zehen und Ferse.

Während ich mich noch frage, wie ich jetzt weiterlaufen soll, macht Devon kurzen Prozess und hebt mich hoch. Mühelos, als würde ich nichts wiegen. Meine Beine baumeln über seinen linken Arm seitlich nach unten; sein anderer Arm hält meinen Oberkörper.

„Halt dich fest, dann ist es leichter“, flüstert er in mein Ohr und ich komme der Aufforderung nach und schlinge meine Arme um seinen Nacken. Mein enger Rock rutscht gefährlich weit nach oben und ich spüre Devons Hände auf meinen Oberschenkeln. Ich möchte kichern. Oder vielleicht auch ehrfürchtig schweigen. Oder lauter dumme, leichtsinnige Sachen mit ihm anstellen und zwar umgehend. Weil ich mich für nichts davon entscheiden kann, mache ich schließlich gar nichts.

Bis zu Devons Haus sind es jetzt wirklich bloß noch wenige Minuten, doch als wir ankommen, ist mir trotz der Kälte der Nacht ziemlich heiß.

Devon vollbringt das Wunder, die Tür aufzuschließen, ohne mich abzusetzen. Er verpasst der Haustür einen Tritt und lässt sie mit einem lauten Knall hinter sich zufallen.

Schließlich stellt er mich auf der untersten Treppenstufe ab, ich spüre das glatte, warme Holz an meinen Fußsohlen und bin fast mit Devon auf Augenhöhe.

„Theresa ...“, flüstert er heiser, umfasst mit beiden Händen mein Gesicht. Eine Weile passiert nichts und er sieht mich nur an. Sein Blick ist so intensiv, dass ich eine Gänsehaut bekomme. Er wirkt wie erstarrt und ich fühle mich ebenfalls nicht in der Lage, mich zu bewegen. Irgendwann löst sich Devon aus seiner Paralyse, zunächst mit einem kleinen Kopfschütteln, einer angedeuteten Bewegung, kaum wahrnehmbar, wenn man nicht genau hinsehen würde. Und dann, bevor ich eigentlich weiß, was los ist, liegen seine Lippen auf meinen. Warm und fest, verharren dort einen Moment, während sich ein Prickeln in meinem ganzen Körper ausbreitet.

+++

Dieses Seufzen! Dieses süße, kleine, kaum wahrnehmbare Seufzen, das sie von sich gibt, wenn er sie küsst, lässt ihn beinahe den Verstand verlieren. Und steinhart werden. Die Art und Weise, wie sie sich an ihn schmiegt, ihre weichen Brüste gegen seinen Oberkörper drückt und dann noch dieser Duft. Wie kann eine Frau bloß so gut riechen? Ihr Parfüm ist warm und cremig, es erinnert an eine luxuriöse Badewanne voller Milch und Honig, darauf ein paar Blüten und eine wunderschöne nackte Frau inmitten all dieser umschmeichelnden Üppigkeit.

Es sollte verboten werden, dass Frauen so riechen. Vor allem, wenn sie den kompletten Abend neben ihm sitzen. Er hat den gesamten Abend an nichts anderes denken können als an samtige, nackte Haut, die nach Milch und Honig duftet. An Theresas samtige, nackte Haut. An Theresas nackte Haut unter seinen Händen, unter seinem Körper … An Theresa.

Ihr Mund gibt unter seinem nach, öffnet sich für ihn wie eine Knospe in der Sonne, gewährt ihm Einlass. Sie erwidert das Spiel seiner Zunge, sanft, zärtlich, beinahe zurückhaltend. Einen Moment lässt er sie gewähren, kostet die Situation aus. Aber er will sich nicht zurückhalten, er will alles von ihr nehmen, was sie hat und ihr im Gegenzug alles geben, was er kann.

Er drängt sich näher an sie, beugt sich über sie, sodass sie ihren Kopf ein wenig in den Nacken legen muss, dringt mit seiner Zunge tiefer in ihren Mund ein. Ihre Atemzüge werden schneller und er kann ihr Herz an seiner Brust schlagen hören, das einem ebenso schnellen Rhythmus zu folgen scheint wie sein eigenes.

Die langsame Trägheit von vorhin ist mit einem Mal verschwunden und macht einer ungeduldigen Gier Platz.

Er muss sie spüren, jetzt, sofort.

Ohne zu zögern, hebt er sie hoch, hört nicht auf sie zu küssen und legt sie erst ab, als sie genau da ist, wo er sie haben will – mitten auf seinem Bett.

+++

Seine Hände scheinen überall gleichzeitig zu sein, ziehen mich aus, streicheln mich, erregen mich. Ich bin längst über den Punkt hinweg, an dem ich mir noch über irgendetwas Gedanken machen würde. Devons Kuss hat einen Hunger in mir geweckt, der nun gestillt werden muss. Mein Körper besteht nur noch aus einem pulsierenden Zentrum und aus den Körperstellen, die gerade von Devon berührt werden oder aber unbedingt von ihm berührt werden wollen.

Ich will ihn.

Jetzt und hier.

Simpel und animalisch.

Er kniet zwischen meinen gespreizten Beinen, die Arme neben meinen Oberkörper aufgestützt und küsst mich, als wolle er nie mehr damit aufhören.

Ungeduldig nestle ich an den Knöpfen seines Hemdes, bis er mir hilft und es sich selbst über den Kopf zieht.

Ich berühre die glatte, gebräunte Haut über den festen Muskeln, die ich so oft bewundern durfte, als ich neben ihm gelegen habe. Einen Moment lang lässt er mich seinen Körper erforschen, die Linien seines Rückens, die Erhebungen seiner Brust, dann beginnt er damit, mich vollständig auszuziehen.

Seine Hände sind fest und ein kleines bisschen rau. Als er damit über meine ohnehin schon harten Brustwarzen fährt, lasse ich den Kopf in den Nacken fallen und stöhne auf.

Devon beißt mir in den Hals, lindert die Stelle anschließend mit seiner Zunge, immer und immer wieder und ich winde mich unter ihm, während er sich langsam tiefer arbeitet.

Jeder Kuss ist ein süßes, quälendes Versprechen auf mehr. Aber ich will keine Versprechen. Ich will nicht warten. Durch den Stoff seiner Hose hindurch umfasse ich seine Erektion, drücke sanft zu, reibe mit der flachen Hand über den rauen Stoff.

„Devon …", flüstere ich, meine Stimme gehorcht mir nicht mehr. Ich versuche, gleichzeitig seine Hose zu öffnen, ihn zu streicheln und dabei zu küssen, aber es dauert alles viel zu lange. Schließlich gibt er ein ungeduldiges Knurren von sich und wenige Sekunden später ist er nackt.

Ich umfasse ihn ganz, bewege die samtige Haut, den harten Kern darunter, und Devons Knurren verstärkt sich. Mein Daumen streicht über die glatte Spitze und verteilt den ersten Tropfen seiner Lust, der sich gebildet hat. Er fühlt sich gut an. Und er sieht toll aus. Durch den Flur dringt weiches Licht ins Schlafzimmer, genug, damit ich alles erkennen kann, was ich erkennen möchte.

Seine Augen sind fest zusammengekniffen, als würde er um Selbstbeherrschung ringen, aber er lässt mich dennoch gewähren. Allerdings nicht sehr lange, dann schiebt er meine Hände weg, deponiert sie über meinem Kopf und hält sie dort mit einer Hand fest, während er mich küsst, leidenschaftlich und intensiv. Mein Becken kreist gegen seines, ich reibe mich an ihm, völlig schamlos und es ist mir absolut egal, ob ich mich gerade verhalte, als hätte ich es furchtbar nötig. Denn Fakt ist, dass ich es tatsächlich nötig habe, so wie er offenkundig auch.

Seine freie Hand wandert tiefer, bis sie zwischen meinen Beinen angekommen ist. Für einen Moment hört er auf, mich zu küssen und schaut mir stattdessen in die Augen, als er damit beginnt, denn empfindsamsten Punkt meines Körpers mit seinem Zeigefinger zu umkreisen.

„Du bist so wunderschön, Theresa. Und so nass und bereit für mich."

In seiner Stimme schwingen Stolz und Anerkennung zu gleichen Teilen mit.

„Ich will dich, Devon. Jetzt", flüstere ich in sein Ohr, woraufhin er seine Hand zwischen meinen Beinen wegnimmt. Ich will schon protestieren, bis ich sehe, wie er ein Kondom aus der Nachttischschublade holt. Ich schaue ihm dabei zu, wie er das kleine Päckchen aufreißt und sich schließlich das Präservativ überstreift. Irgendwie ist es sexy, ihn dabei zu beobachten, wie er für unsere Sicherheit sorgt.

Dann ist er wieder bei mir und ich höre auf, noch an irgendetwas zu denken. Er zieht mich auf sich und während ich mich auf ihn gleiten lassen, umfasst er meine Brüste, hält sie in den Händen und kneift sanft in meine Brutwarzen. Er lässt sich von mir reiten, gibt mir alles, was ich von ihm will und hält nichts zurück. Und als ich schließlich die ersten Wellen meines Höhepunkts spüre, hält er mich fest, hält mich sicher und lässt mich alles genießen.

Seine Arme umfangen mich, als ich schließlich beinahe auf seiner Brust zusammenbreche. Er ist immer noch in mir, hart und groß, aber er wartet, bis sich mein Atem wieder ein bisschen beruhigt hat, bevor er mich auf den Rücken dreht.

Endlich schiebt er sich komplett in mich. Erst langsam, dann immer schneller. Er erfüllt mich, dehnt mich aufs Köstlichste und als ich das nächste Mal komme, nehme ich ihn mit.

Keuchend ruht sein Kopf an meiner Schulter, während er sich so aufstützt, dass er nicht mit seinem ganzen Gewicht auf mir lastet. Einen Moment lang bleiben wir so liegen, noch miteinander vereint. Dann zieht sich Devon aus mir zurück.

„Bin gleich wieder da …“, murmelt er und verschwindet im Bad.

Als er kurz drauf zurückkommt, nimmt er mich in seine Arme und bettet meinen Kopf auf seiner Schulter. Anschließend deckt er uns beide zu und es dauert nicht lange, bis wir eng umschlungen eingeschlafen sind.

Kapitel 25

„Hey, Sonnenschein!"

Ich werde sehr langsam wach. Um anschließend festzustellen, dass ich nackt bin. Erinnerungen an die letzte Nacht steigen in meinem Kopf auf, und was mir gestern noch wie unumgänglich vorgekommen ist, so, als wäre es quasi vom Schicksal bestimmt oder viel mehr von meinen Hormonen, kommt mir heute Morgen wie ein riesengroßer Fehler vor. Außerdem ist es mir irgendwie peinlich. Nicht nur irgendwie, es ist mir peinlich. Es fühlt sich so an, als hätte ich jemandem meine Liebe gestanden, von dem ich weiß, dass er sie niemals erwidern wird. Und als wäre mir das Ganze mit sechzehn passiert. Ich meine, ich bin eine erwachsene Frau und dreißig Jahre alt. Da sollte man eindeutig über solchen Dingen stehen! Wenn ich ein Kerl wäre, würde ich mir wahrscheinlich in diesem Moment stolz grunzend die Eier kratzen und mich darüber freuen, wider Erwarten jemanden flachgelegt zu haben. Manchmal ist die Welt doch reichlich ungerecht.

„Guten Morgen, Theresa! Aufwachen!", startet Devon einen zweiten Versuch mich zu wecken und ich kann mich eindeutig nicht mehr länger schlafend stellen, das wäre irgendwie lächerlich. Also öffne ich vorsichtig erst ein Auge und dann das andere.

Devon hat sich am Fußende positioniert, fertig angezogen, auf seinem Gesicht ein Megawattlächeln. Wie kann man am frühen Morgen so gute Laune haben? Außerdem scheint ihm die vergangene Nacht im Gegensatz zu mir kein bisschen unangenehm zu sein. Ich warte eigentlich bloß darauf, dass er tatsächlich zu grunzen anfängt und sich …

„Hey, lass das!“ Ich versuche die Bettdecke festzuhalten, die er mir gerade wegzieht, aber ich bin zu langsam.

„Komm schon, aufstehen.“ Mit verschränkten Armen mustert er mich von Kopf bis Fuß. Ich hätte nicht nackt einschlafen sollen. Das ist am nächsten Morgen immer peinlich. Ich hätte mich gestern gar nicht erst ausziehen sollen! Verdammt. Ich merke, dass ich bis zum Haaransatz rot werde. So gemustert zu werden sorgt dafür, dass ich mir all meiner Problemzonen auf einmal bewusst werde. Verlegen greife ich nach der Bettdecke, doch Devon ist schneller, schnappt sie sich und hält sie außer Reichweite.

„Nichts da!“, knurrt er. „Schlimm genug, dass wir keine Zeit mehr haben. Aber wenigstens ansehen will ich dich.“ Statt der Decke schnappe ich mir mein Kopfkissen. „In einer halben Stunde fahren wir los. Wenn du vorher duschen und etwas anziehen möchtest, solltest du jetzt lieber aus dem Bett kommen. Ich nehme dich natürlich auch gerne nackt mit, allerdings könnte das vielleicht etwas frisch für dich werden.“ Zufrieden grinsend lehnt er sich an die Wand gegenüber dem Bett. „Und bevor du auf die Idee kommst, lieber gar nicht aus dem Bett zu kommen, denk an unseren Vertrag. Mir stehen Ausflüge in die Öffentlichkeit mit dir eindeutig zu.“ Sein Grinsen ist zufrieden und eine Spur von diabolisch, als er beobachtet, wie ich schimpfend aus dem Bett klettere. Leider hat er genau neben der Badezimmertür Position bezogen und als ich an ihm vorbeigehe, verpasst er mir mit der flachen Hand einen Klaps auf mein nacktes Hinterteil.

„Hey!“, protestiere ich, obwohl es nicht wehgetan hat. „Du spinnst wohl!“

Devons Grinsen wird noch breiter.

„Das sollte dir eigentlich langsam aufgefallen sein.“ Er besitzt die Unverfrorenheit, immer noch zufrieden zu lächeln. „Und bevor du auf falsche Gedanken kommst: Ich werde mich nicht dafür entschuldigen. Dein Hintern ist einfach zu entzückend. Und es tut mir nicht im Geringsten leid.“ Seine Hand wandert schon wieder in die Höhe und ich flüchte schnell ins Bad.

Anderthalb Stunden später stehen wir dick verpackt auf einem Berg und Devon holt einen Schlitten aus seinem Kofferraum.

+++

Wintertage wie diese wecken Kindheitserinnerungen in Devon. An genau dieser Stelle ist er mit seinen Brüdern früher den Berg hinuntergerodelt, als er noch ein kleiner Junge war.

Da dies vermutlich der letzte Tag in diesem Jahr sein wird, an dem Schnee liegt und Devon frei hat, muss er die Gelegenheit heute dringend nutzen. Obendrein könnte er sich weitaus Unangenehmeres vorstellen, als mit Theresa zusammen Schlitten zu fahren. Eng umschlungen mit ihr in einer steilen Kurve in den weichen Schnee fallen, ihr Körper ganz nah an seinem … Ja, eindeutig, es könnte Schlimmeres geben.

Da sie früh dran sind, ist es noch relativ leer, doch die Erfahrung besagt, dass sich das im Laufe des Vormittags ändern wird. Dies ist die beste Stelle, es geht ein gutes Stück hinab, aber es ist nicht so steil, dass es zu gefährlich wäre, selbst für Kinder nicht. Und wenn man unten ankommt, gibt es dort eine kleine Hütte, in der man heiße Würstchen und Getränke kaufen kann. Das Ganze ist also perfekt für einen Familienausflug.

Mit einem lauten Knall schließt Devon den Kofferraum seines Wagens und stellt den Schlitten hochkant neben sich in den Schnee.

Was für ein wunderschöner Tag! Obwohl es gestern Nacht noch geschneit hat, scheint nun die Sonne und der Schnee ringsherum funkelt und glitzert, der Himmel ist strahlend blau und die Luft kühl und klar.

Vor ihm steht Theresa und trägt die dunkelblaue Daunenjacke, die er für sie besorgt hat. Und sie sieht alles andere als glücklich aus. Tatsächlich ist sie sogar ziemlich blass um die Nase. Das war sie heute Morgen eindeutig noch nicht. Da war sie rosig und wirkte gut gelaunt. Und obwohl Devon nicht gerade ein langsamer Fahrer ist, war die Fahrt hierher auch nicht so rasant, dass ihr deswegen hätte schlecht werden müssen.

„Theresa, alles okay mit dir?“ Im Prinzip eine doofe Frage, denn jeder Idiot könnte deutlich erkennen, dass irgendetwas mit ihr ganz und gar nicht stimmt.

Theresa starrt auf den Schlitten, dann öffnet sie den Mund, um ihn gleich darauf wieder zu schließen.

„Ich werde da nicht mit dem Schlitten runterfahren, Devon. Mir völlig egal, was in dem Scheißvertrag steht. Hörst du? Es ist mir total egal.“

Anschließend öffnet sie die Beifahrertür und steigt einfach wieder ein. Dreht den Kopf weg und schaut ihn nicht an.

Ein paar Sekunden lang starrt er fassungslos auf die geschlossene Autotür.

Was bitte hat sie denn jetzt? Er hatte gedacht, sie würde sich freuen, schließlich ist ein Ausflug in den Schnee doch eigentlich sehr romantisch.

Aber da ist etwas an ihr, an ihrer Körperhaltung, das eindeutig nach mehr wirkt, als nur simpler Unzufriedenheit mit seinem Ausflugsziel.

Und so oder so – wenn er nicht alleine den Berg hinunterfahren will, muss er die Situation klären. Am besten möglichst schnell.

Seufzend öffnet er die Tür auf der anderen Seite und steigt zu Theresa in den Wagen. Obwohl sie ihr Gesicht von ihm abgewendet hat, ist er sich sicher, dass sie weint. Das kaum merkliche Beben ihrer Schultern verrät sie.

Mist! So ein verdammter Mist!

Das ist nicht gut. Überhaupt nicht gut.

Und mit Sicherheit hat es nichts damit zu tun, dass sie bloß keinen Bock aufs Schlittenfahren hat.

Verzweifelt durchforscht Devon sein Gehirn nach irgendetwas Dummen, das er gemacht haben könnte. Nach irgendeiner von den vielen dämlichen Kleinigkeiten, die Männer so machen, ohne darüber nachzudenken und die Frauen auf die Palme bringen.

Aber so sehr er auch nachdenkt, ihm fällt nichts ein; er ist sich keiner Schuld bewusst.

Unsicher nimmt er seine graue Wollmütze ab und fährt sich mit den Fingerkuppen über den Kopf, als könnte das sein Gehirn dazu bringen, zu irgendwelchen neuen Erkenntnissen zu kommen.

„Theresa?“, fragt er sanft. Dann räuspert er sich und legt ihr die Hand auf den Arm. „Theresa, möchtest du über irgendetwas mit mir reden?“

Ihr Kopf schnellt zu ihm herum, als hätte er sie geschlagen. In ihren Augen schwimmen Tränen, ihr Kinn zittert verdächtig, aber ihre Wangen sind völlig trocken.

Tapferes kleines Ding!

Wenn sie jetzt noch anfangen würde zu reden, könnten sie vielleicht noch einen schönen Tag zusammen verbringen. Schließlich wollen Frauen doch immerzu nur reden. Und danach ist es meistens wieder gut. Wenn es so einfach sein sollte ihr zu helfen, will er das gerne für sie tun.

+++

Ich hasse den beschissenen Winter. Den vielen Schnee, die verdammten zugefrorenen Seen und auf gar keinen Fall werde ich mich auf diesen dämlichen Schlitten setzen. Nie mehr. Nie mehr wieder kann ich Schlitten fahren. Denn das letzte Mal endete es in der schlimmsten Katastrophe meines Lebens. Bereits bei dem Gedanken daran bekomme ich keine Luft mehr und die Enge in meiner Brust nimmt so sehr zu, dass ich noch mehr in Panik gerate.

„Ich kann das nicht, Devon. Bitte. Ich kann das einfach nicht."

Als ich ihn jetzt anschaue, kann ich die Tränen nicht mehr zurückhalten. Wütend wische ich sie mit dem Handrücken weg, eigentlich will ich nicht, dass er mich so sieht. Meine Schwäche, mein Trauma, mein Seelenleben, all das geht ihn nichts an. Wir haben eine Liaison auf Zeit, eine Scheinehe, und die ist in zwei Wochen zum Glück vorbei, denn dann wird Devon nach Boston umziehen. Und auch der verschissene Winter ist bis dahin hoffentlich weg, immerhin haben wir bereits März.

Ich weiß, dass sich viele Menschen irgendwann nach dem Frühling sehnen. Doch bei mir ist es so extrem, dass ich erst das Gefühl habe ein wenig durchatmen zu können, wenn es endlich wärmer wird und zu tauen beginnt.

Und während ich hier sitze und überlege, was ich Devon jetzt erzähle, kann ich überhaupt nicht mehr aufhören zu weinen.

Letztendlich rede ich doch mit ihm und erzähle ihm einfach die Wahrheit.

+++

Sie hat so sehr geweint, dass er sie irgendwann in den Arm genommen und hin und her geschaukelt hat, wie er es mit seinen kleinen Nichten und Neffen macht, wenn sie sich wehgetan haben.

Außerdem kommt er sich wie ein riesiges Arschloch vor, dass er sie überhaupt mit hergenommen hat. Theresa ist im Moment kaum mehr als ein zitterndes Häufchen Elend in seinen Armen und sie braucht lange, bis sie sich endlich beruhigt hat.

Im Seitenfach der Tür findet Devon ein Päckchen Taschentücher, die er ihr reicht, während er ihr mit beiden Händen über das Gesicht streicht.

„Weißt du, was wir jetzt machen?" Theresa schüttelt den Köpf, und putzt sich lautstark die Nase. „Wir nehmen den Picknickkorb, suchen uns irgendwo ein ruhiges Plätzchen in der Sonne und trinken einen heißen Kakao. Genießen das schöne Wetter und ignorieren den dämlichen Schnee. Dann fahren wir wieder zurück und vergessen den Schlitten. Was meinst du?"

Theresa nickt stumm und Devon fällt ein Stein vom Herzen. Vielleicht ist es furchtbar altmodisch es nicht zu ertragen, wenn eine Frau weint. Aber er kann es einfach nicht ertragen. Obwohl … bei fremden Frauen macht es ihm nichts aus. Nur bei Frauen, die ihm am Herzen liegen. Nur da. Das sollte ihm vielleicht zu denken geben.

+++

„Du bist doch das allergrößte Arschloch, das mir jemals begegnet ist!" Wütend schlage ich die Autotür hinter mir zu und stapfe auf das Mädcheninternat zu. Ich koche vor Wut und könnte schon wieder heulen. Als ob ich das heute nicht bereits genug getan hätte. Vor lauter zurückgehaltenen Tränen sowie zusammengebissenen Zähnen tut mir der gesamte Kiefer weh. Und alles andere auch.

„Theresa! Warte mal! Das war so nicht geplant!"

Das versucht er mir schon den ganzen Heimweg weiszumachen, aber ich will es nicht hören. Ich suche den Schlüssel aus meiner Jackentasche und stürme in sein Haus. Den Code für die Alarmanlage einzugeben überlasse ich ihm, so bekomme ich einen gewissen Vorsprung.

Als ich die Treppe hochstürme, bin ich halbblind vor Tränen. Sparkle läuft mir maunzend entgegen und als ich sie mir schnappe und auf den Arm nehme, gibt sie ein verdutztes Geräusch von sich. Mit einem Knall lasse ich die Schlafzimmertür hinter mir zufallen und schließe von innen ab.

Ich muss in seinem Schlafzimmer schlafen? Schön! Ich denke nicht, dass ich gegen seinen Drecksvertrag verstoße, wenn er hier nicht schläft und wenn doch, dann ist es mir scheißegal. Aber so richtig scheißegal. Morgen kommt Ms. Simpson sowieso nicht, und falls es dennoch jemand mitbekommen sollte: Meinetwegen kann ruhig an die Presse dringen, dass wir Stress haben.

Devon Frenley wird's bestimmt wieder richten, koste es, was es wolle. Schließlich hat er mich vorhin auch der Presse zum Fraß vorgeworfen, und es war ihm völlig egal. Total egal.

Ich höre seine schweren Schritte auf der Treppe, gehe zur Stereoanlage, schalte sie an und drehe sie so laut, wie ich es gerade eben ertragen kann. Die schweren, tiefen Klänge irgendeiner dämlichen Heavy Metall CD erfüllen den Raum. Sie passen perfekt zu meiner Stimmung. Außerdem würde ich mir gerade so ziemlich alles anhören, bloß um Devons hohles Gequatsche vor der Tür nicht ertragen zu müssen.

Er hat mich der Presse zum Fraß vorgeworfen. Ich habe keine Ahnung, wie er das auf die Schnelle hinbekommen hat, aber er hat es geschafft. Manche Dinge kann man nicht schönreden, egal, wie sehr er es auch versucht. Für manche Dinge gibt es einfach nur ein Wort. Klein, simpel und hässlich.

Verrat.

Genau das ist es gewesen.

Er hat mich verraten und in aller Öffentlichkeit bloßgestellt, ohne dabei auch bloß mit der Wimper zu zucken.

Vielleicht sollte ich mich nicht darüber wundern, denn genau darum ging es bei unserer Hochzeit ja letztendlich. Devon wollte so tun, als hätte er eine Frau, damit er Yvette los ist und bei seinem Chef gut dasteht.

Doch doof wie ich bin, habe ich nach vergangener Nacht wohl gedacht, dass da mehr zwischen uns sei als einzig der rein geschäftliche Aspekt – und nach unserem Gespräch heute erst recht.

Ich habe gehofft, dass da wenigstens so etwas wie Akzeptanz und Respekt zwischen uns wäre. Um genau zu sein, war ich fest davon überzeugt, dass das so ist. Aber so kann man sich irren.

+++

Wie ein Raubtier im Käfig tigert Devon in seinem eigenen Haus herum und fühlt sich ein- sowie ausgesperrt zugleich.

Shit.

Das ist schief gelaufen, und zwar gründlich.

Er hatte sich den Tag so schön ausgemalt.

Schlittenfahren, anschließend ein romantisches Picknick im Schnee und danach eine Nacht wie die letzte. Schließlich mögen Frauen doch romantische Sachen.

Stattdessen … na ja. Kurzgefasst war der Tag eine Katastrophe. Für Theresas Trauma kann er natürlich nichts, trotzdem fühlt er sich schuldig, dass er sie ausgerechnet auf eine Rodeltour mitnehmen wollte. Der ganze Rest war sauschlechtes Timing. Dass der dämliche Reporter ausgerechnet nach Theresas Gespräch aufgetaucht ist und genau die richtigen Fragen gestellt hat, war der allergrößte Mist.

Er hätte ihr gerne so vieles erklären wollen, aber sie war dermaßen sauer, dass sie ihm nicht mehr zugehört hat. Es war kein Herankommen mehr an sie, was ja irgendwie auch verständlich ist. Wahrscheinlich hätte er selbst sich auch nicht viel anders verhalten.

+++

„Bist du dir sicher, dass das Berechnung war?“ Deborah lässt die Zeitung sinken, in der lang und breit der Unfall von damals aufgerollt wird. Außerdem natürlich die Geschichte mit Devon. Der dämliche Paparazzo hat uns in dem einzigen Moment erwischt, an dem ich an diesem Tage gelacht habe.

Devon Frenley sorgt dafür, dass seine Frau endlich wieder lachen kann!

Ich meine, was ist das bitte für eine bekloppte Überschrift? Ich könnte kotzen, ehrlich wahr. Danach folgen Details zum Unfall mit Emma, irgendwoher weiß der Reporter sogar von meiner abgebrochenen Therapie; ich frage mich wirklich, wie die an solche Informationen kommen.

Das Ganze ist ein einziges riesengroßes Desaster! Schlimm genug, dass das alles erneut breitgetreten wird; Devon, dieser Vollpfosten, wird auch noch als der Held in strahlender Rüstung dargestellt. Von wegen, mich gerettet. Er hat mich erst gefickt und dann verarscht!

„Theresa!“, tadelt Deborah mich sanft und erst in diesem Moment wird mir klar, dass ich wohl laut ausgesprochen habe, was ich denke.

„Ist doch aber wahr!“, erwidere ich gereizt. In manchen Situationen helfen einem gute Manieren auch nicht weiter, obwohl es mir bereits ein bisschen besser geht, seit ich bei meiner Schwester bin – schon allein deshalb, weil sie den Artikel relativ gelassen aufnimmt.

Das war eine meiner größten Sorgen, dass dieser dämliche Bericht auch bei ihr alte Wunden wieder aufreißen wird, doch zum Glück waren ihre einzigen Reaktionen Empörung und Unglaube.

Mir geht es da ganz anders. Mir zittern den ganzen Tag die Hände vor Wut und auch jetzt habe ich Probleme, meine Kaffeetasse sicher genug zu halten, um nichts zu verschütten. Zum Glück kann Deborahs Küchentisch eine abwischbare Decke sein Eigen nennen.

„Ich kann mir nicht vorstellen, dass Devon das inszeniert hat, Theresa. Er mag ja sehr karriereorientiert sein und vielleicht neigt er manchmal zu merkwürdigen Ideen. Aber so etwas? Das glaube ich einfach nicht. Woher soll er das denn auch alles wissen? Du redest doch nie darüber, nicht mal mit mir."

Gerade nicht mit ihr, weil ich es nicht ertragen kann, weil es mir viel zu nahegeht. Das sage ich ihr allerdings lieber nicht.

„Ich habe es ihm erzählt. Er wollte mit mir rodeln gehen … da habe ich es ihm erzählt." Kopfschüttelnd stelle ich die Kaffeetasse ab und beobachte die malzfarbenen Tropfen, die an dem weißen Porzellan herunterlaufen.

„Und wie soll er es so schnell weitergegeben haben? Ich meine, mal angenommen er wäre dort mit der Presse verabredet gewesen und hätte die Story wirklich medienwirksam breittreten wollen – wann hätte er das denn machen sollen? Ihr wart schließlich die ganze Zeit zusammen, oder etwa nicht?"

Sie gießt uns Kaffee nach, auch wenn ich befürchte, dass dieser für meine zitternden Hände nicht unbedingt gut sein dürfte. Ich bräuchte vermutlich eher einen Baldrian-Tee in extrastark und eine große Portion Arsen für Devon. Leider ist sein Hals nämlich zu muskulös und meine Hände sind zu klein, um ihn zu erwürgen. Auch wenn mir wirklich danach zumute wäre!

„Während ich in dieser Würstchenbude auf der Toilette war, hat er telefoniert, bis ich zurückgekommen bin. Sobald er mich entdeckt hat, hat er das Gespräch schnell beendet; ich habe aber noch mitbekommen, dass er irgendwem mitgeteilt hat, dass wir jetzt doch nicht Schlittenfahren, sondern stattdessen am Waldrand picknicken werden."

„Und?" Deborah zieht fragend die Augenbrauen hoch, während sie ein paar Zuckerkrümelchen vom Tisch wischt.

„Da hat er den Pressearsch darüber informiert, wo er uns findet, Deborah! Und die Leute haben bekanntlich Zugang zu allen möglichen Unterlagen, manchmal kommen sie sogar illegal an Polizeiakten und solche Dinge. Ein Hinweis von Devon – und sein Kumpel von der Zeitung hat mithilfe eines Computers binnen weniger Minuten alle Informationen, die er haben will. Wenn er nur die richtigen Tipps erhält. Damals hat es ja auch in der Zeitung gestanden. Man braucht also nicht einmal sonderlich gute Recherchefähigkeiten." Ein bisschen klinge ich wie eine irre Verschwörungstheoretikerin. Ich kann einfach nicht darüber hinwegkommen, was er da mit mir angestellt hat.

Meine Schwester sagt nichts, aber ihre einzelne hochgezogene Augenbraue spricht Bände. Sie glaubt mir nicht richtig. Als ich mich verabschiede, bin ich noch wütender als vorher.

Ich mache, was ich immer mache und stürze mich in die Arbeit, baue die Regale auf, die letzte Woche geliefert wurden. Außerdem habe ich ein paar kleine Bistrotische bestellt, an denen ich in Zukunft Kaffee, Tee und ein paar Cookies anbieten möchte. Nichts Großartiges, aber Kaffee bringt hohe Gewinnspannen ein, für die Cookies gibt es Backmischungen und in der näheren Umgebung gibt es kein weiteres Café. Ich rechne mir also Chancen aus, dass ich somit ein paar neue Kunden anlocken und außerdem ein paar Dollar dazuverdienen kann.

Dennoch will ich meine Kerzen natürlich nicht aufgeben, schließlich habe ich damit vorher ja auch recht gut verdient, auch wenn meine Mutter das niemals für möglich gehalten hätte.

Den gesamten Tag baue ich Regale auf, stelle sie an die Wände, befülle sie mit Waren. Ich habe mich seit Wochen auf diesen Tag gefreut. Denn heute nimmt mein neuer alter Laden wirklich Gestalt an, ich darf dekorieren und es sollte sich heute endlich so anfühlen, als hätte ich es geschafft.

Stattdessen ist da nur eine riesengroße Leere in mir, in Kombination mit jeder Menge Wut und Enttäuschung.

Fluchend räume ich die letzte Kerze in einem großen Apothekerglas in das Regal, deren Duftrichtung den tollen Namen *„Home Sweet Home“* trägt. Aber hier fühlt sich gar nichts nach Zuhause an. Eine Weile bleibe ich in der Mitte des Raumes stehen. Optisch ist wirklich alles so, wie ich es mir vorgestellt hatte. Shabby Chic, Bonbonfarben im Stil der Fünfzigerjahre, wunderschöne cremefarbene Vorhänge mit einem abstrakten Blumenmuster. Es sieht toll aus. Aber es erfüllt mich nicht, nicht das kleinste bisschen. Ganz im Gegenteil. Die Leere in mir, die ich vorher schon empfunden habe, scheint mich nun bis in den letzten Winkel meines Körpers auszustopfen.

Enttäuscht schließe ich den Laden hinter mir ab und fahre noch bei Lilly vorbei.

Michael ist auf Geschäftsreise, bestimmt freut sie sich über ein bisschen Gesellschaft. Außerdem drängt mich nichts, zurück zu Devon zu fahren.

Einen kurzen Moment habe ich ein schlechtes Gewissen, weil ich Sparkle mit diesem Arschloch alleine lasse, allerdings bin ich mir ziemlich sicher, dass er sie füttern wird und vielleicht sogar streicheln. Um Fotos von ihr an die

Öffentlichkeit kommen zu lassen, ist sie eindeutig zu hässlich, da muss ich mir jedenfalls keine Sorgen machen. Auch wenn ich das natürlich niemals laut sagen würde, erst recht nicht vor meiner Katze.

Kapitel 27

Es ist schon spät, als ich am Mädcheninternat ankomme.

Müde parke ich mein Auto vor dem Haus und stelle den Motor ab. Keines der Zimmer, die ich von hier aus sehen kann, ist erleuchtet, nur durch das Bullaugenfenster der schwarz gestrichenen Eingangstür dringt ein schwaches Licht nach draußen. Wahrscheinlich hat Devon das Licht auf dem Flur für mich brennen lassen, damit ich nicht im Dunkeln herumirren muss. An sich eine Geste, die einladend wirken sollte, aber ich will nicht zurück. Nicht in dieses Haus und nicht zu ihm.

Ich bleibe in meinem Auto sitzen, bis mir so kalt ist, dass ich zu zittern beginne. Erst dann gehe ich ins Haus.

Sparkle schläft an ihrem Lieblingsplatz unter der Treppe. Dort läuft eine Heizschleife der Fußbodenheizung entlang, außerdem ist es ein geschütztes Eckchen, von dem aus sie trotzdem alles im Blick hat. Als sie mich hereinkommen hört, öffnet sie eines ihrer grünen, schielenden Augen, gähnt und streckt sich kurz, um sich anschließend auf die andere Seite zu rollen und umgehend weiterzuschlafen. Katze müsste man sein – sie hat es gut. Keine Sorgen, keine Presse, keine Scheinehen. Solange sie ein warmes, sauberes Plätzchen zum Schlafen hat, ab und an gestreichelt wird und regelmäßig etwas zu fressen bekommt, ist ihre kleine Welt in Ordnung.

Was man von meiner nicht behaupten kann.

Echt nicht.

Ich will nicht ins Bett, nicht in dieses blöde Schlafzimmer, das ich mir mit diesem blöden Mann teilen muss, aber ich brauche dringend eine Weile Schlaf.

Lilly geht es immer noch nicht wirklich besser, Michaels Verhalten wird von Tag zu Tag seltsamer und er ist noch weniger zu Hause als sonst. Ich war ihr heute mit Sicherheit auch keine große Hilfe. Ich habe ihr kaum zugehört und war viel zu sehr mit meinen eigenen Problemen beschäftigt. Trotzdem bin ich solange bei ihr geblieben, bis sie mich irgendwann rausgeschmissen hat. Es ist bereits weit nach Mitternacht, die letzte Nacht habe ich auch nicht sonderlich viel geschlafen.

Ohnehin ist es ja irgendwann unvermeidlich, Devon zu begegnen. Schließlich wohnen wir zusammen und sind verheiratet.

Mit angehaltenem Atem schleiche ich mich die Treppe zum Schlafzimmer hoch, öffne die Tür einen kleinen Spalt und schaue hinein. Aber schon bevor genug Licht in den Raum dringt, um etwas erkennen zu können, weiß ich, dass er leer ist. Devon ist nicht da und ich bin mir auf einmal sicher, dass er auch sonst nirgendwo im Haus ist.

Meine Hand tastet nach dem Lichtschalter neben der Tür und als ich ihn gefunden habe, blinzle ich einen Moment, bis ich mich an die Helligkeit gewöhnt habe. Es fühlt sich seltsam an, dass er jetzt nicht hier ist, ich war innerlich auf eine Konfrontation eingestellt gewesen. Nun ist es so, als hätte ich viel Anlauf genommen, um einen Widerstand zu überwinden, den es gar nicht gibt. Das Gefühl, plötzlich ins Leere zu laufen, ist seltsamerweise unangenehmer, als es wohl gewesen wäre, auf den entsprechenden Widerstand zu treffen.

Ich frage mich, wo Devon sein mag. Und irgendeine blöde, überfürsorgliche Stimme in meinem Inneren fragt sich auch, ob es ihm gut geht. Dabei sollte mir ja nichts gleichgültiger sein als das.

Schnell laufe ich noch einmal nach unten und hole mein Handy aus meiner Handtasche, die ich im Hausflur abgestellt habe. Die rote Lampe, die mir Anrufe in Abwesenheit signalisiert, blinkt und als ich den Bildschirm aktiviere, sehe ich fünf verpasste Gespräche, vier von Devon und eines von meiner Mutter. Außerdem habe ich eine Textnachricht bekommen.

Liebe Theresa, ich hoffe es geht
Dir gut. Ich musste überraschend
noch mal für eine Woche nach
Boston. Durch das Auswärtsspiel Mitte
der nächsten Woche bin ich erst
am nächsten Samstag wieder
zu Hause. Bitte melde dich kurz,
wenn Du zurück bist, damit ich weiß,
dass Du heil nach Hause gekommen
bist.
Devon.
P.S.: Sparkle habe ich schon gefüttert.
Auch wenn sie dabei versucht hat,
mir in die Hand zu beißen.

Langsam lasse ich das Telefon sinken und schaue meine Katze an. Kein Wunder, dass Sparkle so zufrieden unter der

Treppe liegt. Zumal Devon es ihr dort gemütlich gemacht zu haben scheint; erst jetzt nehme ich die schwarze Fleecedecke mit dem Tatzenmuster bewusst wahr.

Ich beuge mich zu ihr und streichle ihren zu großen Kopf, woraufhin sie diesen fest in meine Hand schiebt und zu schnurren beginnt.

„Das hast du prima gemacht, meine Kleine. Natürlich sollte man theoretisch niemals die Hand beißen, die einen füttert, aber in diesem speziellen Fall hast du dich völlig richtig verhalten." Als sie mich ansieht, funkeln ihre Augen zufrieden und manchmal habe ich wirklich das Gefühl, dass sie mich versteht. „Kommst du mit nach oben, oder willst du lieber hier unten bleiben? Du darfst auch mit im Bett schlafen, wenn du möchtest." Gähnend streckt sie ihren Bauch in die Luft, bevor sie aufsteht und vor mir her ins Schlafzimmer läuft.

Auf dem Weg nach oben höre ich noch meine Mailbox ab und beschließe dabei, dass der Rückruf bei meiner Mutter noch bis zum nächsten Morgen warten kann.

Als ich ins Schlafzimmer komme, hat sich Sparkle bereits am Bettende zusammengerollt und schläft tief und selig. Keine zehn Minuten später schlafe auch ich. Mitunter kann Erschöpfung eine wundervolle Angelegenheit sein!

Ich bin froh, dass Devon nicht da ist, das macht einiges deutlich einfacher. Wie soll man mit jemandem zusammenleben, den man gar nicht sehen will?

Aber obwohl ich theoretisch das ganze Haus für mich hätte, vermeide ich es dennoch dort zu sein. Es fühlt sich nicht richtig an, ohne ihn. Und mit ihm erst recht nicht. Ich versuche möglichst nicht darüber nachzudenken, was das wohl bedeuten mag. Stattdessen packe ich weiter Kisten aus und backe Kekse, als gäbe es kein Morgen mehr. Der Backmischung sei Dank, schmecken diese sogar spitzenmäßig und auch meine Schwester und Emma sind begeistert davon; Emma beschwert sich nicht mal, dass ich keine Donuts mitgebracht habe.

Im Laden habe ich mittlerweile fast ein halbes Regal voll mit großen Bonbongläsern und verschiedenen Sorten Cookies gefüllt und ich fiebere dem Samstag entgegen, an dem endlich die Neueröffnung stattfinden soll.

„Hast du eigentlich an Getränke gedacht?“ Deborah zupft ihre cremefarbene Strickjacke zurecht, die sie über einem weißen weitfallenden Rock trägt. In diesen Klamotten hat sie beinahe etwas Elfenhaftes an sich.

„Getränke?“ Ich klinge wie ein Papagei.

„Ja, Getränke, Schwesterherz. Ich weiß, dass du zur Neueröffnung Cookies anbieten willst, was ja auch Sinn macht. Aber was ist mit Kaffee, Wasser, Saft und Sekt? Wenn du Kaffee anbieten willst, brauchst du außerdem eine Kaffeemaschine.“

„Oh verdammt …“, murmle ich, leise genug, dass Emma es nicht hört. Das habe ich vor lauter Stress völlig vergessen. Wie blöd ist das denn? Deborah grinst.

„Dachte ich's mir doch. Du hast Glück – nett und hilfsbereit, wie ich immer bin, habe ich gestern vorsichtshalber mit dem Großhändler telefoniert. Sie haben dir ein Angebot per Email geschickt. Außerdem habe ich dir verschiedene Kaffeemaschinen herausgesucht, die Angebote habe ich dir ebenfalls gemailt. Ohne Milchschaum kommt man in dieser Branche doch heute nicht mehr weit.“

Da hat sie natürlich recht und ich könnte mir gerade in den Allerwertesten beißen, weil ich nicht selbst daran gedacht habe. Wie peinlich wäre das denn bitte geworden? Ich habe überall Werbung dafür gemacht, dass ich zukünftig Kaffee anbieten will und vergesse dabei das Wesentliche. Ich bin momentan wirklich völlig durch den Wind.

Nachdem ich mich tausendmal bedankt und verabschiedet habe, fahre ich ins Mädcheninternat und verbringe den restlichen Tag im Internet. Neben einem Kaffeevollautomaten brauche ich nämlich auch noch Tassen, Einwegbecher für Coffee to go sowie eine Spülmaschine. So wirklich entscheiden kann ich mich aber nicht, zumal ich auch noch gar nicht absehen kann, wie häufig ich die Sachen hinterher nutzen werde. Letztendlich drucke ich mir drei Angebote aus und beschließe, bis morgen Abend einen Entschluss zu fällen. Over-Night-Bestellungen machen es ja möglich, alles bis zur letzten Minute hinauszuzögern. Vor allem dann, wenn man nicht mehr so sehr aufs Geld achten muss.

Dass Devon nachts nach Hause kommt, nehme ich nur am Rande wahr. Ich schlafe tief und fest, wie ich es eigentlich meistens tue, seit ich hier wohne. Wenn wir nicht gerade akuten Stress haben natürlich. Oder vielmehr ich, denn Devon hat ja bekommen, was er gewollt hat – einen tollen Bericht in der Zeitung, in dem er wie ein Held aussieht und ich wie ein labiles Opfer dastehe.

Dass er überhaupt dagewesen ist, bemerke ich erst am nächsten Morgen, da das Kopfkissen auf seiner Seite eingedellt ist und seine Sachen im Bad im Wäschekorb liegen. Sanft streiche ich mit dem Finger über den Abdruck, den er auf seiner Seite des Bettes hinterlassen hat.

In diesem Riesenhaus fühle ich mich ein wenig einsam, denn Sparkle und ich allein können es einfach nicht mit Leben füllen. Außerdem ist ein Teil meiner Wut bereits verraucht, nur die schlimme Enttäuschung bleibt immer noch bestehen. Eigentlich sollte man in solchen Situationen ein klärendes Gespräch führen, statt einander aus dem Weg zu gehen. Aber über was soll ich schon mit ihm reden? Der Verrat bleibt ja bestehen. Und weswegen soll ich überhaupt noch mit ihm reden? Ich weiß, dass er nächstes Wochenende noch einmal nach Hause kommen wird. Die Icefoxes spielen Freitag ihr letztes Spiel für diese Saison, sie sind zwar gut platziert, aber sie werden die Playoffs nicht erreichen. Soviel habe sogar ich verstanden. Devon wird also von hier verschwinden, und zwar am Wochenende nach der Neueröffnung meines Ladens. Wofür soll ich also noch mit ihm reden, mich mit ihm versöhnen? Selbst wenn das alles nur ein Missverständnis war, es würde doch nichts an unserer Situation ändern.

Die nächsten Tage verbringe ich mit den letzten Arbeiten in meinem Laden. Im Prinzip könnte ich schon längst fertig sein, aber ich ziehe alles künstlich in die Länge, damit ich auf keinen Fall ohne Beschäftigung bin und Zeit zum Nachdenken habe. Für eine Kaffeemaschine habe ich mich auch immer noch nicht entschieden, obwohl es langsam Zeit wird. Meine Ausdrucke sind irgendwie verschwunden, ich muss dringend Ms. Simpson fragen, ob sie sie eventuell weggeräumt hat. Vermutlich hat sie alles ordentlich irgendwo abgelegt, so ordentlich, dass ich niemals darauf kommen würde wohin.

Donnerstag habe ich es immer noch nicht geschafft, mich danach zu erkundigen und langsam drängt die Zeit. Dafür kommt gegen Mittag ein Lieferant mit zwei gigantischen Paketen.

„Ich habe aber gar nichts bestellt", sage ich, während ich die beiden überdimensionierten Kartons kritisch beäuge.

Der Lieferant zuckt nur unbeeindruckt mit den Schultern.

„Das müssen Sie schon selbst wissen, Ma'am. Wenn Sie wollen, können Sie die Annahme selbstverständlich verweigern." Trotz des kalten Wetters nimmt er sich das Basecap von Kopf, um sich den Schweiß von der Stirn zu wischen; sein Kopf ist hochrot. Er sollte dringend mal seinen Blutdruck überprüfen lassen. „Also, was ist nun?", fragt er, nachdem seine Kopfbedeckung vorschriftsmäßig an ihren Platz zurückgekehrt ist. „Wenn Sie nicht wollen, packe ich alles wieder ein. Ansonsten unterschreiben Sie bitte hier." Auffordernd hält er mir ein Display mit einem passenden Stift unter die Nase. Nach einem kurzen Moment des Nachdenkens unterschreibe ich schließlich. Wer weiß, was in den Paketen ist und was ich verpasse, wenn ich die Annahme tatsächlich verweigern würde.

Nachdem der Zusteller die Pakete in meinen Laden gebracht hat, umkreise ich sie eine Weile, bevor ich sie schließlich öffne. Doch dann kann es mir gar nicht schnell genug gehen.

Wenige Minuten später blicke ich verwundert auf einen High-End-Kaffeevollautomaten, den ich mir selbst nie im Leben geleistet hätte. Stirnrunzelnd packe ich das nächste Paket aus, in dem sich wunderschöne große Tassen mit Vintage-Dekor befinden. Außerdem entdecke ich mehrere Pakete Kaffeebohnen, diverse Sorten Sirup sowie Kakaopulver und ein paar Schablonen, um dieses formschön auf den Milchschaum zu streuen. Sogar zwei Pakete mit haltbarer Milch sind mit im Karton, da hat wirklich jemand an alles gedacht.

Ich kann mir auf das Ganze keinen so rechten Reim machen, und erst, als ich schon unten im Paket angelangt bin, finde ich eine gedruckte Grußkarte.

Liebe Theresa,
viel Glück für Deine Neueröffnung am Samstag!
Dein Devon

Fassungslos starre ich auf die Geschenke, die ein kleines Vermögen gekostet haben müssen. Nach einer Woche beinahe kompletter Funkstille zwischen uns, ist dies das erste Lebenszeichen seinerseits. Wahrscheinlich sollte ich ihm die Geschenke kommentarlos zurückgeben, denn damit macht er auch nichts wieder gut und irgendwie fühlen sie sich an wie Bestechung oder Schmerzensgeld. Andererseits können weder die absolut geniale Kaffeemaschine noch das wunderhübsche Geschirr etwas dafür, dass sie von einem Arschloch ausgesucht worden sind. Also verzichte ich auf das, was mein Stolz mir zuflüstert und höre stattdessen auf den Teil meines Gehirns, der der Meinung ist, tolle Geschenke wären einfach tolle Geschenke.

Vorsichtig hebe ich den Vollautomaten aus seiner Verpackung und baue ihn hinter dem neu entstandenen Tresen auf. Nachdem ich einen schnellen Blick in die Bedienungsanleitung geworfen habe, reinige ich das Gerät und befülle es mit Bohnen. Wenige Momente später erfüllt nicht nur der Duft meiner heißgeliebten Kerzen den Raum, sondern auch der von frisch aufgebrühtem Kaffee.

Kapitel 29

Der Tag der Neueröffnung kommt schnell und ich bin furchtbar aufgeregt.

Ich nehme mir mehr Zeit als sonst, um mich zu schminken und anzuziehen, bearbeite mein Haar mit dem Lockenstab und stecke es locker im Nacken zu einem Chignon.

Ich zwinge mich, wenigstens eine Kleinigkeit zu essen und zu trinken, damit ich nachher nicht aufgrund einer Unterzuckerung umfalle. Die offizielle Eröffnung findet erst am Nachmittag statt, bis dahin halte ich sonst im Leben nicht durch. Auch wenn das Essen heute nach Pappe zu schmecken scheint.

Als ich einen letzten Blick in Devons großen, vergoldeten Garderobenspiegel werfe, stelle ich fest, dass irgendetwas nicht stimmt. Ich bin allerdings so nervös, dass mir erst auf den zweiten Blick auffällt, was genau nicht stimmt: Ich trage zwar die tolle elfenbeinfarbene Bluse und die wunderschöne taillenkurze Jeansjacke, die ich mir extra zu diesem Anlass gekauft habe, aber unten herum nur Strumpfhosen sowie einen Unterrock. Immerhin trage ich meine High-Heels. Dennoch wäre die Ladeneröffnung in diesem Outfit vielleicht etwas peinlich geworden. Schnell streife ich mir die Schuhe von den Füßen, damit ich mir auf der steilen Treppe nicht noch die Haxen breche, hetze noch einmal die Stufen hoch und angle mir meinen Rock aus dem Schlafzimmer. Dann höre ich auch schon das Taxi draußen hupen. Unten im Flur schnappe ich mir meine Handtasche, schlüpfe wieder in Schuhe und Mantel und verlasse eilig das Haus. Es ist bestimmt besser, wenn ich heute nicht selbst fahre. Ursprünglich hatte ich mir das Taxi bloß gerufen, weil ich gerne ein oder zwei Gläser Sekt trinken, mein Auto aber nicht vor dem Laden stehenlassen möchte. Doch in Anbetracht des fehlenden Rocks scheint es generell sinnvoll zu sein, mich heute fahren zu lassen. Wer weiß, was ich sonst noch so alles vergessen und übersehen hätte.

Mein Zeitplan ist wirklich sehr großzügig bemessen. Die Tabletts sind mit Gläsern befüllt, meine wundervolle Kaffeemaschine ist warmgelaufen, meine Lieblingsduftkerze brennt. Auf der Theke sind jede Menge rosa bedruckte Flyer ausgelegt, ich habe zum zehnten Mal mein Make-up überprüft, aber es ist immer noch eine knappe Stunde Zeit, bis die offizielle Eröffnung losgeht.

Nervös wandere ich im Laden auf und ab und als es an der Tür klopft, erscheint mir dieses Geräusch in der Stille des leeren Raumes so laut, dass ich vor Schreck zusammenzucke.

„Theresa?“ Zu dem Klopfen gesellt sich eine Stimme. „Ich bin's, Lilly. Lässt du mich rein?“

Natürlich lasse ich sie rein und als sie da ist, bin ich gleich viel weniger nervös. Vielleicht liegt das auch an den zwei Gläsern Sekt, die wir bereits getrunken haben, bevor die ersten Gäste eintrudeln.

Der Sekt soll vorerst auch mein letzter bleiben, denn nachdem ich offiziell die Pforten geöffnet habe, ist es im Nu rappelvoll. Sogar die Presse ist anwesend, diesmal bin ganz eindeutig ich diejenige, die von der Medienwirksamkeit dieser Ehe profitiert.

Ich verteile Kaffee und Kekse gratis und verkaufe jede Menge Kerzen gegen Bares; ich kann mit Fug und Recht behaupten, dass die Neueröffnung ein voller Erfolg ist. Obwohl alles läuft wie am Schnürchen, fühlt es sich trotzdem nicht so gut an, wie ich es mir vorgestellt hätte. Keine Ahnung, woran es liegt. Vielleicht kommt die Freude erst in den nächsten Tagen so richtig, vielleicht habe ich bloß noch nicht wirklich realisiert, dass es wieder losgeht, dass es meinen kleinen Laden wieder gibt. Im Moment habe ich ohnehin keine Zeit, darüber nachzudenken, weil viel zu viel los ist. Ich schüttle Hände, führe Gespräche, kassiere Geld und verteile Flyer und bin heilfroh, dass Lilly da ist, um mich zu unterstützen. Ansonsten hätte ich wohl ein echtes Problem bekommen, alleine wäre das heute unmöglich zu bewältigen gewesen. Zumindest in den ersten drei Stunden ist die Hölle los, gegen Abend wird es langsam ruhiger. Man sollte eigentlich kaum glauben, dass ein paar Rabatte auf das laufende Sortiment sowie ein bisschen Gratisessen so viele Leute anlocken. Aber es ist wirklich schön, dass es so voll gewesen ist. Viele der Gesichter kannte ich schon, darunter alte Stammkunden, meine achtzigjährige Nachbarin, Mrs. Murphy, für die ich manchmal die Einkäufe übernommen habe, nachdem sie an der Hüfte operiert worden ist. Sogar Steven war mit seiner Frau da.

Als es sich nach und nach leert, verabschiedet sich Lilly schließlich von mir.

„Du kommst ab jetzt alleine zurecht, oder?“ Lächelnd schnappt sie sich einen der letzten übriggebliebenen Cookies und küsst mich auf die Wange.

„Na klar. Es ist ja ruhig jetzt und in einer halben Stunde schließe ich ohnehin ab. Das schaffe ich locker alleine. Danke, dass du da warst und mir geholfen hast!“

„Sehr gerne!“ Sie bricht ein Stück vom Keks ab und steckt es sich in den Mund. „Kommst du nächste Woche noch mal zum Quatschen vorbei?“

„Natürlich!“ Ich erwidere ihr Lächeln und habe ein schlechtes Gewissen, dass ich heute viel zu sehr mit mir selbst beschäftigt gewesen bin, um sie zu fragen, wie es ihr eigentlich geht. Ich würde das gerne nachholen, aber es sind noch Kunden anwesend, und ich bin mir sicher, dass sie vor anderen bestimmt keine Lust hat, über ihre Eheprobleme zu reden. „Halt bis dahin die Ohren steif, ja?“

„Immer, das weißt du doch.“ Sie zupft den Kragen ihres ohnehin tadellos sitzenden Trenchcoats zurecht, bevor sie winkend den Laden verlässt. Nach und nach verabschieden sich auch die anderen Gäste und ich beginne nebenher ein wenig aufzuräumen, aber ich befürchte, dass ich noch eine Weile brauchen werde. Die kleine Spülmaschine schafft so viel Geschirr auf einmal kaum, sodass ich noch einen ganzen Batzen per Hand werde abwaschen müssen, das Geld in der Kasse habe ich ebenfalls noch nicht gezählt.

Lächelnd winke ich dem letzten Kunden nach und räume noch schnell ein bisschen Geschirr weg, als die Türklingel deutlich macht, dass noch ein letzter Kunde kommt. Ich bereue gerade, dass ich nicht schneller abgeschlossen habe, denn um ehrlich zu sein, bin ich ziemlich erledigt. Aber dann erkenne ich Mrs. Murphy, die mir lächelnd eine braune Papiertüte über die Theke reicht.

„Ich war gerade noch eine kleine Runde mit meinem Hund vor der Tür, als ich gesehen habe, dass Sie immer noch arbeiten. Ich wollte Ihnen bloß schnell ein Sandwich vorbeibringen. Sie haben doch sicherlich bisher kaum etwas gegessen und die Kekse, die Sie hier haben, sind zwar sehr lecker, aber nichts Gescheites!“ Gut gelaunt zwinkert sie mir zu.

Ich bin über ihre Fürsorge so gerührt, dass ich gar nicht richtig weiß, was ich sagen soll und nur ein erstauntes „Danke, das wäre nicht nötig gewesen“, murmeln kann.

„Doch, das war es. Sie waren schließlich auch immer für mich da. Und jetzt gehe ich mal lieber und lasse Sie mit dem jungen Mann alleine!“ Sie deutet auf die noch offenstehende Tür, deren Rahmen nun von einer menschlichen Wand aus Mann und Muskeln ausgefüllt wird.

„Devon!“ Obwohl ich ihn natürlich sofort erkannt habe, brauche ich noch, bis meine Nachbarin verschwunden ist, ehe ich auch tatsächlich realisiert habe, dass er da ist.

„Hi.“ Zögerlich kommt er rein und schließt die Tür hinter sich. „Sieht toll aus, das ist wirklich schön geworden. Es passt gut zu dir.“

„Danke“, sage ich, weil mir nichts Besseres einfällt. Ich sollte ihn eigentlich fragen, was genau er hier will. Oder vielleicht sollte ich ihn auch einfach rauswerfen. Aber irgendwie scheint mein Sprachzentrum anderer Meinung zu sein, als ich es bin. „Und danke auch für die Kaffeemaschine und für die Tassen.“

Devon lächelt, und wirkt dabei entsetzlich müde.

„Gern geschehen!“ Er vergräbt die Hände tief in den Taschen seiner Jeans und wippt ein paar Mal auf den Fersen vor und zurück. „Ich bin hergekommen, weil ich dachte, dass du vielleicht noch ein bisschen Hilfe beim Aufräumen gebrauchen könntest.“

Ohne meine Antwort abzuwarten, zieht er seine Hände wieder hervor, streift sich die schwarze Lederjacke von den Armen und legt sie auf die Ladentheke.

+++

Theresa sieht hübsch aus. Ihre Haare fallen in langen Locken über ihre Schultern, ihre Wangen sind leicht gerötet, vermutlich von der Aufregung des Tages. Als er sie das letzte Mal mit solchen Wangen gesehen hat, da … besser nicht daran denken.

Da waren ihre Wangen so rot, weil du es ihr gerade so richtig besorgt hattest, Junge!

Verdammt!

Um sich auf andere Gedanken zu bringen, geht er zu einem der Tische hinüber und räumt das Geschirr zusammen, das dort steht.

„Ist die Küche dort drüben?" Da seine Hände voll sind, deutet er mit dem Kopf auf die Tür hinter dem kleinen Tresen. Theresa nickt, während sie die altmodische Kasse öffnet und das Geld zu zählen beginnt.

Sie arbeiten beide schweigend, umkreisen sich dabei wie zwei Tänzer, um sich bloß nicht zu berühren. Obwohl sie beide vermutlich nichts lieber als genau das machen würden. Die Anspannung zwischen ihnen ist beinahe greifbar.

Devon beobachtet jede Bewegung, die Theresa macht, sich von ihr fernzuhalten kostet ihn beinahe übermenschliche Kraft. Trotzdem schafft er es irgendwie. Weil alles andere nur noch schlimmer wäre. Sie ist sauer auf ihn und vielleicht ist das auch das Beste so. Das wird es leichter machen, für sie beide, wenn er morgen seine letzten Sachen zusammenpacken wird, um nach Boston zu fliegen.

Seufzend stellt er die letzten Tassen ins Regal zurück, wirft ein paar Servietten in den Müll und ordnet die durcheinandergeratenen Flyer.

„Fertig?“ Sein Zeigfinger bleibt auf dem kleinen Bild von Theresa liegen, das hinten auf dem Infozettel abgedruckt ist. Als sie nicht hinsieht, streicht er sanft darüber und lässt schließlich den obersten der Flyer in der Tasche seiner Jeans verschwinden.

„Ja, fertig.“ Sie lächelt, aber ihr Lächeln reicht nicht bis zu ihren Augen. Diese wirken erschöpft und traurig. Irgendetwas in Devons Brust beginnt unangenehm zu stechen, er reibt sich mit der flachen Hand über sein Brustbein, bevor er sich räuspert.

„Ich habe dein Auto nirgends gesehen. Soll ich dich mit zurücknehmen?“

+++

Kapitel 30

Ich hätte mir ein Taxi nehmen sollen, statt mit Devon zurückzufahren. Seine Nähe ist fast unerträglich für mich. Ich sollte wütend sein, und das bin ich auch. Gleichzeitig fühlt es sich gut an, wenn er da ist.

Erst, als er vorhin meinen Laden betreten hat, ist mir bewusst geworden, dass ich heimlich den ganzen Tag nach ihm Ausschau gehalten habe. Obwohl ich wusste, dass er nicht da sein kann, weil er bei seinem Auswärtsspiel gewesen ist. Auf der Rückbank seines Wagens liegt noch immer sein Gepäck, er scheint also gar nicht zu Hause gewesen zu sein, sondern ist gleich zu mir gekommen.

Das sollte mir nichts bedeuten.

Wirklich nicht.

Aber mein verräterisches Herz schlägt ein bisschen schneller bei dem Gedanken, dass er es eilig hatte, zu mir zu kommen. Dass er überhaupt zu mir gekommen ist.

Die Fahrt verbringen wir schweigend. Nicht einmal das Radio läuft; ich würde es gerne anschalten, aber bei der Hightechanlage in Devons Auto habe ich keine Ahnung, wie das funktioniert.

Ich könnte ihn fragen.

Das würde allerdings voraussetzen, dass ich mit ihm spreche und ihn außerdem um etwas bitte. Und das will ich gerade nicht, egal wie blöd das auch von mir sein mag. Er ist zwar auf mich zugegangen, ich fühle mich jedoch außerstande, über meinen Schatten zu springen. Außerdem halte ich mir wieder und wieder vor Augen, dass es auch nicht nötig ist. Morgen ist schließlich alles vorbei. Aus und vorbei.

Endlich.

Leider.

Mit einem Seufzen lasse ich mich tiefer in den Ledersitz sinken und schließe meine Augen. Was sich als ein Fehler erweist, ein saudummer Fehler. Denn mit geschlossenen Augen nimmt man bestimmte Dinge einfach viel intensiver wahr. Gerüche beispielsweise. In diesem Fall Devons Geruch. Der Duft seines Aftershaves gemischt mit dem Duft seiner Haut steigt mir in die Nase und setzt sich irgendwo in meinem Gehirn fest, an genau der Stelle, an der man Erinnerungen und Emotionen speichert. Erinnerungen an Sex, verdammt guten Sex, Sex mit Devon. Ein sehnsuchtsvolles Ziehen setzt ein, beginnt in meinem Bauch und setzt sich dann zwischen meinen Beinen fest; ich kann spüren, wie ich feucht werde.

Dieser Kerl sollte seine Pheromone wirklich in Flaschen abfüllen lassen und verkaufen, er würde reich davon werden. Noch reicher, als er ohnehin schon ist.

Langsam öffne ich meine Augen wieder und betrachte sein schönes Profil, wann immer mir die Straßenbeleuchtung die Möglichkeit dazu bietet.

Die Fahrt bis zu seinem Haus scheint eine Ewigkeit zu dauern und doch bin ich erstaunt, dass wir schon da sind, als der Kies in seiner Einfahrt unter den Reifen knirscht.

Mit zittrigen Händen öffne ich die Beifahrertür, ehe Devon noch auf die Idee kommen kann, das für mich zu erledigen. Ich muss unbedingt vermeiden, dass er mich berührt, denn ich bin mir nicht sicher, was in diesem Fall passieren würde.

Während Devon sein Gepäck aus dem Wagen nimmt, versuche ich die Tür aufzuschließen, aber der Schlüssel fällt mir zweimal herunter. Beim dritten Versuch ist Devon neben mir.

„Komm, ich mach das." Sanft nimmt er mir den Schlüssel aus der Hand, dabei streifen seine Finger über meinen Handrücken und plötzlich kann ich meinen eigenen Herzschlag laut in meinen Ohren hören. „Willst du nicht reinkommen?" Devon hat die Tür längst aufgeschlossen, die Alarmanlage ist deaktiviert und er steht im Hausflur, eine hell beleuchtete Gestalt. Ich mache einen Schritt nach vorne und schließe die Tür hinter mir, nun bin ich ganz dicht vor ihm.

Ich kann die Bartstoppeln an seinem Kinn sehen, das sich Heben und Senken seines Brustkorbs bei jedem seiner Atemzüge und den schlagenden Puls an seinem Hals.

Dann bleibt mein Blick an seinem Mund hängen. Auf einmal ist es mir egal, dass ich eigentlich wütend auf ihn bin, mich verraten von ihm gefühlt habe. In diesem Moment spielt all das keine Rolle.

„Theresa …" Seine Stimme ist so heiser, dass er beinahe tonlos klingt, seine Hände sind zu festen Fäusten geballt. Ich gehe einen Schritt auf ihn zu, und noch einen. Schließlich bin ich so nah bei ihm, dass meine Brüste seinen Oberkörper berühren würden, wenn ich zu tief einatmen würde. Und dann, von einem Augenblick zum nächsten, küssen wir uns. Voller Hingabe und voller Verzweiflung, voller Leidenschaft und Begehren. Ich habe das Gefühl, mich in dem einen Kuss völlig zu verlieren und dass er mich hochgehoben und die Treppe hochgetragen hat, bemerke ich erst, als er mich im Schlafzimmer absetzt.

„Theresa!“, wiederholt er, streicht mir das Haar aus dem Gesicht, küsst mich erneut. Keine Ahnung, wer wen ausgezogen hat, aber irgendwann sind wir beide nackt. Haut trifft auf Haut, ohne irgendwelche störenden Barrieren und schließlich lieben wir uns mit der Verzweiflung Ertrinkender, klammern uns aneinander fest, als wären wir die letzte Rettung füreinander. Die ganze Nacht lang, immer und immer wieder. Erst gegen morgen fallen wir beide in einen völlig erschöpften Schlaf.

Als ich daraus erwache, ist Devon gerade dabei, seine Sachen zu packen.

„Theresa …“ Devon steht vor seinem Wagen und ich sehe ihm zu, wie er den letzten Koffer darin verfrachtet.

Ich schüttle nur mit dem Kopf. Ich will nicht hören, was er zu sagen hat, weil es ja doch nichts ändern würde. Er wird nach Boston gehen und ich werde hier bleiben. Eine Woche bleibe ich noch in seinem Haus wohnen, dann ziehe ich zurück in meine kleine Wohnung. So ist es abgemacht. Und in einem Monat lassen wir uns scheiden. Wegen unüberbrückbarer Differenzen. Yvette hat ihn in Ruhe gelassen, ich habe das Geld bekommen, das ich so dringend brauchte. Er hat seinen Frieden und ich bin schuldenfrei und habe meinen Laden zurück. Wir haben beide bekommen, was wir gewollt haben. Ganz einfach.

Trotzdem brennen meine Augen vor ungeweinten Tränen und in meiner Kehle hat sich ein dicker Kloß gebildet. Als Devon auf mich zukommt und mir einen sanften Kuss auf die Stirn gibt, kostet mich das beinahe alle Selbstbeherrschung, die ich noch aufbringen kann, nicht laut aufzuschluchzen.

„Mach's gut, Theresa." Er zieht mich einen kurzen Moment in eine Umarmung und nur indem ich meine Hände fest zu Fäusten balle, schaffe ich es, mich nicht an ihn zu klammern wie eine Ertrinkende. „Pass auf dich auf, meine Süße. Und auf das Monster, das du eine Katze nennst." Sein Lächeln hängt irgendwie schief, als er mich loslässt, ich nicke bloß, während er beinahe in sein Auto flüchtet.

Ich bleibe im Hauseingang stehen und schaue ihm nach, auch dann noch, nachdem er bereits gar nicht mehr zu sehen ist.

Später, sehr viel später, gehe ich zurück ins Haus, das mir leer und unheimlich vorkommt. Obwohl es langsam Frühling wird, bin ich völlig durchgefroren. Die Kälte scheint bis tief in mein Inneres zu greifen, und auch meine warme Strickjacke hilft da nicht.

Schließlich setze ich mich in die Badewanne und lasse immer und immer wieder heißes Wasser nachlaufen; solange, bis es draußen schon längst dunkel ist und Zeit zum Schlafengehen.

Obwohl ich so früh schlafen gegangen bin, fühle ich mich am nächsten Morgen wie gerädert.

Montag, heute ist ein verdammter Montag und ich muss arbeiten.

Vor ein paar Wochen hätte ich noch gesagt, dass ich arbeiten kann. Oder arbeiten darf. Ich hätte es als ein Privileg empfunden und mich gefreut, dass ich meinen kleinen Laden endlich wiederhabe. Aber heute will ich nicht. Ich würde mich viel lieber verkriechen, tief im Bett, das noch immer ein bisschen nach Devon riecht. Ich will niemanden sehen oder hören, dort liegenbleiben, in den Klamotten, die ich gerade anhabe, bis ich so sehr zu stinken anfange, dass ich mich selbst nicht mehr riechen kann; also mindestens mehrere Tage. Aber ich kann nicht. Sparkle steht am Fußende und miaut vorwurfsvoll, weil sie Hunger hat. Mein Wecker klingelt, laut und schrill, weil es höchste Zeit für mich ist aufzustehen. Also quäle ich mich doch aus dem Bett. Außerdem habe ich ja auch gar keinen Grund, liegenzubleiben und mir leid zu tun.

Eine Woche noch und ich kann in meine Wohnung zurück und ganz und gar in mein altes, jetzt noch viel besseres Leben. Das ist es schließlich, was ich mir seit Wochen wünsche.

Ich füttere meine Katze, gehe unter die Dusche, ziehe mir etwas Ordentliches an und schminke mich sorgfältig. Alles nur, weil es zur morgendlichen Routine gehört. Die Frau, die mir im Spiegel entgegenblickt, ist mir irgendwie fremd und ich versuche, sie einfach zu ignorieren.

Den Rest des Tages mache ich alles mehr oder weniger mechanisch.

Ich fahre zur Arbeit, bin freundlich zu meinen Kunden, fahre zurück, füttere meine Katze. Ich sehe ein bisschen fern, aber wenn mich jemand fragen würde, was da läuft, könnte ich die Frage nicht beantworten. Ich esse irgendetwas, aber wenn mich jemand fragen würde, was es ist, wüsste ich auch das nicht. Ich gehe allen aus dem Weg, die mir persönliche Fragen stellen könnten, beantworte Anrufe von Lilly oder meiner Schwester per Textnachricht und schiebe es darauf, dass ich wegen der Neueröffnung so viel zu tun habe. So geht es die komplette restliche Woche. Tags funktioniere ich irgendwie, nachts habe ich Alpträume. In manchen Nächten wird Emmas Gesicht durch Devons ersetzt. In anderen habe ich das Gefühl, selbst zu ertrinken. So oder so wache ich jeden Morgen von meinen eigenen Schreien auf.

Kapitel 31

Irgendwann ist die endlos lange Woche vorbei. Sonntag packe ich meine Sachen zusammen, um sie in meine Wohnung zu bringen. Lilly ist da, um mich zu unterstützen und weil in ihren praktischen Van einfach deutlich mehr reinpasst als in mein kleines Auto.

„Geht's dir gut, Theresa?" Lilly hat in den letzten Tagen mehrfach versucht, mich zu erreichen, aber ich habe immer die Arbeit vorgeschoben, behauptet, ich hätte diese Woche einfach zu viel zu tun. Mir war so überhaupt nicht nach Gesellschaft. So ganz und gar nicht. Ich fühle mich innerlich im Moment viel zu leer, um mich mit irgendwem zu unterhalten, und eine gute Zuhörerin bin ich zurzeit sicherlich auch nicht.

„Ja, alles in Ordnung!", antworte ich ihr schließlich auf ihre Frage, auch wenn meine Stimme dabei so dünn klingt, dass ich mir selbst kaum Glauben schenken kann. Aber es sollte mir prima gehen, sollte es wirklich! Das sage ich mir immer und immer wieder. Besser als noch vor zwei Monaten. Da dachte ich, ich sei völlig am Ende. Und jetzt? Eigentlich bin ich nicht am Ende. Oder vielleicht auch doch, ich bin mir da nicht ganz sicher. Denn genau genommen habe ich das Gefühl, gar nichts mehr zu empfinden, so paradox das auch klingen mag.

„Theresa?" Lilly reißt mich aus meinen Gedanken und ich lasse beinahe die Kiste mit meinen Unterlagen fallen, die ich gerade in den Kofferraum stellen will.

„Ja?"

„Du sollst mich nicht immer anlügen. Aber es ist okay, wenn du nicht reden willst." Sie lächelt, irgendwie traurig, irgendwie nachsichtig, irgendwie eine Spur verletzt und dennoch verständnisvoll und ehrlich.

Ich gehe zu ihr und nehme sie in den Arm, drücke sie kurz.

„Du bist die Beste, Lilly. Ganz ehrlich." Dann schiebe ich sie ein Stück von mir weg. „Wie geht es dir eigentlich? Irgendwelche Neuigkeiten von Michael?"

„Alles gut!", sagt sie, doch auch ich kann sehen, dass das nicht stimmt.

„Du sollst mich auch nicht anlügen, Lilly!", sage ich sanft und nehme ihr einen Karton aus den Händen, nach dem sie sich gerade gebückt hat.

„Weißt du, das Problem ist, dass ich nach wie vor eigentlich nichts Genaues weiß. Es ist nur so ein saudummes Gefühl. Und ich habe langsam den Eindruck, völlig paranoid zu werden. Also will ich lieber auch nicht darüber reden. Dann fühlt es sich viel normaler an. Kannst du das verstehen?"

„Sehr gut!" Seufzend stelle ich den letzten Karton ins Auto und betrachte den Teil meines Lebens, der gerade bei Devon wieder auszieht. „Das verstehe ich sehr gut."

Danach schweigen wir, aber es ist ein gutes und tröstliches Schweigen.

Meine Wohnung kommt mir viel zu leer und viel zu beengend zugleich vor. Außerdem riecht sie fremd. Meine Güte, hat es hier wirklich schon immer so komisch gerochen? Ich war bisher fest davon überzeugt, dass mein Zuhause einfach nach nichts riecht. Aber jetzt stelle ich fest, dass es doch riecht. Nach altem Holz, altem Waschmittel.

Staubig und abgestanden und so gar kein kleines bisschen nach Zuhause.

Außerdem ist es trotz der milden Frühlingstemperaturen kalt in meiner Wohnung. Kein Wunder, schließlich hatte ich die Heizung kaum an, ich habe die letzten Wochen ja nicht hier gewohnt.

Weder das intensive Lüften, noch das Heizen oder die brennende Duftkerze helfen, damit ich mich ein wenig heimischer fühle. Wahrscheinlich brauche ich nur einen Tag oder zwei, bis alles wieder gut wird.

Aber nichts wird gut. Das Gefühl der Leere bleibt auch noch nach zwei kompletten Wochen bestehen. Ich funktioniere immer noch mehr oder weniger wie ein Roboter und langsam fange ich an, mir wirklich Sorgen um mich selbst zu machen. Normal kann das schließlich nicht sein.

+++

Bei Devon läuft nichts so, wie er es gerne hätte.

Normalerweise folgt nach dem Saisonende eine ausgedehnte Pause, bevor es im Spätsommer dann mit den Trainingslagern losgeht. Durch seinen Mannschaftswechsel muss er sich aber noch gefühlten Millionen von Untersuchungen aussetzen, als ob die vor Vertragsabschluss nicht gereicht hätten. Schließlich haben sie ihn bereits damals auf Herz und Nieren getestet – und zwar im wahrsten Sinne des Wortes. Mittlerweile haben so viele Untersuchungen, Belastungstests und Probetrainings stattgefunden, dass es ihm vorkommt, als würde das Bostoner Team einen Zuchthengst suchen und keinen neuen Torhüter. Eigentlich würde nur noch eine Spermaprobe fehlen, um den Verdacht perfekt zu machen.

Er braucht Urlaub. Ganz, ganz dringend. Urlaub und ein paar hübsche, möglichst anonyme Frauen.

Vielleicht ist der fehlende Sex daran schuld, dass er so unausgeglichen ist. Höchstwahrscheinlich sogar.

Das letzte Mal war … verdammt, mit Theresa. Dabei wollte er nicht an sie denken. Wenigstens einen halben Tag lang mal nicht an sie denken.

Wahrscheinlich wird es besser, wenn die Scheidung durch ist und er den blöden Ring nicht mehr an seiner Hand tragen muss. Ganz bestimmt wird es dann besser und sie wird hoffentlich nicht mehr ständig in seinen Gedanken auftauchen.

Außerdem hat er danach tatsächlich mal zwei Monate frei, bevor das richtige Training wieder losgeht.

+++

Irgendwann bin ich nicht mehr in der Lage zu sagen, wie ich mich fühle. Wahrscheinlich gewöhnt man sich früher oder später einfach an so ziemlich alles, selbst an diesen seltsamen Zustand der Gefühllosigkeit.

Eine Woche noch, bis Devon und ich die Scheidungspapiere unterschreiben und das Ende unserer Ehe offiziell bekannt geben werden. Danach wird es mir hoffentlich besser gehen. Klar, unsere Ehe hat immer nur auf dem Papier bestanden. Aber mir bedeuten solche Dinge etwas. Mehr, als mir zunächst bewusst gewesen ist.

Vermutlich, weil Devon dir etwas bedeutet …

Schnell schiebe ich den Gedanken von mir.

Ich will keine Beziehung. Mit niemandem. Und selbst wenn ich eine wollen würde, jemals eine wollen würde: Devon ist nicht der Richtige für mich. Er will eine Familie,

Kinder, er ist lebenslustig und fröhlich und bei mir ist all das eben nicht der Fall.

Ich will meine Ruhe und für die Familie da sein, die ich schon habe. Meine Schwester und Emma. Denn selbst hier werde ich meiner Aufgabe nur sehr mäßig gerecht.

„Du machst mir Sorgen, Theresa!" Deborah sitzt neben mir im Auto und ich kann ihren musternden Blick spüren. Heute ist mein freier Nachmittag, ich habe letzte Woche eine sehr nette Aushilfe gefunden, die mich ab und an mal im Laden vertritt. Dank meiner verbesserten Finanzen kann ich mir das nun endlich leisten. Allerdings weiß ich nicht wirklich, was ich mit meiner freien Zeit nun eigentlich anfangen soll.

„Ich mache doch gar nichts!", erwidere ich und setze den Blinker links, um abzubiegen. Ich weiß gar nicht, was die im Moment alle von mir wollen. Schließlich lebe ich mein Leben, genau wie vorher, nur mit etwas mehr Komfort.

„Du hast abgenommen." Das klingt vorwurfsvoll.

„Die meisten Frauen freuen sich darüber." Ich meine, ist doch so. Dass ich mich mit meinem Gewicht vorher immer wohlgefühlt habe, verschweige ich ihr lieber.

Deborah sieht mich an, mit diesem ganz bestimmten Blick, der mehr als deutlich besagt, dass sie mir kein Wort glaubt.

„Und weshalb bist du gerade links abgebogen?"

„Weil wir zu Emmas neuer Schule wollen, um sie abzuholen." Was soll die doofe Frage?

„Da hast du recht. Wenn wir geradeaus gefahren wären, wäre die Strecke locker einen Kilometer kürzer. Allerdings hätten wir dann an Devons Haus vorbeifahren müssen."

Einen kurzen Moment ziehe ich in Erwägung, zu behaupten, diese Strecke wäre zwar länger, aber dafür schneller. Da das allerdings nicht stimmt, halte ich einfach lieber die Klappe.

Es ist ziemlich großer Mist, wenn man bei Dingen ertappt wird, die man selbst nicht wahrhaben möchte.

+++

„Hallo, mein Sohn!"

Devon muss bei dieser Begrüßung seiner Mutter jedes Mal lächeln. Egal, wo er ist, es fühlt sich immer ein wenig nach Zuhause an.

„Hi Mom!" Er legt den Trainingsplan aus der Hand, den er ab dem Sommer einhalten soll und den er gerade durchgelesen hat. Ganz schön hart. Früher hat ihm das alles nichts ausgemacht, im Gegenteil. Aber in letzter Zeit fragt er sich manchmal, wofür er das eigentlich alles macht. Das ewige, dämliche Training, jeden verdammten Tag.

„Wie geht's dir, mein Schatz? Wie ist das Wetter in Boston?" Im Hintergrund kann er das Klappern eines Kochtopfs hören, wie beinahe immer, wenn seine Mutter mit ihm telefoniert.

„Mild und regnerisch. Ich habe das Gefühl, dass es nirgends so viel regnet wie hier." Und so trostlos ist wie hier. Dabei hat er Boston sonst immer gemocht. Nicht so laut und groß und hip wie New York, viele Studenten und tolle Restaurants und Kneipen. Eigentlich eine Stadt, in der man sich wohlfühlen kann.

„Bei uns regnet es auch." Erneut das Geklapper der Töpfe. „Ab morgen soll es schöner werden. Am Wochenende haben wir wieder ein großes Familienessen.

Deine Geschwister haben darauf bestanden, Theresa einzuladen, sie hat allerdings abgesagt."

Devon verschluckt sich heftig an dem Proteinshake, den er sich vorhin zubereitet hat. Es braucht eine Weile, bis er sich von seinem Hustenanfall erholt; seine Mutter scheint währenddessen ungerührt weiterzukochen.

„Ihr habt was gemacht?", gelingt es ihm schließlich zu fragen, als er endlich wieder genug Luft bekommt, um überhaupt etwas sagen zu können.

„Wir haben Theresa eingeladen. Schließlich gehört sie auch zur Familie, solange sie noch deine Frau ist."

„Hättet ihr das nicht vorher mit mir absprechen können?"

„Weswegen denn? Du kommst doch ohnehin nicht her." Seine Mom klingt völlig ungerührt. „Wie geht's deiner Frau eigentlich?"

Seiner Frau …

„Mom, nenn sie nicht so. Du weißt, dass unsere Ehe bloß zur Tarnung war. Ich weiß nicht, wie es ihr geht. Wir haben uns nur zweimal ganz kurz gesprochen, seit ich in Boston bin. Mittlerweile ist sie ausgezogen und lebt wieder in ihrer Wohnung. Nächste Woche fliege ich nach Midway und wir kümmern uns um die Scheidung."

„Vielleicht solltest du dich lieber um Theresa statt um eure Scheidung kümmern."

„Mom! Bitte …" Hilflos lässt Devon sich aufs Sofa fallen. Er kann es nicht leiden, wenn sie so ist, wie sie gerade ist. Stur und manipulativ.

„Ich meine ja nur, Devon. Weißt du, als Mutter hat man es manchmal nicht leicht. Einerseits ist es wunderschön, wenn man sieht, wie seine Kinder erwachsen und selbstständig werden. Andererseits … der große Nachteil daran ist, dass man sie zu nichts mehr wirklich zwingen kann. Auch nicht zu den Dingen, von denen man sich sicher ist, dass sie gut für die Kinder wären. Wie zum Beispiel mehr Spinat zu essen. Oder bei kaltem Wetter eine Mütze zu tragen. Oder aber sich um die Frau zu bemühen, in die sie verliebt sind. Das ist ein echtes Problem, Devon!"

Er hat das Gefühl, Kopfschmerzen zu bekommen und massiert sich mit der freien Hand die Schläfe.

„Wie kommst du denn darauf, dass ich in Theresa verliebt sein könnte, Mom?"

Einen Moment lang herrscht Schweigen am anderen Ende.

„Weil mir aufgefallen ist, wie du sie ansiehst. Und weil ich dich schon lange nicht mehr so glücklich habe lachen hören wie mit ihr. Und weil ich dich gar nicht mehr habe lachen hören, seitdem ihr nicht mehr zusammen seid."

+++

Montag. Heute ist Montag. Und damit beginnt eine neue Woche, die letzte Woche, in der Devon und ich verheiratet sein werden. Am Ende dieser Woche unterschreiben wir die Scheidungspapiere und wenn das Ganze vom Gericht geprüft und bestätigt worden ist, sind wir offiziell geschieden.

Das ist ein komisches Gefühl, ich kann mich nicht entscheiden, ob ich mir das Ende dieser Woche herbeisehne, oder mich davor fürchte.

Aber zumindest ist es eine gute Ausrede, um heute nicht mit Lilly auszugehen, denn ich will mich momentan so wenig in der Öffentlichkeit zeigen wie möglich. Dafür kommt sie zu mir und wir bestellen Pizza, reden ein bisschen, ohne die Themen anzusprechen, die uns wirklich bewegen. Als hätten wir ein stilles Übereinkommen, dass wir einen friedlichen Abend verbringen wollen und keine Wunden aufreißen. Und irgendwie ist allein Lillys vertraute Nähe schon tröstlich.

Am Donnerstag muss ich mit Sparkle zum Tierarzt. Sie muss dringend geimpft werden, außerdem habe ich einen kleinen Knubbel an ihrem Hals entdeckt, den ich untersuchen lassen möchte. Dank meiner tollen, flexiblen Aushilfe ist so etwas jetzt zum Glück auch mal vormittags möglich.

Meine Katze macht, wie nicht anders erwartet, einen tierischen Aufstand. Sie hasst diese blöde Transportbox einfach und als ich versuche, sie zu schließen, tatzt sie laut fauchend nach meinen Fingern, die ich erst in letzter Sekunde in Sicherheit bringen kann.

Schließlich decke ich Sparkles Box mit einem Handtuch ab und trage sie vorsichtig nach draußen. Zum Glück habe ich gestern Abend einen Parkplatz gleich vor dem Haus bekommen und muss nicht weit mit der tobenden Sparkle unterm Arm laufen. Den Tierarzt verzeiht sie mir manchmal mehrere Tage lang nicht, aber es nützt ja nichts, geimpft werden muss sie nun mal regelmäßig.

Auf einmal scheint alles zugleich zu passieren. Während ich mit einer Hand die Box halte und mit der anderen versuche, den Kofferraum zu öffnen, hupt und klingelt es hinter mir gleichzeitig. Als ich mich umdrehe, blicke ich mitten in die erstaunt aufgerissenen Augen eines Fahrradkuriers, der einem Auto mit quietschenden Reifen ausweicht und stattdessen auf mich zurast. Er erwischt mich am Arm – an dem Arm, mit dem ich meine Katze festhalte. Schmerz durchzuckt mich, dann landet die Box auf dem Boden.

Bevor ich dazu komme überhaupt zu realisieren, was hier gerade vor sich geht, sehe ich etwas Schwarz-Weißes über die Straße flitzen. Schwarz-Weiß und mit einem zu großen Kopf.

Das Auto, das mich erwischt, kann ich nicht sehen. Einen Moment lang spüre ich rasenden Schmerz, danach umfängt mich eine Leere, die hervorragend zu meinem Innenleben passt.

+++

Zum Glück hatte Devon nur Handgepäck dabei, sodass er nicht an der Gepäckausgabe warten muss. Das hat außerdem den Vorteil, dass er am Schalter des Autoverleihs sofort an der Reihe ist. Er hasst es, Schlange zu stehen. Ausnahmsweise gibt es sogar eine halbwegs gute Auswahl an Autos und Devon entscheidet sich für einen kleineren SUV, den er in Midway zurückgeben kann. Sein eigenes Auto steht in seiner Garage, einer seiner Brüder hat es vom Flughafen abgeholt und dort abgestellt, nachdem Devon nach Boston geflogen ist.

Natürlich hätte er sich heute auch ein Taxi nehmen können, aber er fährt gerne selbst.

Kaum im Auto, vernetzt er als Erstes sein Smartphone mit der Stereoanlage. Dann sieht er die Anrufe in Abwesenheit. Drei von seiner Mutter, sowie drei von einem unbekannten Teilnehmer. Wenn seine Mutter ihn mehrfach anruft, muss irgendetwas passiert sein, sonst ruft sie nie mehr als einmal an.

„Devon?" Bereits nach dem ersten Klingeln hat sie den Anruf entgegengenommen. „Bist du gelandet?" Sie klingt ein wenig atemlos, im Hintergrund hört er die Stimmen zweier Kinder, vermutlich sind irgendwelche seiner Nichten und Neffen bei ihr.

„Ja, gerade eben. Alles in Ordnung bei euch, Mom?" Nervös trommelt er auf dem Armaturenbrett herum.

„Ja, bei uns schon. Aber Theresa ist im Krankenhaus, Devon. Sie ist angefahren worden, ich weiß noch nichts Genaueres. Das Krankenhaus hat angerufen, da sie dich sonst nirgends erreichen konnten."

„Mich?" Erstaunt zieht er die Luft ein.

„Du bist doch schließlich ihr Ehemann. Ich kenne eine der Schwestern im Krankenhaus noch von früher, und weil Theresa nicht ansprechbar ist, haben sie versucht, dich über mich zu erreichen. "

„Theresa ist nicht ansprechbar?“ Auf einmal ist er so heiser, dass er kaum ein Wort herausbekommt. Nicht ansprechbar klingt ziemlich ernst. Und das löst ein Gefühl in ihm aus, das er nicht benennen kann.

Erst, als er auf dem Parkplatz des Krankenhauses anhält, weiß er endlich, was es ist. Angst. Er hat schlicht und ergreifend Angst. Der Gedanke, dass Theresa die Folgen des Unfalls nicht überleben könnte, legt sich um sein Herz wie eine lähmende, eiserne Faust.

+++

Als ich wach werde, ist mein erster Gedanke, dass ich lieber wieder bewusstlos wäre. Mir tut einfach alles weh. Es fühlt sich wirklich so an, als gäbe es nicht eine einzige Stelle an meinem Körper, die mir nicht wehtut.

Langsam öffne ich meine Augen und blinzle in das viel zu helle Licht, das so grell ist, dass ich nichts erkennen kann. Also schließe ich sie sofort wieder, was ohnehin viel angenehmer ist.

Ich bin entsetzlich müde und ich habe so schlimme Kopfschmerzen wie noch nie zuvor in meinem Leben. Außerdem tut mir mein rechtes Bein weh, neben allem anderen selbstverständlich.

„Mrs. Frenley? Mrs. Frenley, würden Sie bitte noch mal die Augen öffnen?“ Die Stimme im Hintergrund nervt, gibt aber keine Ruhe. Anscheinend ist diese Mrs. Frenley nicht sonderlich gehorsam. Also öffne ich meine Augen erneut, ganz langsam, um zu schauen, was hier vor sich geht. Erst als ich eine Gestalt in einem weißen Kittel wahrnehme, wird mir bewusst, dass diese anscheinend mit mir spricht. Mrs. Frenley, natürlich. Das ist Devons Nachname und ich heiße im Moment auch so. Außerdem bin ich offenkundig in einem Krankenhaus.

„Haben Sie Schmerzen, Mrs. Frenley? Sollen wir Ihnen etwas dagegen geben?“ Er leuchtet mir mit einer Taschenlampe in die Augen und ich finde ihn gerade nicht sonderlich nett. Das Licht ist nämlich immer noch ziemlich unangenehm. Außerdem kann ich ihn nicht richtig scharf erkennen, was mich irritiert.

„Ja bitte“, flüstere ich heiser und hoffe, dass er doch nett ist und mich mit irgendetwas zudröhnt. Ich will wieder schlafen.

„Können Sie mich klar erkennen?“

„Nein!“ Das Sprechen strengt mich unangenehm an und dass ich nicht klar sehen kann, beunruhigt mich.

„Sie haben ein Schädel-Hirn-Trauma, die Sehstörungen kommen vermutlich von der Hirnverletzung, die Sie sich beim Unfall zugezogen haben. Machen Sie sich aber bitte nicht zu viele Sorgen. Sie sind hier in den besten Händen.“ Mir keine Sorgen machen? Der ist lustig. Natürlich mache ich mir Sorgen! „Erinnern Sie sich, was passiert ist?“ Er soll mich in Ruhe lassen. Eigentlich will ich nur wieder schlafen und an nichts denken müssen. Ich befürchte allerdings, dass er keine Ruhe geben wird, solange ich ihm seine Fragen nicht beantworte.

„Da war ein Auto, vermute ich.“ Und meine Katze. Oh nein, Sparkle! Meine Augen füllen sich mit Tränen. „Meine Katze ist abgehauen.“ Ich versuche aufzustehen, ich muss dringend nach ihr suchen. Dieses Vieh überlebt schließlich keinen halben Tag draußen, und auf der Straße schon gar nicht.

„Hey, schön liegenbleiben!“ Der Arzt bleibt genauso freundlich und bestimmt wie zuvor. Vielleicht eine Spur lauter.

„Ich muss Sparkle suchen gehen!“ Ich versuche die Hand wegzuschieben, die mich an der Schulter festhält.

„Mrs. Frenley, Sie haben ein Schädel-Hirn-Trauma dritten Grades sowie ein gebrochenes Bein. Sie können nirgendwo hingehen!“

Es ist mir egal, was er erzählt. Meine Katze braucht mich. Ich bin für sie verantwortlich. Ich muss sie finden. Ganz egal, was dieser blöde Arzt von mir will. Erneut versuche ich aufzustehen.

„Bleiben Sie bitte liegen!“ Diesmal klingt er deutlich energischer, aber ich lasse mich von so einem Weißkittel nicht beeindrucken.

„Lassen Sie mich los!“ Meine Stimme hört sich viel kräftiger an, als ich mir das zugetraut hätte und ich schiebe seine Hand erneut weg. Beinahe im selben Moment ist sie wieder da. „Sie sollen mich loslassen!“ Ich gerate in Panik.

Der Arzt versucht beruhigend auf mich einzureden, aber ich wehre mich nach Leibeskräften, egal, wie unerträglich die Schmerzen dabei sind. Ich höre, wie er nach der Schwester ruft und nutze den Moment, um mich aufzusetzen.

In meinem Kopf explodiert der Schmerz und mir wird schlecht.

Sich übergeben zu müssen, während man unerträgliche Kopfschmerzen hat, ist ganz große Scheiße. Ich kann keine anderen Worte dafür finden. Zwischendrin habe ich das Gefühl, sofort wieder ohnmächtig zu werden.

„Haben Sie sich ein bisschen beruhigt?“ Die Stimme des Arztes klingt mitleidig, als ich endlich aufhöre zu würgen.

Die Schwester, die mittlerweile da ist, hilft mir den Mund abzuwischen und auszuspülen, dann gibt der Arzt mir eine Spritze.

Ich antworte nicht. Mir fehlt die Kraft dazu. Stattdessen bleibe ich zitternd im Bett liegen, drifte immer wieder ab, obwohl ich mit aller Kraft versuche wachzubleiben. Ich muss mich nur ein bisschen erholen und so schnell wie möglich nach Sparkle suchen.

Irgendwann spüre ich, wie sich jemand neben mich setzt und mir sanft das Haar aus dem Gesicht streicht.

„Alles gut, Theresa. Schlaf einfach ein und erhol dich. Ich suche für dich nach Sparkle. Ich bleibe noch bei dir, bis du eingeschlafen bist, dann mache ich mich auf den Weg." Die Stimme ist tief und vertraut. Devon. Er ist da. Und er wird Sparkle finden.

Ich seufze tief, dann werde ich ohnmächtig.

+++

Auch wenn es Devon schwerfällt Theresa alleine zu lassen, macht er sich auf den Weg, um nach Sparkle zu suchen. Schon allein deshalb, weil er vermutet, dass sie sonst nie mehr gesund werden wird. Bevor er das Krankenhaus wieder verlässt, zieht er sich sein rotes Basecap tief in die Augen und setzt sich eine Sonnenbrille auf. Wenn er etwas in diesem Moment nicht gebrauchen kann, dann sind das irgendwelche bekloppten Reporter, die ihm neugierige Fragen stellen.

Zum Glück erweist sich die Suchaktion als deutlich leichter als gedacht. Sparkle sitzt –ein bisschen zerzaust aber wohlauf – vor Theresas Wohnungstür, als Devon dort ankommt.

„Du blödes Mistvieh!“, schimpft er, doch vor lauter Erleichterung klingt seine Stimme ganz weich und Sparkle fängt an zu schnurren. Als wäre sie froh, dass endlich jemand für sie da ist, streicht sie ihm um die Beine herum.

„Du kommst jetzt mit zu mir, hast du verstanden?“ Obwohl ihm Sparkle in diesem Moment zahm wie ein Lämmchen erscheint, wirft er dennoch seine Lederjacke über sie und wickelt sie fest darin ein, während er sie zu seinem Wagen trägt und nach Hause fährt.

Im Schrank steht noch eine vergessene Dose Futter und er stellt ihr frisches Wasser hin, bevor er zurück zu Theresa ins Krankenhaus fährt.

+++

Als ich das nächste Mal wach werde, teilen mir die Ärzte mit, dass ich zwei Tage im künstlichen Koma verbracht habe, bis sie sicher waren, dass ich keine Gehirnblutung habe. Trotz der Medikamente habe ich Schmerzen, mir tun sowohl mein Kopf als auch mein gebrochenes Bein weh.

Die nächsten Tage verbringe ich mit sehr viel Schlaf und noch viel mehr Schmerzen, manchmal bin ich mir nicht sicher, was ich träume und was Realität ist.

Ich weiß, dass Deborah und Lilly hier gewesen sind und ich bilde mir ein, dass Devon oft hier war. Meine Mutter hat mich auch besucht, sowie beinahe alle von Devons Geschwistern. Seine Mutter ist beinahe jeden Tag da.

Ich brauche eine ganze Weile, bis ich das Gefühl habe, dass mir mein Gehirn und mein Körper wieder halbwegs gehorchen.

Nach einer Woche kann ich die Intensivstation verlassen und komme auf ein normales Zimmer. Meinen Augen geht es viel besser, sofern es mein Bein zulässt, darf ich mich zunehmend selbst versorgen, mich waschen, mich anziehen, und ich darf endlich wieder zur Toilette gehen. Ich brauche zwar noch Hilfe beim Aufstehen, doch immerhin brauche ich keine Bettpfanne mehr. Auch wenn ich weiß, dass die Schwestern so etwas täglich machen und es ihnen vermutlich völlig egal ist, ist es mir nicht egal gewesen. Ganz im Gegenteil, es war mir jedes Mal todsterbenspeinlich, dieses Ding zu benutzen. Als hätte ich sonst keine Probleme.

Ich genieße es also, etwas selbständiger zu werden und auch die Kopfschmerzen lassen langsam etwas nach. Jeden Tag kommt eine Physiotherapeutin und hilft mir dabei, an Stützen laufen zu lernen.

„Sie haben wirklich großes Glück gehabt!" Der Arzt betrachtet die Aufnahmen der aktuellsten Computertomographie meines Schädels. „Auf den Aufnahmen ist kaum noch etwas von Ihrer Verletzung zu erkennen. Wenn es nicht mehr zu unerwarteten Komplikationen kommt, dann können Sie Ende der Woche nach Hause!"

Während ich mich noch darüber freue, kommt leichte Panik in mir auf, als mich der Arzt schließlich alleine lässt. Ich freue mich nach Hause zu kommen, wirklich. Aber wie soll das funktionieren? Ich kann kaum laufen, wie soll ich einkaufen oder auch nur alleine unter die Dusche kommen?

Meine Eltern waren zwar zwischenzeitlich hier, aber allein bei dem Gedanken, dass ich mit meiner Mutter mehr als einen Tag in meiner kleinen Wohnung verbringen muss, bekomme ich sofort wieder Kopfschmerzen. Und Deborah hat mit Emma wahrlich genug zu tun. Auch Lilly hat mit Michelle schon genug Arbeit und kann keine weitere Person mehr gebrauchen, um die sie sich kümmern muss. Obendrein hasse ich es, Hilfe anzunehmen. Verdammt!

Hätte ich nur ein klitzekleines bisschen besser aufgepasst, dann wäre das mit Sparkle nicht passiert und mit mir auch nicht. Und ich hätte diese Probleme jetzt alle nicht.

„Hey, Theresa!“ Ich habe Devon nicht kommen hören und zucke zusammen, als er plötzlich neben mir steht. Er lächelt, in seiner Wange erscheint dieses hinreißende Grübchen. „Dein Arzt hat mir gerade erzählt, dass du Ende der Woche entlassen wirst.“

Langsam richte ich mich im Bett auf und stelle das Kopfteil hoch. Wir sind immer noch verheiratet, als mein Mann scheint Devon über meinen Genesungsprozess ständig auf dem Laufenden gehalten zu werden. Am Anfang habe ich das gar nicht wahrgenommen, ich war einfach viel zu daneben, um deswegen irgendetwas sagen zu können. Und mittlerweile ist es mir irgendwie unangenehm, es den Ärzten noch zu verbieten.

„Ja, ich freue mich auf zu Hause. Sparkle freut sich sicherlich auch schon wieder nach Hause zu kommen.“

Sein Lächeln verschwindet umgehend.

„Ich hatte gedacht, du kommst vielleicht erstmal zu mir. Ich habe noch ein bisschen frei und könnte mich um dich kümmern.“ Auf einmal wirkt er irgendwie unsicher. „Theresa … ich … wenn ich ehrlich sein soll, habe ich dich ziemlich vermisst, als ich in Boston war. So richtig ist mir das erst bewusst geworden, als ich dich im Krankenhaus gesehen habe. Ich weiß, dass in unserem Vertrag etwas anderes steht und wir schon längst geschieden sein sollten. Aber niemand zwingt uns dazu, auch einzuhalten, was da drin steht. Vielleicht könnten wir es ja einfach mal probieren miteinander? Vielleicht könnten wir ja noch einmal eine Weile zusammen wohnen und dann schauen, was passiert?“

+++

Theresas Blick trifft seinen und in diesem Moment weiß er, dass er verloren hat. Sie wird sich nicht darauf einlassen. Sie stammelt irgendwelche Entschuldigungen, aber er hört ihr kaum zu. Ihn interessieren ihre Entschuldigungen nicht, weil es gar nichts gibt, wofür sie sich entschuldigen müsste. Im Prinzip war zwischen ihnen ja alles von Anfang an klar.

Er hatte sich der Hoffnung hingegeben, dass sie es sich noch einmal anders überlegen könnte, dass sie ihn genauso sehr vermisst hat wie er sie. In der Zeit, in der sie mehr tot als lebendig und hilfsbedürftig im Bett gelegen hat und er jeden Tag bei ihr gewesen ist, hatte er das Gefühl, dass sich die Nähe zwischen ihnen noch intensiviert hat. Aber ganz offensichtlich ging dieses Gefühl nur von seiner Seite aus.

Außerdem hat sie höchstwahrscheinlich recht und es ist besser so.

Er will Karriere. Keine Beziehung. Genau das ist es, was er will.

Doch obwohl er weiß, dass es bestimmt besser so ist, braucht er eine halbe Ewigkeit, bis er es schafft aufzustehen und sie zu verlassen.

Er ist schon fast bei der Tür angekommen, als sie noch einmal seinen Namen sagt.

„Devon?“

„Ja?“ Viel zu schnell dreht er sich zu ihr um.

„Könntest du dich bitte um die Scheidungspapiere kümmern und sie mir zustellen lassen? Ich denke, wir sollten das so schnell wie möglich hinter uns bringen.“

Scheiße, Junge. Du bist so was von erbärmlich.

Die Stimme in seinem Inneren verzieht angewidert das Gesicht, denn Devon hatte für einen kurzen Moment tatsächlich gehofft, sie hätte nach ihm gerufen, weil sie es sich doch anders überlegt hat.

+++

Verdammt. Verdammt, verdammt, verdammt!

Das ist gar nicht gut.

Außerdem ist es genau einer der Hauptgründe, aus denen ich schon ewig keine Beziehung mehr eingegangen bin. Nämlich deshalb, weil ich keine Beziehung haben will. Weil ich gar nicht dazu in der Lage bin und überhaupt …

Gut, dass er jetzt weg ist und alles gesagt ist.

Ich frage mich allerdings, warum ich plötzlich gar nicht mehr aufhören kann zu weinen.

„Wo ist Devon?“ Meine Schwester kommt in mein Zimmer und sieht sich suchend um. Dabei klingt sie irgendwie vorwurfsvoll. „Er ist doch sonst um diese Zeit immer bei dir.“

„Ich habe ihn gebeten, zu gehen.“ Fast gelingt es mir, dass meine Stimme nicht zittert. Fast. „Er hat viel zu viel Zeit hier verbracht. Jetzt müssen endlich wieder klare Verhältnisse zwischen uns entstehen. Ich habe ihn gebeten, sich so schnell wie möglich um die Scheidung zu kümmern. Mir geht es ja jetzt wieder besser und er braucht nun kein schlechtes Gewissen mehr zu haben.“

„Du bist echt total bescheuert.“ Empört stemmt sie die Hände in die Hüften und schaut mich an. „Wirklich, ich habe dich bisher für einen halbwegs intelligenten Menschen gehalten. Aber wahrscheinlich hat deine Verletzung sich doch irgendwie negativ auf deine Hirnleistung ausgewirkt, weitaus mehr, als die Ärzte das erkannt haben. Anders kann ich mir das jedenfalls nicht erklären. Selbst ein Blinder würde sehen, dass du in diesen Mann verliebt bist, genauso wie er in dich. Bist du eigentlich gerne unglücklich, Theresa?“

Sie wirkt wütend, sie wirkt tatsächlich wütend. Meine Schwester gehört zu den sanftesten Wesen, die ich kenne. Ich kann mich kaum daran erinnern, wann ich sie das letzte Mal wütend erlebt habe. Das muss Jahre her sein.

„Er will Kinder haben, Deborah“, murmle ich.

„Und? Kannst du keine bekommen? Meines Wissens hast du dir das Bein gebrochen und keine Sterilisation gehabt."

„Du weißt genau, worum es mir geht."

„Nein, um ehrlich zu sein, weiß ich das nicht. Und bevor du jetzt zu irgendeinem Blödsinn ansetzt – ich will es auch gar nicht hören. Weißt du was, Theresa? Seit das mit Emma passiert ist, sehe ich dir dabei zu, wie du dich selbst bestrafst. Am Anfang habe ich noch gedacht, du brauchst das irgendwie. Und die ersten paar Wochen war ich so wütend und verzweifelt, dass ich – ich muss es ehrlich zugeben – es auch irgendwie angemessen fand, dass es dir nicht gut ging. Aber weißt du was? Mittlerweile nervt es mich nur noch!" Sie kommt näher an mein Bett heran. „Ich habe wahrlich genug zu tun und überhaupt keine Lust, mir auch noch um meine kleine Schwester Gedanken machen zu müssen, die anscheinend darauf steht, in Selbstmitleid zu zerfließen.

Das mit Emma war eine schlimme Tragödie und glaube mir, ich würde einiges darum geben, um diesen Tag ungeschehen zu machen." Mit einem schabenden Geräusch zieht sie sich einen hässlichen weißen Plastikstuhl an mein Bett. Sie klingt nun ruhiger.

„Ich würde alles dafür geben, Deborah. Alles."

„Das weiß ich. Aber ich würde auch einiges darum geben, dass es dir endlich besser geht und damit meine ich nicht deinen Unfall. Ich meine dich. Weißt du, nachdem das mit Emma passiert ist und sie im Koma lag und niemand wusste, ob sie überleben wird, da habe ich gebetet. Tag und Nacht. Ich habe darum gebetet, dass mein süßes kleines Mädchen bei mir bleiben darf. Als sie dann endlich aufgewacht ist, war das ein Geschenk, ein riesiges Geschenk. Trotz aller Sorge war ich in diesem Moment glücklich. Und

Emma ist es auch. Sie ist so ein zufriedenes, glückliches Kind und eine richtige Kämpferin. Ich bin mir sicher, dass sie alles erreichen wird, was sie sich vornimmt. Vielleicht braucht sie dafür länger als andere, aber sie schafft es. Sie hat enorme Fortschritte gemacht, obwohl die Ärzte uns damals so wenig Hoffnung gemacht haben. Jeden Tag freue ich mich darüber, wie toll mein kleines Mädchen ist. Wenn du bei uns vorbeikommst, werde ich jedes Mal traurig. Weil ich an deinem Gesicht erkennen kann, dass du nur ihre Mängel bemerkst und nicht ihre Stärken. Du nimmst nicht wahr, wie toll und wie glücklich sie ist." Als ich etwas sagen will, hebt Deborah abwehrend die Hand. „Ich weiß, dass du sie liebst, Theresa. Aber sei ehrlich zu mir: Hast du sie seit ihrem Unfall je einmal angesehen und dich einfach an ihr erfreut? An ihrer Fröhlichkeit, an ihrer Offenheit, mit der sie auf andere Menschen zugeht, oder an ihrer liebevollen Art, die sie jedem entgegenbringt? Selbst wenn sie nicht gerne woanders ist als zu Hause: Sie gehört zu den fröhlichsten und aufgeschlossensten Menschen, die ich kenne."

„Es … ich hätte besser auf sie aufpassen müssen."

„Scheiße, Theresa! Niemand kann immerzu auf ein Kind aufpassen. Es kann ständig etwas passieren, wir können unsere Kinder nicht vor allem beschützen. Wenn wir überall Gefahr wittern, hindern wir sie daran, überhaupt jemals zu leben. Sie dürften nicht Fahrrad fahren, nicht laufen, nicht springen, niemals im Leben etwas selbstständig machen. Eine Kerze anzünden? Viel zu gefährlich. Von der Schule allein nach Hause kommen? Um Himmels willen. Ohne Mama zu Freunden gehen? Lieber nicht. Weißt du, wie viele Unfälle mit Kindern jedes Jahr passieren? Es geht so schnell. Man dreht sich um und die Kinder fallen vom Stuhl und schlagen sich den Kopf auf. Man lässt sie beim

Fahrradfahren das erste Mal los und sie brechen sich den Arm. Man passt eine Sekunde nicht auf, und sie fallen die Treppe herunter. Und manchmal, da passieren auch noch schlimmere Dinge. Das ist tragisch, furchtbar, entsetzlich und ich wünschte, solche Dinge würden nicht passieren. Als Mutter löst allein der Gedanke daran eine Panikattacke in einem aus. Aber glaubst du ernsthaft, dass all die Menschen, die daran in irgendeiner Form beteiligt sind, es wirklich hätten vermeiden können? Dass sie unfähig sind, Verantwortung zu übernehmen und nie wieder ein Recht darauf haben, glücklich zu sein?“

„Natürlich nicht“, flüstere ich leise.

„Wie bitte?“ Meine Schwester hat die Augenbrauen hochgezogen und die Arme vor ihrer Brust verschränkt. „Könntest du das bitte noch mal lauter sagen? Ich habe dich nicht verstanden.“

„Natürlich nicht!“, sage ich noch einmal, diesmal lauter.

„Aha!“ Deborah beugt sich zu mir vor. „Und wenn das für andere gilt, warum gilt es dann nicht auch für dich, Theresa? Warum nicht?“

Diese Frage kann ich ihr nicht beantworten, ich kann sie mir selbst nicht beantworten.

„Siehst du, du weißt es selbst nicht. Aber eines will ich dir noch sagen: Vielleicht ist mein Leben komplizierter geworden, als es früher war. Allerdings weiß ich es auch mehr zu schätzen. Und auch, wenn das irgendwie seltsam klingen mag, denke ich manchmal, dass ich auch Emma mehr zu schätzen weiß. Obwohl ich niemandem wünsche, nicht einmal meinem ärgsten Feind, solche Erfahrungen zu machen, wie wir sie gemacht haben: Ich bin heute glücklich. Ich würde mir wünschen, dass du es irgendwann auch sein kannst. Das würde mich noch glücklicher machen.

Manchmal habe ich das Gefühl, du bist einfach zu feige dazu, das Vergangene zu verarbeiten. Du suhlst dich lieber in einer gehörigen Portion Selbstmitleid, statt dein Leben wieder in die Hand zu nehmen und es zu leben. Stattdessen wirfst du es einfach so weg. Dabei solltest doch gerade du wissen, wie schnell es vorbei sein kann und es ein bisschen mehr zu schätzen wissen." Sie haucht mir einen Kuss auf die Stirn, bevor sie aufsteht. „Und falls du dir darüber Gedanken machen solltest – der Arsch von meinem Ex-Mann hat mir schon vor dem Unfall gesagt, dass er sich scheiden lassen will, weil er eine andere hatte. Ich hätte dir das schon längst sagen sollen, aber irgendwie dachte ich immer, du bekommst all das auf die Reihe, ohne dass ich noch mit dir schimpfen muss. Du hast schließlich schon genug gelitten."

Ohne sich noch einmal umzusehen, steht sie auf und lässt mich alleine.

Später am Nachmittag besucht mich Lilly. Ich erahne schon, dass Deborah mit ihr gesprochen hat, aber sie ist eine gute Freundin und lässt mich in Ruhe. Wir reden über Belanglosigkeiten, so wie immer in letzter Zeit, unser stilles Abkommen besteht noch. Allerdings ist sie noch blasser als sonst. Ich nehme mir fest vor, wieder mehr Zeit mit ihr zu verbringen, sobald ich hier draußen und dazu in der Lage bin, mich um sie zu kümmern.

Sie erzählt von Michelle, von ihrer Tante und von Michaels Job. Dann sagt sie eine Weile nichts und sitzt nur schweigend an meinem Bett und schaut aus dem Fenster.

„Übrigens habe ich Sarah getroffen, nachdem sie dich besucht hat. Wir haben einen Kaffee zusammen getrunken und ein bisschen gequatscht. Erinnerst du dich noch an die verunglückte Schlittenfahrt mit Devon? Die, zu der hinterher dieser blöde Reporter aufgetaucht ist?"

Ich nicke. Natürlich erinnere ich mich daran. Noch ein Grund, aus dem ich von Devon nichts wissen will. Wie soll man eine Beziehung mit jemandem führen, dem man nicht vertrauen kann? „Sarah erinnert sich auch daran. Weißt du auch warum?" Lilly legt eine Pause ein, anscheinend wartet sie auf eine Antwort.

„Nein! Woher soll ich das auch wissen?" Ich kann so blöde Fragen nicht leiden und für heute habe ich ohnehin genug.

„Auch wieder wahr." Lilly legt lächelnd den Kopf schief. „Eric und sie wollten eigentlich ebenfalls dorthin kommen. Aber dann hat Devon abgesagt und gemeint, dir ginge es nicht so gut und er würde lieber mit dir alleine bleiben. Verstehst du, was das bedeutet, Theresa?" Diesmal erwartet sie anscheinend keine Antwort von mir, denn sie spricht beinahe direkt weiter. „Er hat nicht mit der Presse telefoniert, sondern mit Eric. Weil er dachte, dass dir nach solchen Gesprächen nicht nach fremder Gesellschaft wäre. Sarah vermutet übrigens, dass Yvette hinter der Geschichte mit der Presse steckt. Sie hat sich an die Sache erinnert, nachdem sie deinen Namen in der Zeitung gelesen hat. Midway ist halt ein Kaff. Das hat sie zumindest dem bekloppten Shepard erzählt, der jetzt ihr neuestes Opfer zu sein scheint. Yvette war wohl mächtig stolz auf sich, dass sie das Ganze erneut ans Tageslicht gezerrt hat."

Einen Moment lang herrscht Stille in dem kleinen Raum, dann schaut Lilly auf ihre Armbanduhr.

„Oh, schon so spät!" Ihr Blick ist völlig unverbindlich. „Ich muss los, Michael und Michelle warten bestimmt auf mich!" Sie beugt sich zu mir und haucht mir einen Kuss auf die Wange, bevor sie mit einem Lächeln verschwindet, das aussieht, als hätten wir über nichts als das Wetter gesprochen.

Scheiße, haben die sich heute eigentlich alle gegen mich verschworen?

Als später auch noch Devons Mom vorbeischaut, und so lieb und herzlich zu mir ist wie immer, muss ich mich permanent beherrschen, um nicht schon wieder zu weinen.

+++

Eine halbe Ewigkeit bleibt Devon im Auto vor seinem Haus sitzen und starrt es an. Seit er wieder in Midway ist, hat er darauf gehofft, dass Theresa mit ihm hierhin zurückkommen wird. Jetzt, wo er weiß, dass sie das wohl nicht tun wird, erscheint ihm das Haus selbst von außen viel zu groß und leer.

Erst das penetrante Klingeln seines Handys löst ihn irgendwann aus seiner Starre.

„Devon? Wir warten seit einer Dreiviertelstunde in Stevens Bar auf dich. Du hattest uns für heute eine Abschiedsfeier versprochen. Die ist ohnehin viel zu spät, schließlich bist du bereits seit Wochen weg!“ Erics Stimme klingt empört und besorgt zugleich.

„Sorry, mir ist da was dazwischen gekommen.“ Das klingt ziemlich halbherzig, aber Devon könnte gerade nichts gleichgültiger sein. Langsam geht er in Richtung seines Hauses.

„Ist irgendetwas mit Theresa? Geht es ihr wieder schlechter?“ Die Hintergrundgeräusche werden leiser, als wäre Eric irgendwohin gegangen, wo es etwas ruhiger ist.

„Nein, mit Theresa ist alles in Ordnung. Ich bin heute einfach nicht in Stimmung, Eric. Es tut mir leid.“

„Das kannst du nicht machen, Devon, das ist deine Abschiedsfeier! Die Jungs sind alle da und warten auf dich."

„Die kommen auch ohne mich zurecht …", brummelt Devon in sein Telefon und geht etwas zögerlich in sein Haus.

Alles, was er dort vorfindet, ist Leere. Selbst die hässliche kleine Teufelskatze, die sofort auf ihn zukommt, um nach Futter zu betteln, kann das Gefühl nicht vertreiben.

Er stellt fest, dass es sogar irgendwie leer riecht, weil mit Theresa auch ihre obligatorischen Duftkerzen verschwunden sind.

Nur ein letztes, halb abgebranntes Glas ist zurückgeblieben. Langsam streicht Devon mit den Fingern über den Glasdeckel. Theresa hat es neu beschriftet, weil es noch eines aus der Brandschadensreihe aus ihrem Laden ist.

„Wedding Day" steht in ihrer leicht schnörkeligen Schrift auf einem weißen Etikett.

Auf einmal hat Devon das Gefühl, hier unbedingt raus zu müssen. Bevor sein Kopf die Entscheidung richtig getroffen hat, ist sein Körper bereits dabei, erst Sparkle zu füttern und sich wieder eine Jacke anzuziehen.

„Ich bin in ein paar Minuten bei euch." Dann legt er auf.

Devon ist noch keine zwei Minuten in der Bar, als er Yvette hereinkommen sieht.

„Scheiße!", flucht er, bevor er von seinem Stuhl aufspringt und diesen vor lauter Wucht beinahe umwirft. Eine heiße Welle von Adrenalin durchspült ihn und er merkt, wie sich seine Hände unwillkürlich zu Fäusten ballen.

Er muss hier raus – ganz schnell. Ansonsten wird er heute Abend Dinge tun, die er hinterher bereuen wird. Der Tag war einfach zu beschissen, um sich jetzt zurückhalten zu können und er will keine Schwächeren schlagen, das hat er noch niemals und das will er auch niemals tun. Und jemand zu erwürgen ist obendrein strafbar.

Devon ist gerade dabei sich seine Jacke zu schnappen, als er Erics Hand auf seiner Schulter spürt.

„Locker bleiben, wieder hinsetzen und die Show genießen!", befiehlt Eric und löst dabei gerade so viel Druck aus, dass Devons Beine wie von selbst wieder einknicken und er zurück auf seinen Stuhl sinkt. „Da kommt Shepard. Und jetzt pass gut auf, was nun passiert."

Als hätte Yvette Witterung aufgenommen, bleibt sie stehen und hält in ihrer Bewegung inne, als Shepard den Raum betritt. Anschließend dreht sie sich in Zeitlupentempo zu Shepard und setzt ein absolut gekünsteltes Lächeln auf, bevor sie ihm entzückt um den Hals fällt. Der Kuss, den die beiden sich geben, ist für die Öffentlichkeit eher unpassend, dauert zweieinhalb Minuten und Devon kann das ganze Schauspiel nur nicht weiter beobachten, weil Shepard und Yvette anschließend verschwinden.

„Das gibt's doch wohl gar nicht." Fassungslos starrt Devon auf die Tür, durch die die beiden Turteltäubchen gerade verschwunden sind.

„Doch." Eric drückt ihm eine frische Flasche Bier in die Hand. „Sofern ich das richtig mitbekommen habe, schmeißt sie sich an ihn ran, seit Theresa im Krankenhaus liegt. Spätestens da muss sie wohl erkannt haben, dass sie selbst keine Chance mehr hat. Auch wenn sie wirklich nichts unversucht gelassen hat. Shepard erzählt ja immer alles sofort weiter. Er hat Yvette übrigens beim Zahnarzt kennengelernt, da hat er ja oft genug Bedarf." Er nimmt einen großen Schluck aus seiner Flasche. „Die Pressemeldung mit Theresas Nichte ging wohl auch auf ihre

Kappe. Anscheinend hat sie gehofft, du würdest sie verlassen, wenn du siehst, dass sie nicht mit Kindern umgehen kann."

Devon verschluckt sich beinahe an seinem Bier.

„Wie bitte? Was hat denn das eine mit dem anderen zu tun? Was Theresa damals passiert ist, war ein tragischer Unfall. Das hat doch nichts damit zu tun, dass sie nicht mit Kindern umgehen kann!"

Abwehrend hebt Eric die Hände.

„Erzähl das nicht mir. Ich habe selbst ein Kind, ich weiß wie schnell die sich in gefährliche Situationen begeben. Auch noch, wenn sie größer sind, übrigens ..." Einen Moment lang bildet sich eine steile Falte zwischen Erics Brauen. „Wobei Travis im Moment wirklich ein braver Bursche ist, fast schon zu brav."

Dann beginnt er Devon Geschichten über seinen Sohn zu erzählen, doch Devon hört nur mit halbem Ohr hin. Seine Gedanken wandern immer wieder zu Theresa.

Eigentlich hätte er unglaubliche Erleichterung darüber empfinden müssen, dass er Yvette offenkundig dauerhaft los ist. Aber das tut er nicht. Auf einmal kommt ihm Yvette wie das kleinste seiner Probleme vor und er kann sich nicht im Geringsten darüber freuen, sie endlich losgeworden zu sein. Alles, was er empfindet, ist Traurigkeit.

Das heißt Liebeskummer, du Trottel!

Kopfschüttelnd bestellt er sich noch ein weiteres Bier.

Seine Abschiedsfeier ist lang und sehr alkohollastig, zumindest für Devon, der sich so viel hinter die Binde kippt, dass er am Ende des Abends erstaunt ist, dass er überhaupt noch ein Taxi findet, das ihn nach Hause bringt.

Als er am nächsten Morgen wach wird, hat er den schalen Geschmack von Bier, Whisky und frittiertem Essen im Mund, und das alles schmeckt so, als wäre es schon eine ganze Weile tot. Dazu hat er den entsetzlichsten Kater seines Lebens.

Und sein Haus ist immer noch genauso leer wie vorher.

Aber wenigstens schläft die hässlichste Katze der Welt neben ihm im Bett. Allerdings wird auch das vermutlich bald ein Ende haben.

+++

Devon besucht mich nicht mehr. Und ja. verdammt: Ich vermisse ihn. Ich habe mich so sehr an seine Besuche gewöhnt und ich habe mich so sehr an ihn gewöhnt. An seine ruhige Art, an das gute Gefühl, das er mir gibt, wenn er bei mir ist.

Ohnehin ist meine Besuchsbilanz in den letzten Tagen erstaunlich schlecht gewesen. Deborah schaut ebenfalls deutlich weniger bei mir vorbei, außerdem redet sie kaum noch mit mir, als wäre sie beleidigt. Wahrscheinlich ist sie das auch, und vielleicht sogar zu Recht.

Zumindest habe ich jetzt Zeit zum Nachdenken. Viel zu viel Zeit, denn die Ablenkung im Krankenhaus ist schließlich sehr gering und nach beinahe vier Wochen hier, verliert das Fernsehprogramm doch deutlich seinen Reiz und auch zum Lesen habe ich keine rechte Lust mehr. Devon hat es geschafft, dass ich ein Einzelzimmer bekomme, damit ich ein wenig vor der Öffentlichkeit abgeschirmt werden kann. Das ist sehr angenehm, hat aber auch deutliche Nachteile, denn man ist eben den ganzen Tag allein, wenn kein Besuch da ist.

Vielleicht – ich muss es einfach eingestehen – vielleicht hat Deborah tatsächlich recht. Ich habe mir stets die Schuld an Emmas Unfall gegeben und das mache ich bis heute; wahrscheinlich werde ich niemals das Gefühl haben, keine Schuld daran zu tragen. Doch vor lauter Schuldgefühlen habe ich tatsächlich aufgehört richtig zu leben.

Ich meine, natürlich habe ich geatmet, gegessen, im biologischen Sinne gelebt. Aber ich habe aufgehört es wirklich zu genießen, weil ich immer das Gefühl hatte, dass mir das nicht mehr zustünde, da ich Emmas und Deborahs Leben versaut habe. Dabei bin ich nie auf die Idee gekommen, dass die beiden sich schon lange mit dem Unfall arrangiert haben; viel besser, als ich es jemals getan habe.

Als es klopft, hoffe ich auf Lilly, die mich mit ihrem absichtlich belanglosen Geplauder so wunderbar ablenkt. Als statt meiner zierlichen besten Freundin ein Berg von Muskeln und Testosteron hereinkommt, bleibt mir beinahe das Herz stehen.

„Hi Theresa!" Sein Lächeln wirkt träge, als er sich langsam auf mich zubewegt. Ich bin mehr als erstaunt, dass er noch einmal auftaucht; eigentlich dachte ich, dass unser letztes Gespräch eindeutig genug gewesen wäre.

„Hallo Devon!" Ich setze mich auf und bemühe mich, mir meine Überraschung nicht anmerken zu lassen. „Was verschafft mir die Ehre?" Ich finde, ich klinge furchtbar gelassen und bin sehr stolz auf mich. Und das, obwohl seine Nähe mich völlig durcheinander bringt. Er kommt näher und setzt sich zu mir auf die Bettkante, was mir viel zu nah ist, denn jetzt kann ich seinen einzigartigen Duft einatmen und ich bräuchte nur die Hand auszustrecken, um über die feinen Bartstoppeln auf seiner Wange zu streicheln. Stattdessen verschränke ich die Hände keusch und artig in meinem Schoß.

Devon bleibt eine Weile still bei mir sitzen und schaut mich an. Stumm, ohne ein Wort zu verlieren. Seine eingehende Musterung macht mich nervös, ebenso wie seine Nähe. Ich sehne mich nach ihm, aber ich kann einfach nicht über meinen Schatten springen. Nicht jetzt, nicht so schnell, vielleicht auch nicht mit ihm.

Nach einer halben Ewigkeit zieht Devon etwas aus seiner Jacke.

„Ich habe die Scheidungspapiere mitgebracht, um die du mich gebeten hast. Das wolltest du doch, oder Theresa?"

Ich nicke stumm. Ja, das wollte ich. Ich wollte, dass es endlich vorbei ist und ich vielleicht eine Chance bekomme, mich wirklich wieder normal zu fühlen. Devon nickt ebenfalls und reicht mir zu den Papieren einen Kugelschreiber. Unsere Fingerspitzen berühren sich kurz, als ich ihn entgegennehme. Warum tut er uns das an? Er hätte sie auch mit einem Kurier schicken können und warten, bis ich zurück zu Hause bin.

„Wo soll ich unterschreiben?" Meine Stimme ist ganz rau und als Devon mir die Stellen zeigt, unterschreibe ich, ohne dabei zu beachten, wie falsch sich das alles anfühlt.

„Na dann ..." Devon nimmt die Papiere an sich und als sein Blick meinen trifft, sehe ich darin eine Traurigkeit, die mich so sehr rührt, dass ich auf einmal selbst Tränen in den Augen habe. Sie lösen sich, ohne dass ich sie aufhalten kann und laufen mir unaufhörlich die Wagen herunter.

„Hey, nicht weinen, meine Kleine." Bevor ich etwas dagegen tun kann, zieht Devon mich vorsichtig in seine Arme und wiegt mich hin und her, hält mich, bis alle Tränen versiegt sind.

Dann küsst er mich auf die Stirn und geht, ohne sich noch einmal umzudrehen.

Das Ganze ist ein Fehler, ein einziger, riesengroßer Fehler.

Ich will ihn zurückrufen, ihm sagen, dass ich ihn wiederhaben will. Aber ich kann nicht, ich bekomme nicht einen Ton heraus und kann nur auf die Tür starren, die sich jetzt hinter ihm schließt.

Ich weiß nicht, wie ich den restlichen Tag überstanden habe, oder die Nacht.

Ich zucke jedes Mal zusammen, wenn mich jemand Mrs. Frenley nennt, obwohl ich das offiziell ja noch bin, bis unsere Papiere auch vom Richter unterzeichnet wurden. Dabei bin ich mir nicht sicher, ob es nicht noch schlimmer wäre, wenn sie mich nicht mehr Mrs. Frenley nennen würden.

Eigentlich weiß ich überhaupt nichts mehr.

Um mich wenigstens ein bisschen abzulenken, verabschiede ich mich zunächst von Ärzten und Schwestern, danach humple ich durch mein Zimmer und packe meine Sachen zusammen, weil ich heute endlich nach Hause darf. Dabei ignoriere ich sowohl die Schmerzen in meinem Bein als auch die in meinem Herzen, obwohl sie momentan das einzige sind, was dafür sorgt, dass ich mich überhaupt noch lebendig fühle.

Das Leben mehr schätzen, so eine Scheiße!

Ich bin wütend, auf mich, auf mein Leben, auf den ganzen Rest der Welt. Deborah kann ja erzählen, was sie will und in der Theorie mag das auch alles super toll sein, aber in der Praxis habe ich leider keine Ahnung, wie ich es umsetzen soll. Den kompletten Tag nur rumzuheulen ist mir viel zu anstrengend und Spaß macht es auch keinen. Da versuche ich doch lieber weiterhin meine Gefühle zu ignorieren, das tut wenigstens nicht so beschissen weh.

Das gelingt mir auch sehr gut. Zumindest für ein paar Minuten. Denn dann klopft es und Devon kommt herein, einen leeren Rollstuhl schiebend. Ich bin so erstaunt, dass ich es nicht einmal schaffe, ihn zu begrüßen. Er hingegen scheint völlig gefasst zu sein.

„Hast du alles gepackt?", fragt er mich, als wäre es völlig selbstverständlich, dass er hier ist. Als ich nicke, nimmt er die zwei kleinen Taschen mit meinen Habseligkeiten, die ich auf das Bett gestellt habe. „Wunderbar. Ich bringe das schon mal ins Auto. Ich bin gleich zurück."

Während er mit meinen Taschen verschwindet, lasse ich mich vorsichtig auf das Bett sinken. Eine meiner Gehstützen fällt um und macht ein hässliches, lautes Geräusch auf dem Linoleumboden des Krankenzimmers, aber ich lasse sie einfach liegen, starre weiter auf die Tür, bis Devon wieder hereinkommt. Tatsächlich war ich mir nicht wirklich sicher, ob ich vielleicht nur halluziniert habe und es sich eventuell um eine Spätfolge meiner Hirnverletzung gehandelt hat, doch als er nun vor mir steht, sieht er sehr real aus.

„Können wir?", fragt er gut gelaunt und schiebt mir den Rollstuhl hin. „Das Krankenhaus besteht darauf, dass du mit dem Rollstuhl bis zum Auto gefahren wirst. Aus Versicherungsgründen, sagen sie."

Da ich bloß eine meiner Gehstützen zur Verfügung habe, ist das Aufstehen etwas mühsam. Als Devon bemerkt, wie sehr ich mich anstrengen muss, hilft er mir hoch und anschließend in den Rollstuhl. All die Stellen meines Körpers, die er dabei berührt, fühlen sich merkwürdig warm an.

Erst als ich sitze, finde ich meine Stimme wieder.

„Was machst du eigentlich hier, Devon?"

Mit einem unverfänglichen Lächeln zuckt er mit den Schultern.

„Deborah schickt mich, um dich nach Hause zu bringen. Sie hat mich vorhin angerufen, sie schafft es selbst nicht, sie muss mit Emma noch irgendwohin."

Diese Verräterin! Ich bin mir beinahe sicher, dass das nicht stimmt, dass sie Devons Hilfsbereitschaft ausnutzt, um so einen blöden letzten Verkupplungsversuch zu starten. Wahrscheinlich weiß sie noch nicht, dass es längst zu spät ist und die Scheidungspapiere schon unterschrieben sind.

„Das musst du nicht tun, Devon. Ich kann mir auch ein Taxi nehmen. Bitte!" Auf gar keinen Fall will ich mich von ihm nach Hause fahren lassen, so masochistisch veranlagt bin selbst ich nicht. Mir geht es schon schlecht genug, ich will ihn nicht noch sehen müssen.

„Jetzt bin ich einmal hier, jetzt bringe ich dich auch heim."

Entschlossen öffnet er die Tür und schiebt mich auf den Flur. Ich will weiter widersprechen, lauter, energischer, aber der Flur ist voll mit Krankenhauspersonal und Besuchern und ich würde eine Riesenshow abliefen, wenn ich in diesem Moment beginnen würde, Theater zu machen. Die halbe Stunde bis nach Hause werde ich auch noch irgendwie überstehen, selbst dann, wenn ich in seiner Nähe das Gefühl habe, dass es mir schier das Herz zerreißt.

Fünf Minuten später sitze ich in seinem Wagen, der noch genauso riecht wie vor ein paar Wochen, nämlich nach Devon und Ledersitzen.

Mein Ex-Mann hilft mir beim Einsteigen, was mit einem eingegipsten Bein gar nicht so einfach ist, danach setzt er sich schweigend auf den Fahrersitz und startet den Motor.

Draußen ist es Frühling geworden, das habe ich bei meinen wenigen Ausflügen in den Krankenhauspark schon mitbekommen. Die Bäume schlagen aus und knospen in einem zarten Grün und der Himmel wirkt viel blauer als noch vor vier Wochen. Damit ich nicht mit Devon reden muss, vertiefe ich mich völlig in meine Naturbetrachtungen. So sehr, dass ich kaum bemerke, wohin wir fahren.

Irgendwann hält er an und ich schaue mich irritiert um.

„Devon, das hier ist dein Haus!"

„Ja!", antwortet er stumpf, während er aus dem Wagen steigt und kurz darauf meine Tür von außen öffnet. Bevor ich weiß, wie mir geschieht, hebt er mich heraus und trägt mich ins Haus, setzt mich schließlich in seinem gigantischen Wintergarten auf einem Sofa ab.

„Devon, kannst du mir mal erzählen, was der Mist soll? Ich will nicht hier sein, sondern in meiner Wohnung. Ich will … ach verdammt, Devon Frenley! Es ist doch auch so schon schwer genug!" Meine Stimme klingt ganz brüchig. „Bitte, bring mich hier weg."

„Ich habe etwas für dich. Schau es dir an, ich bin gleich wieder da."

Er drückt mir einen Stapel Papiere in die Hand und ich fühle mich an die Situation damals auf dem Flughafen erinnert. Mit gerunzelter Stirn studiere ich die Unterlagen, die er mir gegeben hat. Es sind die Scheidungspapiere, diesmal nicht an mich, sondern an ihn adressiert. Und sie sind …

„Ich konnte es einfach nicht." Devon steht direkt hinter mir. „Ich konnte diese verdammten Papiere einfach nicht unterschreiben." Langsam kommt er zu mir herum und setzt sich neben mich. „Es hat sich so falsch angefühlt, ich wollte es nicht. Und wenn ich deine Tränen von gestern richtig gedeutet habe, dann ist es auch nicht das, was du willst."

Mit dem Daumen streicht er über meine Wange und ich kann ihn nur anstarren. Mein dummes Hirn ist kaum in der

Lage zu verarbeiten, was hier im Moment geschieht, es ist viel zu viel auf einmal. Aber mein Herz schlägt schnell und voller Freude gegen meinen Brustkorb. „Ich liebe dich, Theresa. Ich habe eine Weile gebraucht, um das zu erkennen, aber es ist die Wahrheit. Vielleicht mag es kompliziert sein mit uns, vielleicht müssen wir Kompromisse eingehen, beide. Doch ich kann mir keinen Kompromiss vorstellen, der so schlimm sein könnte, wie ohne dich zu leben." Mein Verstand schaltet sich aus, aber mein Herz legt einen freudigen Salto hin. Dann noch einen. Und als Devon sich zu mir beugt, um mich zu küssen, habe ich das Gefühl, dass es vor lauter Glück beinahe zerspringt. Er liebt mich. Er liebt mich! Devon Frenley hat mir gerade gesagt, dass er mich liebt. Neben diesem absolut berauschenden Glücksgefühl spüre ich eine unglaubliche Erleichterung, in etwa so, als hätte mir jemand eine zentnerschwere Last von der Brust genommen, als könnte ich seit Wochen das erste Mal wieder frei atmen. Es ist … einfach wunderschön.

Eine kleine Ewigkeit bleiben wir im sonnendurchfluteten Wintergarten sitzen, küssen uns und halten einander fest. Erst als es zu kalt wird, trägt Devon mich wieder rein und platziert mich in seiner Küche, zündet den Kamin an und stellt sich an den Herd, um irgendetwas für mich zu kochen, das hoffentlich nicht nach Krankenhausessen schmeckt. Bei dem Gedanken daran beginnt sofort mein Magen zu knurren.

Devon lächelt, dann stellt er mir eine große Schüssel mit Pfefferminzeis hin.

„Deine Lieblingssorte, oder? Das hat Lilly mir verraten. Angeblich verdirbt man sich zwar den Appetit, wenn man den Nachtisch zuerst isst, aber manchmal muss man sich über solche Regeln einfach hinwegsetzen."

Bevor er sich mir wieder entziehen kann, halte ich ihn am Handgelenk fest, um ihn noch einmal zu küssen.

Danach sehe ich ihm schweigend und essend beim Kochen zu und genieße still seine Nähe. Das Eis ist das Köstlichste, das ich jemals gegessen habe, süß und herb zugleich, kalt und schmelzend. Dennoch bin ich mir sicher, dass es nicht am Eis liegt, dass ich mich auf einmal viel glücklicher fühle.

Irgendwann taucht Sparkle auf. Ich wusste, dass sie hier ist, aber es tut trotzdem gut, sie zu sehen. Als sie mich erkennt, legt sie ihren großen Kopf schief, maunzt einmal und springt mit einer für sie erstaunlichen Eleganz auf den freien Stuhl neben mir. Anschließend lässt sie sich von mir die Öhrchen kraulen, als wäre nie etwas gewesen.

„Danke!“, sage ich nach einer Weile und Devon dreht sich zu mir um.

„Wofür denn?“

„Dafür, dass du mich nach Hause gebracht hast.“

Lächelnd kommt er auf mich zu, um mich erneut zu küssen und zum ersten Mal seit Jahren habe ich das Gefühl, dass glücklich zu sein vielleicht doch gar nicht so schwer ist, wie ich immer dachte.

Epilog

Boston gefällt mir. Natürlich ist es deutlich größer als Midway und deutlich anonymer, aber ich mag es hier. Die Leute sind nett und sehr locker, außerdem ist man im Nu am Meer, was ich besonders toll finde.

Vielleicht bin ich auch nicht sonderlich objektiv und es würde mir fast überall gefallen, wenn Devon ebenfalls da ist. Ich weiß, dass das kitschig klingt, aber es ist die Wahrheit.

Und so schwer es mir auch gefallen sein mag, mich für eine Weile von Deborah und Emma zu verabschieden – der Abstand tut mir ganz gut. Außerdem ist es ja auch nicht für die Ewigkeit. Devons Vertrag in Boston läuft für zwei Jahre, dann werden wir nach Midway zurückgehen. Mal abgesehen davon, dass wir ohnehin ständig zu Besuch dort sind, um Devons Familie zu besuchen, um nach Emma und Deborah zu schauen und ich muss mich ja auch noch um meinen Laden kümmern, für den ich mittlerweile zwei sehr kompetente Verkäuferinnen eingestellt habe.

Wahrscheinlich wäre ich nie mit Devon mitgegangen, wenn Deborah mir nicht stundenlang zugeredet hätte; ich bin wirklich dankbar für ihre Geduld.

Und wie gesagt: Boston tut mir gut. Ich habe wieder mit einer Therapie angefangen, die deutlich besser läuft als das letzte Mal. Vielleicht, weil die Zeit jetzt einfach reif ist, weil ich erkannt habe, dass es nicht undankbar ist, wenn ich mein Leben genieße und dass es weder Deborah noch Emma besser davon geht, wenn ich leide. Ganz im Gegenteil. Es mag aber auch an Devon liegen, der mir unendlich gut tut.

Oder an der neuen Therapeutin, mit der ich viel besser zurechtkomme als mit meiner alten.

Außerdem gehe ich jetzt zur Uni, auch wenn ich eigentlich ein bisschen zu alt dafür bin, doch ich habe mir in den Kopf gesetzt, einen Bachelor in Wirtschaftswissenschaften zu machen, und das werde ich auch durchziehen.

Zeit dazu habe ich schließlich genug, denn Devon ist viel unterwegs und ich würde mich bestimmt zu Tode langweilen, wenn ich selbst nichts zu tun hätte. Obwohl ich manchmal glaube, dass der Abstand uns mitunter auch hilft. Wir sind beide so stur und zwischen uns ist alles so verdammt schnell gegangen, dass es jetzt gut ist, wenn wir nicht ständig aufeinanderhängen müssen, sondern beide unsere Freiräume haben.

Natürlich ist nicht ständig alles super zwischen uns. Das Kinderthema beschäftigt mich beispielsweise immer noch. Ich weiß, dass Devon gerne eine Familie hätte, aber ich kann mir nach wie vor nicht vorstellen, dafür die Verantwortung zu übernehmen. Und wenn ich ganz ehrlich bin, genieße ich die Zeit mit ihm alleine ohnehin viel zu sehr, um sie mit Kindern teilen zu wollen.

+++

Früher hat er die Besuche bei seiner Familie oft als langweilig empfunden. So gern er seine Familie auch hat, hatte er es stets eilig von dort wieder wegzukommen, einfach weil er so viele andere Dinge im Kopf hatte.

Das hat sich geändert. Zumindest zum Teil. Zwar hat er es immer noch eilig wieder von seiner Familie wegzukommen, aber mittlerweile hat er nur noch eines im

Kopf, nämlich seine wunderhübsche Frau, mit der er so schnell wie möglich alleine sein möchte.

Er ist so wahnsinnig stolz auf sie, dass sie es geschafft hat, ihre Sorgen und Ängste zu überwinden. Dass sie mit ihm noch Boston gezogen ist, obwohl er so wenig Zeit hat und dass sie eine Therapie macht und ein Studium angefangen hat. Er ist stolz darauf, dass sie so stark ist und auch, dass sie gelernt hat, zu ihren Schwächen zu stehen. Vielleicht ist er sogar ein bisschen stolz darauf, dass sie es mit ihm aushält, was schließlich auch nicht immer ganz einfach sein dürfte.

„Sie tut dir gut, finde ich." Seine Mom ist hinter ihn getreten und legt ihm eine Hand auf die Schulter, während sie beide Theresa beobachten, die mit ihrem kleinen Neffen spielt. „Und ich glaube, du tust ihr auch gut."

Devon lächelt.

„So sollte es sein, oder?"

Hinter ihm erklingt das warme, freundliche Lachen seiner Mutter.

„Allerdings. Und ist dir aufgefallen, dass sie aufgehört hat sich ständig umzuschauen, wenn sie mit einem der Kinder spielt? Es ist ihr egal, ob noch jemand da ist, um aufzupassen oder nicht. Ich glaube allerdings nicht, dass ihr das selbst schon klar ist."

Nein, wahrscheinlich ist ihr das nicht klar und Devon wird auch einen Teufel tun, das anzusprechen. Irgendwann wird es ihr von selbst auffallen und das ist bestimmt besser, als wenn es ihr jemand erzählt.

Vielleicht ist sie ja doch irgendwann bereit, eigene Kinder zu bekommen. Und wenn nicht … wäre das zwar schade, aber eben nicht zu ändern. Man kann nicht alles haben im Leben. So einfach ist das. Auch wenn es natürlich kein Grund ist, es nicht trotzdem zu versuchen.

Noch etwas mehr als ein Jahr, dann wird er seine Karriere als Profi endgültig beenden und seit er mit Theresa zusammen ist, bringt dieser Gedanke nicht nur ein Gefühl von Panik, sondern auch von Freiheit mit sich.

Anderthalb Jahre sind eine lange Zeit. Wer weiß. Vielleicht ändert sie ihre Meinung bis dahin ja tatsächlich noch.

Eine Weile schaut er ihr noch dabei zu, wie sie mit seinem kleinen Neffen, *ihrem* kleinen Neffen, Verstecken spielt.

Dann beschließt er, dass es allerhöchste Zeit wird, seine Frau nach Hause zu bringen, um Dinge mit ihr zu tun, die nicht für die Augen anderer bestimmt sind.

Manchmal ist es ganz einfach, furchtbar glücklich zu sein!

ENDE

Im Sommer geht es dann mit Lillys Geschichte weiter …

Herausgegeben von

Alexander Pohl
IDEEKARREE Leipzig
Alfred-Kästner-Str. 76
04275 Leipzig
www.ideekarree.de

„Die Verführung des Mondes"

Eigentlich will sich Luna nur einen ruhigen, kinderlosen Abend zu Hause machen, als sie überraschend in das Leben des ebenso reichen wie attraktiven Anwalts Phillip Dawn stolpert.

Zwischen den beiden knistert es gewaltig, aber Luna ist sich nicht sicher, ob es zwischen ihnen tatsächlich eine Zukunft geben wird.

Und während sie sich noch Gedanken über die Zukunft macht, wird sie von ihrer Vergangenheit eingeholt.

(März 2013)

„Die Verlockung des Glücks"
Teil 1

Sophie hat, nach einigen herben Enttäuschungen, den Männern eigentlich schon lange abgeschworen. Sie ist fest davon überzeugt, dass es sich alleine einfach viel besser lebt.

Doch eines Tages tritt Matt, der amerikanische Enkelsohn ihrer Nachbarin, auf sehr ungalante Art und Weise in ihr Leben. Sophie ist sich ganz sicher, dass sie diesen überheblichen Typ auf den Tod nicht ausstehen kann, denn er benimmt sich kaum besser als ein eingebildeter Neandertaler. Wäre da nur nicht dieses verdächtige Kribbeln, das sich in ihr breit macht, wann immer er in ihrer Nähe ist …

(Juni 2013)

„Die Verlockung des Glücks“
Teil 2

Zweiter und letzter Teil der Reihe „Die Verlockung des Glücks“.

Endlich hat Sophie der Verlockung des Glücks nachgegeben und ist zu Matt in die USA geflogen.

Dort angekommen ist ihr gemeinsames Leben allerdings nicht so ungetrübt wie erhofft. Das große Interesse der Öffentlichkeit an Matt, Sophies Selbstzweifel und eine Frau, die aus Matts Vergangenheit zu kommen scheint, legen ihnen immer wieder Steine in den Weg.

Werden sie es dennoch schaffen, einen gemeinsamen Weg zum Glück zu finden?

(August 2013)

„Die Versuchung der Hoffnung“

Hopes Leben ist auch ohne die große Liebe schon voll genug: Studium, Job, die Familie und ihr kranker Bruder fordern all ihre Zeit und Energie. Doch dann tritt John Petterson in ihr Leben, Sänger einer Rockband kurz vorm großen Durchbruch, und wirbelt ihre Gefühle und ihr Leben ordentlich durcheinander. Trotzdem reichen tiefe Gefühle allein manchmal nicht aus, um auf Dauer miteinander glücklich zu sein … oder?

(Dezember 2013)

"Der Kuss von Vergissmeinnicht"

Junes Leben besteht vor allem aus einem – nämlich aus Arbeit.

Doch eines Tages fällt ihr das Schicksal geradezu vor die Füße. Und zwar in Form eines Mannes, der vom Mountainbike gestürzt ist und sich nun an nichts mehr erinnern kann.

Allerdings verschwindet er nach ein paar Tagen genauso abrupt wieder aus ihrem Leben, wie er darin aufgekreuzt ist. Und das, obwohl June gerade dabei war, sich in ihn zu verlieben …

(März 2014)

„Herzkirschen"

(Juni 2014) Grayson White hat zwei große Leidenschaften: Football und Frauen. Zu seinem großen Frust darf er jedoch nach einem Unfall nicht mehr als Profi spielen und stürzt sich stattdessen in wilde Partys, ebenso wilde Affären und diverse Prügeleien.

Leider findet sein Werbepartner die negative Aufmerksamkeit, die Grayson dadurch auf sich zieht, gar nicht witzig.

Um sein Image wieder aufzupolieren, zwingen sie ihn, ehrenamtlich in einer Einrichtung für sozial benachteiligte Kinder zu arbeiten. Andernfalls winkt ihm eine dicke Vertragsstrafe. Grayson findet das überhaupt nicht witzig, zumal die Chefin der Einrichtung, Cherry Devenor, eine frustrierte Zicke zu sein scheint, die gegen seine Reize völlig immun ist …

„Sein Kuss und andere Katastrophen"

(Juli 2014) Chloe Winterfield kauft eine Farm in ihrer alten Heimat Nebraska und hofft dort, die unliebsamen Erinnerungen an ihren Ex-Verlobten loszuwerden. Aber leider bleiben Erinnerungen nicht einfach an Ort und Stelle, sie reisen immer mit. Zusätzlich ist Chloe im Nu auch noch mit einer anderen Episode ihrer Vergangenheit konfrontiert, die sie beinahe schon vergessen hatte.

- Kurzroman - ca. 135 Taschenbuchseiten

„Zimtzucker"

Sarah Wellington hat ihren Job verloren, der bisher ihr ganzer Lebensinhalt war. Nun macht sie sich auf den Weg zu ihrem Vater und ihrer fünfzehnjährigen Halbschwester, um den beiden in einer schweren Lebenslage zur Seite zu stehen. Doch bereits am Flughafen begegnet sie einem geheimnisvollen Fremden, den sie einfach nicht mehr aus dem Kopf bekommt.

5189527R00195

Printed in Germany
by Amazon Distribution
GmbH, Leipzig